U0080829

（實）（用）

韓語單字

隨行背

키가 크다
個子高的

키가 작다
個子矮的

**行動化學習，
增速最快！**

隨身開本
x
生活單字
x
即聽音檔

最實用、好學的速效韓語單字書！

生活單字＋羅馬拼音＋生動例句，
學一次快速記憶，韓語口説更流利。

1 單字特性分類一目了然，聯想記憶更容易

全書單字依不同特性分為20大種類。根據字義分類記單字的好處在於，看到一個單字出現時，也可能聯想到同類其他單字，從而加深對單字的記憶，是最適合已經認識韓語四十音的初級學習者使用的單字入門教材；即使是自學者也能完美吸收學習內容，快速並有效為韓語溝通奠定穩固的基礎。

2 多元的相關延伸補充，單字學得更完整

單字的詞性／字源完整收錄；不論是從漢字衍生而來的單字，還是少數的源自於英文外來語，都清楚標示，將能更有邏輯的幫助單字記憶。

3 例句情境化撰寫，學習最適切的韓語

每個主題／單字設定會話場景，鮮活的實境設計，將有效地理解單字的應用，並能實際運用在日常生活溝通裡；例句完全以韓國人直述說話語氣設計，不擔心學到怪怪的韓語，單字記憶也更深刻快速。另外，同步搭配準確羅馬拼音，即使沒有學過的單字，用看的也能累積說一口漂亮韓語的實力。

4 學習音檔搭配使用，聽說實力俱進

語音檔以韓籍外師韓語發音搭配中文説明，最貼心；即使只是「用聽的」，也能時時學習，同時更充分練習聽力，穩定確實地打下韓語「聽、説」基礎。

🎧 Track054

全書音檔雲端連結

因各家手機系統不同，若無法直接掃描，仍可以至以下電腦雲端連結下載收聽。（https://tinyurl.com/4r83sa56）

「忙內」、「歐膩」、「歐爸」……這些韓文單字，你一定很熟悉。

沒錯，由於韓劇、K-POP的影響，韓流文化在我們的生活裡隨處可見。而且，由於「耳熟能詳」，其實你或多或少都已經會說或能聽懂一些簡單的韓語單字。

的確，想要能夠達到「直覺式」的反射動作、脫口而出道地韓語，最重要的就是要先快速累積自己的單字量，然後開口反饋！因此，這一次我便以「韓國人高頻使用的生活單字」為單字書的收錄標準，並以不同的情境加以分類，務必讓你在最短的時間裡鍛鍊韓語體質，韓語一定開口就會說。

此外，每個單字皆搭配一實用例句來練習，不論是韓國人最道地的表達語句或常用韓國俗諺，讓你在學單字用法的同時，也能學習韓文語句的正確表達邏輯與日常會話。同時，全書每一單字及例句亦標示最清楚的羅馬拼音，搭配韓籍外師音檔開口說，發音更道地。簡單說，我希望大家能夠藉由最生動、最貼近韓國人的口語學習來增加樂趣，每一句都鮮活生動，記憶才會更深刻。

雖然說溝通是以「句子」為主，但若是對單字一竅不通，就無法表達自己想說的事情，也會難以順暢互動；詞彙愈多，表達就能愈豐富。希望藉由這本單字書，能讓你盡快體驗到「流利地說韓語」那一刻的感動！fighting.

目錄

Chapter

1
個性／特質

Chapter 01 音檔雲端連結

因各家手機系統不同，若無法直接掃描，仍可以至以下電腦雲端連結下載收聽。（https://tinyurl.com/43z3mmcm）

➡ 外貌特質

몸매가 좋다
形 身材好的

» 우리 엄마는 여전히 **몸매가 좋다**.

u-ri eom-ma-neun yeo-jeon-ni mom-mae-**gajo-ta**.

我媽媽的身材還是很**好**。

날씬하다 形 苗條的

» 미스코리아들은 모두 **날씬하다**.

mi-seu-ko-ri-a-deu-reun mo-du **nal-ssin-na-da**.

「韓國小姐」都很苗條。

마르다 形 瘦的

» 아프리카 아이들은 제대로 못 먹어서 심하게 **말랐다**.

a-peu-ri-ka a-i-deu-reun je-dae-ro mot meo-geo-seo sim-ha-ge **mal-lat-tta**.

非洲的孩子們因為吃得不好，所以身形非常瘦小。

뚱뚱하다 形 胖的

» 어렸을 때 **뚱뚱하다**고 놀림을 당했었다.

eo-ryeo-sseul ttae **ttung-ttung-ha-da-go** nol- li-meul ttang-hae-sseot-tta.

小時候因為胖而被取笑。

통통하다 形 圓嘟嘟的

» 태어난지 6개월된 내 조카는 아직도 **통통하다**.

tae-eo-nan-ji yoe-gae-wol-doen nae jo-ka-neun a-jik-tto **tong-tong-ha-da**.

我剛出生半年的侄子還是圓嘟嘟的。

키가 크다 形 個子高的

» 중학교 때 **키가** 많이 **컸다**.

jung-hak-kkyo ttae **ki-ga** ma-ni **keot-tta**.

國中的時候個子長高許多。

키가 작다 形 個子矮的

» 늙으면 **키가 작아진다**.

neul-geu-myeon **ki-ga** ja-ga-**jin-da**.

年紀大了以後個子會變矮。

몸집이 크다
形 身材高大的

» 농구선수들은 대부분 **몸집이 크다**.

nong-gu-seon-su-deu-reun dae-bu-bun **mom- ji-bi keu-da**.

籃球選手大部分都是很**大隻**。

왜소하다 形 矮小的

» 잘 먹지 못한 아이들은 **왜
소하다**.
jal meok-jji mo-tan a-i-deu-
reun **wae-so-ha-da**.
吃不好的孩子身形很矮
小。

눈이 작다
形 眼睛小的

» 내 친구는 **눈이 작아서** 귀
엽다.
nae chin-gu-neun **nu-ni ja-
ga-seo** gwi-yeop- tta.
我朋友眼睛小小的很可
愛。

눈이 크다
形 眼睛大的

» 우리 언니는 **눈이 크고** 코
가 높다.
u-ri eon-ni-neun **nu-ni keu-
go** ko-ga nop-tta.
我姊姊眼睛很大而且鼻子
也很挺。

머리숱이 많다
形 頭髮多的

» 엄마는 **머리숱이** 매우 **많**
다.
eom-ma-neun **meo-ri-su-chi
mae-u man-ta**.
媽媽頭髮很多。

머리숱이 적다
形 頭髮少的

» 할아버지는 **머리숱이 적다**.
ha-ra-beo-ji-neun **meo-ri-su-
chi jeok-tta**.
爺爺頭髮很少。

피부가 좋다
形 皮膚好的

» **피부가** 아기처럼 **좋다**.
pi-bu-ga a-gi-cheo-reom **jo-
ta**.
皮膚像小孩一樣好。

➡ 性格特質

온화하다
形 溫柔的；溫和的

» 어머니의 미소는 언제나 **온**
화하다.
eo-meo-ni-ui mi-so-neun
eon-je-na **on-hwa-ha-da**.
母親的微笑總是很溫柔。

부드럽다 形 溫柔的

» 우리 언니는 말투가 **부드럽**
다.
u-ri eon-ni-neun mal-tu-kka
bu-deu-reop-tta.
我姊姊講話很溫柔。

사랑스럽다
形 可愛的

» 여자친구가 **사랑스럽다**.
yeo-ja-chin-gu-ga **sa-rang-seu-reop-tta**.
我的女朋友很可愛。

귀엽다 形 可愛的

» 새로 태어난 조카는 너무 **귀엽다**.
sae-ro tae-eo-nan jo-ka-neun neo-mu **gwi-yeop-tta**.
最近出生的侄子很可愛。

자상하다 形 體貼的

» 우리 아빠는 언제나 **자상하다**.
u-ri a-ppa-neun eon-je-na **ja-sang-ha-da**.
我的爸爸總是很體貼。

나쁘다 形 壞的

» 한 때 **나쁜**남자 영화가 인기였다.
han ttae **na-ppeun**-nam-ja yeong-hwa-ga in-gi- yeot-tta.
電影《壞男人》有一陣子很流行。

못되다 形 壞；不好的

» **못된** 성격을 고쳐야 한다.
mot-ttoen seong-gyeo-geul kko-cheo-ya han-da.
不好的個性要改善。

이기적이다
形 自私的

» 마이클은 일은 잘 하지만 **이기적이다**.
ma-i-keu-reun i-reun jal ha-ji-man **i-gi-jeo-gi- da**.
麥克工作能力很強但是很自私。

바보같다 形 笨的

» 내 회사동료는 매일 **바보같은** 말만한다.
nae hoe-sa-dong-nyo-neun mae-il **ba-bo ga- teun** mal-man han-da.
我同事每天講很笨的話。

어리석다 形 愚蠢的

» **어리석은** 사람은 우정을 경시한다.
eo-ri-seo-geun sa-ra-meun u-jeong-eul kkyeong-si-han-da.
愚蠢的人會輕視友情。

심각하다 形 嚴肅的

» 사장님은 매일 **심각한** 표정을 짓고 있다.
sa-jang-ni-meun mae-il **sim-ga-kan** pyo-jeong- eul jjit-kko it-tta.
老闆的表情每天都很嚴肅。

유치하다 形 幼稚的 漢

» 사람은 싸우면 **유치해진다**.
sa-ra-meun ssa-u-myeon **yu-chi-hae-jin-da**.
人們吵架時會變**幼稚**。

성숙하다 形 成熟的 漢

» 내 동생은 나이는 어리지만 생각이 무척 **성숙하다**.
nae dong-saeng-eun na-i-neun eo-ri-ji-man saeng-ga-gi mu-cheok **seong-su-ka-da**.
我妹妹雖然年紀小，但是 想法很**成熟**。

급하다 形 急躁的

» 학교에 지각할까봐 **급하게** 나갈 준비를 했다.
hak-kkyo-e ji-ga-kal-kka-ppwa **geu-pa-ge** na- gal jjun-bi-reul haet-tta.
因為怕上課遲到，很**急躁** 地準備出門。

조용하다 形 安靜的

» TV를 끄니 갑자기 **조용해** 졌다.
TV reul kkeu-ni gap-jja-gi **jo-yong-hae-jeot-tta**.
關了電視突然變得很**安 靜**。

시끄럽다
形 吵雜的；聒噪的

» 옆 집 개가 계속 짖어 너무 **시끄럽다**.
yeop jip gae-ga gye-sok ji-jeo neo-mu **si-kkeu- reop-tta**.
隔壁家的狗一直叫很**吵**。

무섭다
形 害怕的；懼怕的

» 밤에 혼자 집에 있으니 **무 섭다**.
ba-me hon-ja ji-be i-sseu-ni **mu-seop-tta**.
晚上一個人在家很**害怕**。

냉정하다 形 無情的

» 그는 너무나 **냉정하게** 나를 거절했다.
geu-neun neo-mu-na **naeng-jeong-ha-ge** na- reul kkeo-jeol-haet-tta.
他很**無情**地拒絕我。

예쁘다 形 好看的

» TV에 나오는 연예인들은 모두 **예쁘다**.
TV e na-o-neun yeo-nye-in-deu-reun mo-du **ye- ppeu-da**.
電視上出現的明星都很**好 看**。

돼지같다
形 像豬一樣的

» 돼지같이 많이 먹으면 꼭 후회를 한다.
dwae-ji-ga-chi ma-ni meo-geu-myeon kkok hu-hoe-reul han-da.
像豬一樣吃很多的話一定會後悔。

아름답다 形 美麗的

» 성우들은 아름다운 목소리를 가지고있다.
seong-u-deu-reun **a-reum-da-un** mok-sso-ri- reul kka-ji-go it-tta.
配音員有美麗的聲音。

착하다 形 善良的

» 세상에는 착한 사람이 많다.
se-sang-e-neun **cha-kan** sa-ra-mi man-ta.
世上有很多很善良的人。

개성있다
形 有個性的 .... 漢

» 패션모델들은 모두 개성있다.
pae-syeon-mo-del-deu-reun mo-du **gae-seong- it-tta**.
時尚模特兒都很有個性。

늠름하다 形 氣派的

» 군인들은 모두 늠름해 보인다.
gu-nin-deu-reun mo-du **neum-neum-hae** bo-in- da.
軍人看起來都很氣派。

건장하다 形 強壯的
漢

» 운동선수들은 매우 건장하다.
un-dong-seon-su-deu-reun mae-u **geon-jang- ha-da**.
運動選手都很強壯。

재미있다 形 有趣的

» 온라인 게임은 너무 재미있다.
ol-la-in ge-i-meun neo-mu **jae-mi-it-tta**.
線上遊戲很有趣。

유쾌하다 形 愉快的
漢

» 그는 늘 유쾌해 보인다.
geu-neun neul **yu-kwae-hae** bo-in-da.
他總是看起來很愉快。

포악하다 形 兇戾的

» 그는 포악한 독재자였다.
geu-neun **po-a-kan** dok-jjae-ja-yeot-tta.
他是很兇戾的獨裁者。

Chapter 1 個性／特質 漢 漢語延伸單字 ／ 外 外來語延伸單字

괴팍하다 形 乖戾的 漢

» 그는 물건을 던지고 **괴팍하게** 굴었다.
geu-neun mul-geo-neul tteon-ji-go **goe-pa-ka- ge** gu-reot-tta.
他亂丟東西，性格非常乖戾。

이상하다 形 奇怪的 漢

» 내 친구는 항상 **이상한** 옷을 입고 다닌다.
nae chin-gu-neun hang-sang **i-sang-han** o-seul ip-kko da-nin-da.
我朋友總是會穿很奇怪的衣服。

재미없다 形 無聊的

» 어제 본 영화는 너무 **재미없었다**.
eo-je bon yeong-hwa-neun neo-mu **jae-mi- eop-sseot-tta**.
昨天看的電影很無聊。

유머감각이 있다 形 很幽默的 漢

» 우리 사장님은 **유머감각이 있다**.
u-ri sa-jang-ni-meun **yu-meo-gam-ga-gi it-tta**.
我老闆很幽默。

진지하다 形 認真的 漢

» 인터뷰를 할 때는 매우 **진지해진다**.
in-teo-byu-reul hal ttae-neun mae-u **jin-ji-hae- jin-da**.
採訪的時候變得很認真。

약하다 形 虛弱的 漢

» 나는 몸이 **약해서** 병원에 자주 간다.
na-neun mo-mi **ya-kae-seo** byeong-wo-ne ja-ju gan-da.
我身體很虛弱，所以常去醫院。

강하다 形 強的 漢

» 내 친구의 첫 인상은 매우 **강해** 보인다.
nae chin-gu-ui cheot in-sang-eun mae-u **gang- hae** bo-in-da.
我朋友的第一印象看起來很強。

부끄러워하다 形 害羞的

» 많은 사람들 앞에서 노래를 해서 **부끄러웠다**.
ma-neun sa-ram-deul a-pe-seo no-rae-reul hae-seo **bu-kkeu-reo-wot-tta**.
在很多人面前唱歌很害羞。

창피하다 _形 丟臉的

» 길거리에서 넘어져서 **창피 했다**.
gil-geo-ri-e-seo neo-meo-jeo-seo **chang-pi- haet-tta**.
在街上跌倒很**丟臉**。

경청하다 _形 傾聽的
_漢

» 그는 늘 상대방의 말을 **경 청한다**.
geu-neun neul ssang-dae-bang-ui ma-reul **kkyeong-cheong-han-da**.
他總能耐心**傾聽**他人的 話。

배려깊다 _形 關懷的

» 그녀는**배려심이깊다**.
geu-nyeo-neun **bae-ryeo-si-mi gip-tta**.
她很**關懷**他人。

사려깊다 _形 穩重的

» 그는 언제나 **사려깊다**.
geu-neun eon-je-na **sa-ryeo-gip-tta**.
他總是很**穩重**。

말이 많다 _形 話很多的

» 내 친구는 **말이 너무 많다**.
nae chin-gu-neun **ma-ri** neo-mu **man-ta**.
我朋友**話太多**。

말이 적다 _形 話很少的

» 말이 적다내 남동생은 **말이 적다**.
nae nam-dong-saeng-eun **ma-ri jeok-tta**.
我弟弟**話很少**。

수다스럽다
_形 囉嗦的

» 우리 언니는 매우 **수다스럽 다**.
u-ri eon-ni-neun mae-u **su-da-seu-reop-tta**.
我姊姊非常**囉嗦**。

과묵하다 _形 沉默的
_漢

» 우리 오빠는 매우 **과묵하다**.
u-ri o-ppa-neun mae-u **gwa-mu-ka-da**.
我哥哥非常**沉默**。

무시하다 _形 瞧不起的
_漢

» 그녀가 날 **무시해서** 화가 났다.
geu-nyeo-ga nal **mu-si-hae-seo** hwa-ga nat- tta.
她**瞧不起**我，我很生氣。

존중하다 形 尊重的
漢

» 늘 다른사람을 **존중해야 한다**.
neul tta-reun-sa-ra-meul **jjon-jung-hae-ya han- da**.
總是要尊重別人。

존경하다 形 尊敬的
漢

» 학생들은 선생님을 **존경한다**.
hak-ssaeng-deu-reun seon-saeng-ni-meul **jjon- gyeong-han-da**.
學生尊敬老師。

생각이 깊다
形 想法深沉的

» 아직 학생인데도 **생각이 깊다**.
a-jik hak-ssaeng-in-de-do **saeng-ga-gi gip-tta**.
雖然還是個學生，但已想法深沉。

양심없다 形 沒良心的
漢

» 그는 쓰레기를 아무데나 버리는 **양심없는** 행동을 한다.
geu-neun sseu-re-gi-reul a-mu-de-na beo-ri- neun **yang-si-meom-neun** haeng-dong-eul han-da.
他亂丟垃圾沒良心。

무식하다 形 無知的
漢

» 책을 읽지 않아 **무식하다**.
chae-geul ik-jji a-na **mu-si-ka-da**.
因為沒有看書所以很無知。

멍청하다 形 笨拙的
漢

» 그의 하는 말 한마디 한마디가 다 **멍청하게** 들린다.
geu-ui ha-neun mal han-ma-di han-ma-di-ga da **meong-cheong-ha-ge** deul-lin-da.
他説的每句話聽起來都很笨拙。

똑똑하다 形 聰明的

» 그녀는 **똑똑해서** 모든 일을 잘 한다.
geu-nyeo-neun **ttok-tto-kae-seo** mo-deun i-reul jjal han-da.
她很聰明所以工作都做得很好。

현명하다 形 賢明的
漢

» 우리 엄마는 **현명하다**.
u-ri eom-ma-neun **hyeon-myeong-ha-da**.
我媽媽很賢明。

지혜롭다 <small>形</small> 有智慧的
<small>漢</small>

» 지식보다는 **지혜가** 중요하다.
ji-sik-ppo-da-neun **ji-hye-ga** jung-yo-ha-da.
比起知識，有智慧還更重要。

폭력적이다
<small>形</small> 暴力的 　　　　<small>漢</small>

» 학교에는 **폭력적인** 학생이 있다.
hak-kkyo-e-neun **pong-nyeok-jjeo-gin** hak- ssaeng-i it-tta.
學校裡有很暴力的學生。

귀가 얇다
<small>形</small> 耳根子軟的

» **귀가 얇아서** 쉽게 유혹당한다.
gwi-ga yal-ba-seo swip-kke yu-hok-ttang-han- da.
耳根子軟所以很容易被誘惑。

입이 무겁다
<small>形</small> 口風緊的

» 나는 **입이 무거워서** 비밀을 잘 지킨다.
na-neun **i-bi mu-geo-wo-seo** bi-mi-reul jjal jji- kin-da.
我口風很緊，很會保守祕密。

입이 가볍다
<small>形</small> 不牢靠的

» 그는 **입이 가벼워** 믿을 수 없다.
geu-neun **i-bi ga-byeo-wo** mi-deul ssu eop-tta.
他不牢靠，無法相信。

겁이 많다 <small>形</small> 膽子小的

» 나는 **겁이 많아** 놀이기구를 타지 못한다.
na-neun **geo-bi ma-na** no-ri-gi-gu-reul ta-ji mo- tan-da.
我膽子小，不敢玩遊樂設施。

정이 많다
<small>形</small> 情感豐富的

» 나는 **정도 많고** 눈물도 많다.
na-neun **jeong-do man-ko** nun-mul-do man-ta.
我情感豐富，又很會流眼淚。

즐겁다 <small>形</small> 開心的

» 오늘 하루 너무 **즐거웠다.**
o-neul ha-ru neo-mu **jeul-kkeo-wot-tta.**
今天很開心！

행복하다 形 幸福的
漢

» 더 행복해질 것이다.
deo **haeng-bo-kae**-jil geo-si-da.
會更幸福的！

게으르다 形 懶惰的

» 게을러서 늦게 일어난다.
ge-eul-leo-seo neut-kke i-reo-nan-da.
懶惰地很晚才起床。

부지런하다 形 勤勞的

» 부지런해서 일찍 일어난다.
bu-ji-reon-hae-seo il-jjik i-reo-nan-da.
勤勞地很早起床。

잠이 많다 形 很會睡的

» 잠이 많아서 8시간 이상 자야한다.
ja-mi ma-na-seo yeo-deo-ssi-gan i-sang ja- ya-han-da.
我很會睡，至少要睡八小時以上。

잠이 없다 形 睡很少的

» 잠이 없어서 6시간 자면 충분하다.
ja-mi eop-sseo-seo yeo-seot-ssi-gan ja-myeon chung-bun-ha-da.
我睡很少，所以睡六小時就夠。

일찍 일어나다
形 早起的

» 일찍 일어나면 하루가 길다.
il-jjik i-reo-na-myeon ha-ru-ga gil-da.
早起的話，一天就會很長。

세심하다
形 細心的；細微的 漢

» 우리 엄마는 세심한 것까지 다 챙겨준다.
u-ri eom-ma-neun **se-sim-han** geot-kka-ji da chaeng-gyeo-jun-da.
我媽媽連很細微的部分都照顧得無微不至。

소심하다
形 過分謹慎；小心的 漢

» 그는 하는 행동이 소심하다.
geu-neun ha-neun haeng-dong-i **so-sim-ma- da**.
他的行為極為謹慎。

조심스럽다
形 很小心的

» 조심스럽게 문을 열었다.
jo-sim-seu-reop-kke mu-neul yeo-reot-tta.
很小心地開門。

잘난척하다
形 驕傲的；自大的

» 사람은 **잘난척하면** 안된다.
sa-ra-meun **jal-lan-cheo-ka-myeon** an-doen- da.
人不能太自大。

자만하다
形 自滿的；驕傲的 漢

» **자만하지** 마세요.
ja-man-ha-ji ma-se-yo.
不要驕傲。

겸손하다 形 謙虚的
漢

» 그의 태도는 늘 **겸손하다.**
geu-ui tae-do-neun neul
kkyeom-son-ha-da.
他的態度總是很謙虚。

자신이 없다
形 沒自信的 ………………… 漢

» 나는 운동에 **자신이 없다.**
na-neun un-dong-e **ja-si-ni eop-tta.**
我對運動沒自信。

마음이 좁다
形 心胸狹窄的

» 그는 **마음이 좁아** 다른 사
람을 용서하지 않는다.

geu-neun **ma-eu-mi jo-ba**
da-reun sa-ra-meul yong-seo-ha-ji an-neun-da.
他的心胸狹窄，不會原諒
別人。

마음이 넓다
形 心胸寬大的

» 그녀는 **마음이 넓어서** 사람
들을 이해해준다.
geu-nyeo-neun **ma-eu-mi
neop-eo-seo** sa- ram-deu-reul i-hae-hae-jun-da.
她的心胸寬大，很能體諒
他人。

잘 웃다 形 很愛笑的

» 그녀는 **잘 웃어서** 좋다.
geu-nyeo-neun **jal u-seo-seo**
jo-ta.
她很愛笑，我很喜歡。

비열하다 形 卑鄙的
漢

» 그의 **비열한** 태도에 화가
났다.
geu-ui **bi-yeol-han** tae-do-e
hwa-ga nat-tta.
他那卑鄙的態度很令人生
氣。

우울하다 形 憂鬱的
漢

» 비가 와서 **우울하다.**
bi-ga wa-seo **u-ul-ha-da.**
下雨令人很憂鬱。

소극적이다
形 消極的 ……………… 漢

» **소극적인** 생각은 좋지 않다.
so-geuk-jjeo-gin saeng-ga-geun jo-chi an-ta.
消極的想法很不好。

적극적이다
形 主動的；積極的 ……… 漢

» **적극적으로** 기회를 잡아야한다.
jeok-kkeuk-jjeo-geu-ro gi-hoe-reul jja-ba-ya han-da.
要積極地抓住機會。

활발하다 形 活潑的
漢

» **활발한** 사람은 친구가 많다.
hwal-bal-han sa-ra-meun chin-gu-ga man-ta.
活潑的人有很多朋友。

짜증나다 形 煩的

» 일이 너무 많아서 **짜증난다.**
i-ri neo-mu ma-na-seo **jja-jeung-nan-da**.
事情太多很煩。

불쾌하다
形 不快的；不舒服的 … 漢

» 그녀의 말투가 매우 **불쾌했다.**
geu-nyeo-ui mal-tu-kka mae-u **bul-kwae-haet-tta**.
她講話的口氣，讓我不舒服。

불친절하다
形 不親切的 ……………… 漢

» 그의 태도가 **불친절하다.**
geu-ui tae-do-ga **bul-chin-jeo-la-da**.
他的態度不親切。

Chapter

2

身體結構／健康

Chapter 02 音檔雲端連結

因各家手機系統不同，若無法直接掃描，仍可以至以下電腦雲端連結下載收聽。（**https://tinyurl.com/5n6zy2kn**）

⇒ 體內構造

뇌 名 腦 ⋯⋯⋯⋯⋯ 漢

» 뇌검사를 했다.
noe-geom-sa-reul haet-tta.
對腦袋做了檢查。

심장 名 心臟 ⋯⋯⋯ 漢

» 심장이 빨리 뛴다.
sim-jang-i ppal-li ttwin-da.
心臟跳得很快。

위 名 胃 ⋯⋯⋯⋯⋯⋯ 漢

» 위가 아프다.
wi-ga a-peu-da.
胃很不舒服。

장 名 腸 ⋯⋯⋯⋯⋯⋯ 漢

» 장염에 걸렸다.
jang-yeo-me geol-lyeot-tta.
罹患了腸炎。

뼈 名 骨頭

» 뼈가 얇다.
ppyeo-ga yap-tta.
骨頭很細。

인대 名 靭帶 ⋯⋯⋯ 漢

» 인대를 다쳤다.
in-dae-reul tta-cheot-tta.
靭帶受傷了。

피 名 血

» 손을 베어 피가 난다.
so-neul ppe-eo **pi**-ga nan-da.
手指被割流血。

핏줄 名 血管

» 핏줄이 선명하다.
pit-jju-ri seon-myeong-ha-da.
血管很明顯。

근육 名 肌肉 ⋯⋯⋯ 漢

» 근육량을 늘려야 한다.
geu-nyung-nyang-eul neul-lyeo-ya han-da.
要增加肌肉量。

살 名 肉

» 살이 쪘다.
sa-ri jjeot-tta.
長肉了。

세포 名 細胞 ⋯⋯⋯ 漢

» 세포는 가장 작은 단위이다.
se-po-neun ga-jang ja-geun da-nwi-i-da.
細胞是最小的單位。

➡ 臉部

이마 名 額頭

» 넘어져서 **이마**에 상처가 났
다.

neo-meo-jeo-seo **i-ma**-e
sang-cheo-ga nat-tta.

因為跌倒而在**額頭**上有了
疤痕。

눈썹 名 眉毛

» 짱구는 **눈썹**이 짙다.

jjang-gu-neun **nun-sseo**-bi
jit-tta.

蠟筆小新的**眉毛**很濃、很
粗。

눈 名 眼睛

» 어린 아이들의 **눈**은 반짝거
린다.

eo-rin a-i-deu-rui **nu**-neun
ban-jjak-kkeo-rin-da.

小孩子的**眼睛**很晶亮。

눈동자 名 眼球

» 사람마다 **눈동자** 색깔이 다
르다.

sa-ram-ma-da **nun-ttong-ja**
saek-kka-ri da-reu- da.

每個人的**眼球**顏色都不一
樣。

동공 名 瞳孔 ⋯⋯⋯ 漢

» 의사는 **동공**을 검사하였다.

ui-sa-neun **dong-gong**-eul
kkeom-sa-ha-yeot- tta.

醫生檢查了**瞳孔**。

쌍꺼풀 名 雙眼皮

» **쌍꺼풀**이 있으면 눈이 커
보인다.

ssang-kkeo-pu-ri i-sseu-
myeon nu-ni keo bo- in-da.

有**雙眼皮**的話，眼睛看起
來會很大。

홑꺼풀 名 單眼皮

» **홑꺼풀**인 남자는 매력적이
다.

o-kkeo-pu-rin nam-ja-neun
mae-ryeok-jjeo-gi- da.

單眼皮的男生很有魅力。

속눈썹 名 睫毛

» 인형처럼 **속눈썹**이 길다.

in-hyeong-cheo-reom **song-
nun-sseo**-bi gil-da.

睫毛像娃娃一樣長。

코 名 鼻子

» 서양사람들은 **코**가 높다.

seo-yang-sa-ram-deu-reun
ko-ga nop-tta.

西方人的**鼻子**很挺。

코구멍 名 鼻孔

» **코구멍**은 두 개다.

ko-gu-meong-eun du gae-da.

鼻孔有兩個。

입 名 嘴巴

» 웃을 때 **입**을 크게 벌리고
웃는다.

u-seul ttae **i**-beul keu-ge
beol-li-go u-neun-da.

笑的時候**嘴巴**開得很大。

입술 名 嘴唇

» **입술**이 두꺼우면 섹시하다.
ip-ssu-ri du-kkeo-u-myeon
sek-ssi-ha-da.
嘴唇厚的話很性感。

치아 名 牙齒 .... 漢

» **치아**가 고르다.
chi-a-ga go-reu-da.
牙齒很整齊。

이빨 名 牙齒

» 강아지 **이빨**이 날카롭다.
gang-a-ji **i-ppa-**ri nal-ka-rop-
tta.
小狗的牙齒很利。

앞니 名 門牙

» **앞니**가 튀어나왔다.
am-ni-ga twi-eo-na-wat-tta.
門牙突出來了。

어금니 名 臼齒

» **어금니**가 아프다.
eo-geum-ni-ga a-peu-da.
臼齒很痛。

사랑니 名 智齒

» **사랑니**를 뽑았다.
sa-rang-ni-reul ppo-bat-tta.
把智齒拔掉了。

잇몸 名 牙齦

» **잇몸**이 분홍색이다.
in-mo-mi bun-hong-sae-gi-
da.
牙齦是粉紅色。

볼 名 臉頰

» 부끄러워서 **볼**이 빨개졌다.
bu-kkeu-reo-wo-seo **bo-**ri
ppal-kkae-jeot-tta.
我因為害羞而臉紅了。

귀 名 耳朵

» 나는 **귀**걸이 사는 것을 좋
아한다.
na-neun **gwi-**geo-ri sa-neun
geo-seul jjo-a-han- da.
我喜歡買耳環。

귓볼 名 耳垂

» **귓볼**이 두껍다.
gwit-ppo-ri du-kkeop-tta.
耳垂很厚。

턱 名 下巴

» **턱** 밑에 여드름이 났다.
teok mi-te yeo-deu-reu-mi
nat-tta.
下巴下面長了痘痘。

털 名 毛

» 다리에 **털**이 많다.
da-ri-e **teo-**ri man-ta.
在腳上有很多毛。

머리카락 名 頭髮

» 요즘 **머리카락**이 많이 떨어진다.

yo-jeum **meo-ri-ka-ra**-gi ma-ni tteo-reo-jin-da.

最近頭髮掉很多。

가르마 名 分線

» 내 **가르마**는 오른쪽이다.

nae **ga-reu-ma**-neun o-reun-jjo-gi-da.

我頭髮的分線是往右邊的。

점 名 痣 漢

» 얼굴에 **점**이 있다.

eol-gu-re **jeo**-mi it-tta.

臉上有痣。

여드름 名 痘痘

» 청소년기에는 **여드름**이 많이 난다.

cheong-so-nyeon-gi-e-neun **yeo-deu-reu**-mi ma-ni nan-da.

青春期會長很多痘痘。

⇒ 身體

머리 名 頭

» 오늘 아침에 **머리**를 감았다.

o-neul a-chi-me **meo-ri**-reul kka-mat-tta.

今天早上洗頭。

상반신 名 上半身 漢

» **상반신** 사진을 제출해야 한다.

sang-ban-sin sa-ji-neul jje-chul-hae-ya han-da.

要繳上半身的照片。

하반신 名 下半身 漢

» 수술을 위해 **하반신** 마취를 했다.

su-su-reul wi-hae **ha-ban-sin** ma-chwi-reul haet-tta.

要動手術而麻醉了下半身。

목 名 脖子

» 잠을 제대로 못 자서 **목**이 뻐근하다.

ja-meul jje-dae-ro mot ja-seo **mo**-gi ppeo-geun- ha-da.

睡不好所以脖子很痠。

어깨 名 肩膀

» **어깨** 마사지를 받았다.

eo-kkae ma-sa-ji-reul ppa-dat-tta.

做肩膀按摩。

겨드랑이 名 腋下

» **겨드랑이**에 땀이 난다.

gyeo-deu-rang-i-e tta-mi nan-da.

腋下流汗。

손 名手

» 남자친구와 **손**을 잡고 걸었
다.
nam-ja-chin-gu-wa **so**-neul
jjap-kko geo-reot- tta.
與男朋友牽手走路。

팔 名手臂

» 두 **팔** 벌려 안아주었다.
du **pal** ppeol-lyeo a-na-ju-
eot-tta.
敞開雙臂擁抱他。

팔꿈치 名手肘

» 요즘 **팔꿈치** 통증이 심해졌
다.
yo-jeum **pal-kkum-chi** tong-
jeung-i sim-hae-jeot-tta.
最近手肘的疼痛變嚴重
了。

손바닥 名手掌

» 서울은 내 **손바닥**이다.
seo-u-reun nae **son-ba-da**-
gi-da.
首爾是我手掌。（韓國俗
俗諺）

손등 名手背

» 왕자는 공주의 **손등**에 키스
했다.
wang-ja-neun gong-ju-ui **son-
deung**-e ki-seu-haet-tta.
王子親吻公主的手背。

손가락 名手指

» **손가락**으로 지도를 짚다.
son-ga-ra-geu-ro ji-do-reul
jjip-tta.
用手指指了地圖。

손톱 名指甲

» **손톱**에 매니큐어를 발랐다.
son-to-be mae-ni-kyu-eo-
reul ppal-lat-tta.
在指甲上擦了指甲油。

손금 名掌紋

» 할머니가 **손금**을 봐주었다.
hal-meo-ni-ga **son-geu**-meul
ppwa-ju-eot-tta.
奶奶幫我看掌紋。

쇄골 名鎖骨 漢

» 일자 모양의 **쇄골**이 예쁘
다.
il-ja mo-yang-ui **swae-go**-ri
ye-ppeu-da.
一字形的鎖骨很好看。

척추 名脊椎

» **척추**가 휘었다.
cheok-chu-ga hwi-eot-tta.
脊椎歪了。

가슴 名胸部

» **가슴** 근육 운동을 하다.
ga-seum geu-nyuk un-dong-
eul ha-da.
鍛鍊胸肌。

배 ^名 肚子

» 저녁을 너무 많이 먹어 배
가 부르다.
jeo-nyeo-geul neo-mu ma-ni
meo-geo **bae**-ga bu-reu-da.
晚餐吃太多所以肚子很
飽。

똥배 ^名 啤酒肚

» 살이쪄서 똥배가 나왔다.
sa-ri-jjeo-seo **ttong-bae**-ga
na-wat-tta.
因為變胖所以有了啤酒
肚。

배꼽 ^名 肚臍

» 사람마다 배꼽 모양이 다르
다.
sa-ram-ma-da **bae-kkop** mo-
yang-i da-reu-da.
每個人的肚臍都長得不一
樣。

허리 ^名 腰

» 무거운 물건을 들었더니 허
리가 아프다.
mu-geo-un mul-geo-neul
tteu-reot-tteo-ni **heo- ri**-ga
a-peu-da.
拿很重的東西，所以腰很
痛。

골반 ^名 骨盆　　　　漢

» 바지를 골반에 입는다.
ba-ji-reul **kkol-ba**-ne im-
neun-da.
把褲子穿在骨盆。

엉덩이 ^名 屁股

» 간호사가 엉덩이에 주사를
놓았다.
gan-ho-sa-ga **eong-deong-
i**-e ju-sa-reul no-at- tta.
護士在我屁股上打針。

발 ^名 腿

» 발에 무좀이 생기다.
ba-re mu-jo-mi saeng-gi-da.
腳染上了香港腳。

허벅지 ^名 大腿

» 허벅지 살을 빼는 것이 가
장 힘들다.
heo-beok-jji sa-reul ppae-
neun geo-si ga-jang him-deul-
tta.
瘦大腿最難。

무릎 ^名 膝蓋

» 잘못해서 무릎을 꿇었다.
jal-mo-tae-seo **mu-reu**-peul
kku-reot-tta.
做錯事，罰跪了（跪膝
蓋）。

다리 ^名 腳

» 오래 서있었더니 다리가 부
었다.
o-rae seo-i-sseot-tteo-ni **da-
ri**-ga bu-eot-tta.
站太久腳都腫起來了！

종아리 ^名 小腿

» **종아리**에 쥐가 나다.
jong-a-ri-e jwi-ga na-da.
小腿麻掉了。

발목 ^名 腳踝

» **발목**을 삐다.
bal-mo-geul ppi-da.
腳踝扭到了。

발등 ^名 腳背

» **발등**에 불이 떨어지다.
bal-tteung-e bu-ri tteo-reo-ji-da.
腳背上掉了火。

발가락 ^名 腳趾

» **발가락**에 물집이 잡혔다.
bal-kka-ra-ge mul-ji-bi ja-pyeot-tta.
腳趾上長了水泡。

발바닥 ^名 腳掌

» **발바닥**이 간지럽다.
bal-ppa-da-gi gan-ji-reop-tta.
腳掌很癢。

발꿈치 ^名 腳跟

» 키가 커보이기 위해 **발꿈치**를 들었다.
ki-ga keo-bo-i-gi wi-hae **bal-kkum-chi**-reul tteu- reot-tta.
為了要看起來更高一點，墊了腳跟。

➡ 身體不適

질병 ^名 疾病 ·········· 漢

» 의사들은 **질병**치료 연구를 한다.
ui-sa-deu-reun **jil-byeong**-chi-ryo yeon-gu-reul han-da.
醫生們研究疾病治療。

감염 ^名 傳染 ·········· 漢

» 세균에 **감염**되었다.
se-gyu-ne **ga-myeom**-doe-eot-tta.
被細菌感染。

세균 ^名 細菌 ·········· 漢

» 손에는 많은 **세균**이 있다.
so-ne-neun ma-neun **se-gyu**-ni it-tta.
手上有很多細菌。

상처 ^名 傷口 ·········· 漢

» 넘어져서 **상처**가 났다.
neo-meo-jeo-seo **sang-cheo**-ga nat-tta.
跌倒後有傷口了。

흉터 ^名 疤痕

» 넘어진 상처가 **흉터**로 남았다.
neo-meo-jin sang-cheo-ga **hyung-teo**-ro na- mat-tta.
跌倒造成的傷口留下疤痕了。

부러지다 動 斷掉

» 다리가 **부러졌다**.
da-ri-ga **bu-reo-jeot-tta**.
腿斷掉了。

아프다 形 痛；不舒服

» 아침부터 몸이 **아프다**.
a-chim-bu-teo mo-mi **a-peu-da**.
從早上開始身體就**不舒服**了。

구토 名 嘔吐

» 갑자기 **구토**가 났다.
gap-jja-gi **gu-to**-ga nat-tta.
突然想嘔吐。

식은땀 名 冒汗

» 긴장해서 **식은땀**이 났다.
gin-jang-hae-seo **si-geun-tta**-mi nat-tta.
緊張得冒汗。

임신 名 懷孕；妊娠 漢

» 의사가 **임신**이라고 알려주었다.
ui-sa-ga **im-si**-ni-ra-go al-lyeo-ju-eot-tta.
醫生告訴我懷孕了。

어지럽다 形 暈眩的

» 놀이기구를 탔더니 **어지럽다**.
no-ri-gi-gu-reul tat-tteo-ni **eo-ji-reop-tta**.
玩遊樂設施很**暈**。

기운이 없다 形 沒力氣

» 밥을 안 먹었더니 **기운이 없다**.
ba-beul an meo-geot-tteo-ni **gi-u-ni eop-tta**.
沒吃飯就**沒力氣**。

감기 名 感冒 漢

» **감기**에 걸려 학교에 가지 않았다.
gam-gi-e geol-lyeo hak-kkyo-e ga-ji a-nat-tta.
感冒了所以沒去學校。

독감 名 流感 漢

» **독감**에 걸려 병원에 입원했다.
dok-kka-me geol-lyeo byeong-wo-ne i-won- haet-tta.
得了**流感**所以住院了。

기침 名 咳嗽

» 감기에 걸려 계속 **기침**을 했다.
gam-gi-e geol-lyeo gye-sok **gi-chi**-meul haet- tta.
感冒一直咳嗽。

재채기 名 打噴嚏

» 코가 간지러워서 자꾸 **재채기**가 나왔다.
ko-ga gan-ji-reo-wo-seo ja-kku **jae-chae-gi**-ga na-wat-tta.
鼻子癢會一直**打噴嚏**。

콧물이 나다
動 流鼻涕

» 시내 공기가 좋지 않아 **콧물이 났다**.
si-nae gong-gi-ga jo-chi a-na **kon-mu-ri nat- tta**.
因為市區的空氣不是很好而流鼻涕。

목이 따끔따끔하다
形 喉嚨刺刺的

» 감기에 걸린 것처럼 **목이 따끔따끔하다**.
gam-gi-e geol-lin geot-cheo-reom **mo-gi tta-kkeum-tta-kkeum-ha-da**.
像感冒一樣喉嚨刺刺的。

머리가 아프다
形 頭痛

» 복잡한 일들이 많이 생겨서 **머리가 아프다**.
bok-jja-pan il-deu-ri ma-ni saeng-gyeo-seo **meo-ri-ga a-peu-da**.
發生了很複雜的事情，真頭痛！

편두통 名 偏頭痛 漢

» **편두통**때문에 잠을 못 잔다.
pyeon-du-tong-ttae-mu-ne ja-meul mot jan-da.
因為有**偏頭痛**，所以睡不著。

생리통 名 生理痛 漢

» **생리통**으로 어쩔 수없이 결근했다.
saeng-ni-tong-eu-ro eo-jjeol su-eop-ssi gyeol- geun-haet-tta.
因為**生理痛**，不得不請假了。

치통 名 牙痛 漢

» **치통** 때문에 치과에 가다.
chi-tong ttae-mu-ne chi-gwa-e ga-da.
因為**牙痛**去看牙科。

복통 名 腹痛 漢

» 갑자기 **복통**이 왔다.
gap-jja-gi **bok-tong**-i wat-tta.
突然腹痛。

배가 아프다
形 肚子痛

» 상한 음식을 먹어서 **배가 아프다**.
sang-han eum-si-geul meo-geo-seo **bae-ga a-peu-da**.
吃了腐壞的食物而肚子痛。

위염 名 胃炎 漢

» **위염** 때문에 위가 아프다.
wi-yeom ttae-mu-ne wi-ga a-peu-da.
得了**胃炎**因此胃很痛。

위궤양 _名 胃潰瘍 漢

» 요즘 **위궤양** 때문에 고생이
다.
yo-jeum **wi-gwe-yang** ttae-
mu-ne go-saeng-i-da.
最近因**胃潰瘍**而辛苦。

위암 _名 胃癌 漢

» **위암**은 초기에 발견하면 괜
찮다.
wi-a-meun cho-gi-e bal-
kkyeon-ha-myeon gwaen-
chan-ta.
若早期發現**胃癌**就沒問
題。

대장암 _名 大腸癌 漢

» **대장암**에 걸리는 사람들이
늘고 있다.
dae-jang-a-me geol-li-neun
sa-ram-deu-ri neul- kko it-tta.
罹患**大腸癌**的人越來越
多。

식도암 _名 食道癌 漢

» **식도암**은 무척 위험하다.
sik-tto-a-meun mu-cheok wi-
heom-ha-da.
食道癌是很危險的。

백혈병 _名 白血病 漢

» **백혈병**에 걸린 어린이들을
위해 기부를 했다.
bae-kyeol-byeong-e geol-lin
eo-ri-ni-deu-reul wi-hae gi-
bu-reul haet-tta.
為了罹患**白血病**的孩子而
捐款。

불치병 _名 不治之症 漢

» **불치병** 환자를 위해 기도했
다.
bul-chi-byeong hwan-ja-reul
wi-hae gi-do- haet-tta.
為了罹患**不治之症**的人而
禱告。

당뇨병 _名 糖尿病 漢

» **당뇨병**은 단 것을 많이 먹
으면 안된다.
dang-nyo-byeong-eun dan
geo-seul ma-ni meo-geu-
myeon an-doen-da.
有**糖尿病**的人不能吃太多
甜的。

비만 _名 肥胖 漢

» **비만**아동은 사회적 문제이
다.
bi-ma-na-dong-eun sa-hoe-
jeok mun-je-i-da.
肥胖兒童已經成為社會的
問題。

고혈압 _名 高血壓 漢

» **고혈압** 환자들은 무리한 운
동을 하면안된다.
go-hyeo-rap hwan-ja-deu-
reun mu-ri-han un- dong-eul
ha-myeon an-doen-da.
高血壓患者不能做太激烈
的運動。

저혈압 名 低血壓 漢

» 나는 약간 **저혈압**이다.
na-neun yak-kkan **jeo-hyeo-ra**-bi-da.
我有點**低血壓**。

우울증 名 憂鬱症 漢

» **우울증**때문에 병원에 간다.
u-ul-jeung-ttae-mu-ne byeong-wo-ne gan-da.
因為**憂鬱症**而去醫院。

불면증 名 失眠症 漢

» **불면증**때문에 고민이다.
bul-myeon-jeung-ttae-mu-ne go-mi-ni-da.
因**失眠症**而煩惱。

몸살 名 痠痛

» 중요한 행사가 끝난 후에 **몸살**이 났다.
jung-yo-han haeng-sa-ga kkeun-nan hu-e **mom-sa**-ri nat-tta.
結束很重要的活動之後，全身**痠痛**了。

뻐근하다 形 （身體）痠的

» 어제 농구를 했더니 **뻐근하다**.
eo-je nong-gu-reul haet-tteo-ni **ppeo-geun-na- da**.
昨天打了籃球後，身體很**痠**。

쥐가 나다 動 抽筋

» 수영하다 **쥐가 났다**.
su-yeong-ha-da **jwi-ga nat-tta**.
游泳時**抽筋**了。

빈혈 名 貧血 漢

» **빈혈**이 심해졌다.
bin-hyeo-ri sim-hae-jeot-tta.
貧血變嚴重了。

기절하다 動 昏倒

» 갑자기 **기절하다**.
gap-jja-gi **gi-jeol-la-da**.
突然**昏倒**。

쓰러지다 動 倒下

» 빈혈로 **쓰러지다**.
bin-hyeol-lo **sseu-reo-ji-da**.
因為有貧血而**倒下**。

➡ 就醫

접수하다 動 掛號

» 병원 문 닫기 전에 마지막으로 **접수했다**.
byeong-won mun dat-kki jeo-ne ma-ji-ma-geu- ro **jeop-ssu-haet-tta**.
在醫院打烊的前一刻**掛號**了。

산부인과 <small>名</small> 婦產科

» 여성들은 정기적으로 **산부인과**에 검사를 받아야 한다.

yeo-seong-deu-reun jeong-gi-jeo-geu-ro **san-bu-in-gwa**-e geom-sa-reul ppa-da-ya han-da.

女生要定期去婦產科做檢查。

치과 <small>名</small> 牙科 <small>漢</small>

» **치과**가는 것이 제일 무섭다.

chi-gwa-ga-neun geo-si je-il mu-seop-tta.

最怕去看牙科了。

안과 <small>名</small> 眼科

» **안과**에서 시력검사를 했다.

an-gwa-e-seo si-ryeok-kkeom-sa-reul haet-tta.

在眼科檢查視力。

이비인후과
<small>名</small> 耳鼻喉科 <small>漢</small>

» 콧물이 계속 나서 **이비인후과**에 갔다.

kon-mu-ri gye-sok na-seo **i-bi-in-hu-gwa**-e gat-tta.

一直流鼻水，所以去耳鼻喉科。

내과 <small>名</small> 內科 <small>漢</small>

» 아침에 갑자기 배가 아파 **내과**에 갔다.

a-chi-me gap-jja-gi bae-ga a-pa **nae-gwa**-e gat-tta.

早上突然肚子痛，所以去了內科。

외과 <small>名</small> 外科

» **외과** 접수를 했다.

oe-gwa jeop-ssu-reul haet-tta.

到外科掛號。

비뇨기과 <small>名</small> 泌尿科
<small>漢</small>

» 오늘 **비뇨기과**에 사람이 많다.

o-neul **ppi-nyo-gi-gwa**-e sa-ra-mi man-ta.

今天在泌尿科有很多人。

소아과 <small>名</small> 小兒科 <small>漢</small>

» 동생이 감기에 걸려 **소아과**에 갔다.

dong-saeng-i gam-gi-e geol-lyeo **so-a-gwa**-e gat-tta.

弟弟感冒了，所以去看小兒科。

가정의학과
名 家庭醫學科

» 몸이 안좋으면 집 근처 **가정의학과**에간다.
mo-mi an-jo-eu-myeon jip geun-cheo **ga-jeong- ui-hak-kkwa**-e gan-da.
身體不舒服時，去家附近的**家庭醫學科**看病。

성형외과
名 整形外科　　　　漢

» **성형외과**에서 쌍꺼풀 수술을 했다.
seong-hyeong-oe-gwa-e-seo ssang-kkeo-pul su-su-reul haet-tta.
去**整形外科**動雙眼皮手術。

피부과 名 皮膚科 漢

» 여드름이 많이 나서 **피부과**에 간다.
yeo-deu-reu-mi ma-ni na-seo **pi-bu-gwa**-e gan- da.
因為長很多痘痘而去看**皮膚科**。

➡ 治療

입원 名 住院　　　漢

» 어제 **입원**했다.
eo-je **i-bwon**-haet-tta.
昨天**住院**了。

퇴원 名 出院 　　　漢

» 다음주에 **퇴원**한다.
da-eum-ju-e **toe-won**-han-da.
下禮拜會**出院**。

치료 名 治療 　　　漢

» 상처난 곳에 **치료**를 받았다.
sang-cheo-nan go-se **chi-ryo**-reul ppa-dat-tta.
受傷的地方接受了**治療**。

처방전
名 藥單；處方箋　　　漢

» **처방전**에는 약 종류가 써있다.
cheo-bang-jeo-ne-neun yak jong-nyu-ga sseo- it-tta.
藥單上寫著藥的種類。

비타민 名 維他命　漢

» 매일 **비타민**C 약을 먹는다.
mae-il **bi-ta-min** C ya-geul meong-neun-da.
每天吃**維他命** C 的藥。

한약
名 韓藥（類似中藥）　漢

» 매일 한번 **한약**을 먹는다.
mae-il han-beon **ha-nya**-geul meong-neun-da.
每天吃一次**韓藥**。

다이어트 名 減肥 外 diet

» **다이어트**를 또 시작했다.
da-i-eo-teu-reul tto si-ja-
kaet-tta.
又開始**減肥**了。

물리치료 名 物理治療 漢

» 교통사고 후 **물리치료**를 받
는다.
gyo-tong-sa-go hu **mul-li-chi-
ryo**-reul ppan- neun-da.
車禍後接受**物理治療**。

주사를 놓다 動 打針

» **주사를 놓은** 자리가 아프
다.
ju-sa-reul no-eun ja-ri-ga
a-peu-da.
被**打針**的地方很痛。

헌혈하다 動 捐血

» 나는 정기적으로 **헌혈을 한
다**.
na-neun jeong-gi-jeo-geu-ro
heon-**hyeo-reul han-da**.
我定期**捐血**。

피검사 名 驗血

» 매년 **피검사**를 한다.
mae-nyeon **pi-geom-sa**-reul
han-da.
每年**驗血**。

면역 名 免疫 漢

» **면역**이 약해지면 감기에 쉽
게 걸린다.
myeo-nyeo-gi ya-kae-ji-
myeon gam-gi-e swip- kke
geol-lin-da.
免疫力變脆弱的話，很容
易感冒的。

초음파 名 超音波 漢

» **초음파** 검사를 했다.
cho-eum-pa geom-sa-reul
haet-tta.
做了**超音波**檢查了。

환자복 名 病人服 漢

» **환자복**이 하늘색이다.
hwan-ja-bo-gi ha-neul-ssae-
gi-da.
病人服是天藍色。

엑스레이 名 X 光 外 X-ray

» 팔을 다쳐 **엑스레이**를 찍었
다.
pa-reul tta-cheo **ek-sseu-re-
i**-reul jji-geot-tta.
手受傷，照 **X** 光了。

마취 名 麻醉 漢

» **마취**가 되자 잠에 들었다.
ma-chwi-ga doe-ja ja-me
deu-reot-tta.
麻醉後睡著了。

수술 名 手術 ⋯⋯ 漢

» 다리를 다쳐 **수술**해야 한다.
da-ri-reul tta-cheo **su-sul**-hae-ya han-da.
腳受傷了要動**手術**。

깁스 名 石膏

» 부러진 다리에 **깁스**를 했다.
bu-reo-jin da-ri-e **gip-sseu**-reul haet-tta.
斷掉的腿打上**石膏**。

늘어나다 動 伸展

» 인대가 **늘어났다**.
in-dae-ga **neu-reo-nat-tta**.
韌帶已經復原可以**伸展**了。

Chapter

3

家庭成員／
輩份稱謂

Chapter 03 音檔雲端連結

因各家手機系統不同，若無法直
接掃描，仍可以至以下電腦雲端
連結下載收聽。（https://tinyurl.
com/5n7m4k5p）

🔊 一般稱謂

나 名 我（半語）

» **나는** 20살이다.
na-neun seu-mu-sa-ri-da.
我二十歲。

저 名 我（敬語）

» **저는** 대만사람입니다.
jeo-neun dae-man-sa-ra-mim-ni-da.
我是臺灣人。

당신 名 你

» **당신은** 아름답다.
dang-si-neun a-reum-dap-tta.
你很美。

그 名 他

» **그는** 멋있다.
geu-neun meo-sit-tta.
他很帥。

그녀 名 她

» **그녀는** 예쁘다.
geu-nyeo-neun ye-ppeu-da.
她很漂亮。

우리 名 我們

» **우리는** 집에 간다.
u-ri-neun ji-be gan-da.
我們回家。

너희들 名 你們

» **너희들은** 어디로 가니?
neo-hi-deu-reun eo-di-ro ga-ni?
你們去哪裡？

그들 名 他們

» **그들은** 좋은 친구이다.
geu-deu-reun jo-eun chin-gu-i-da.
他們是好朋友。

여러분 名 大家

» **여러분** 만나서 반갑습니다.
yeo-reo-bun man-na-seo ban-gap-sseum-ni-da.
很開心認識大家。

이 사람 名 這個人

» **이 사람은** 제 친구입니다.
i sa-ra-meun je chin-gu-im-ni-da.
這個人是我朋友。

저 사람 名 那個人

» **저 사람은** 경찰입니다.
jeo sa-ra-meun gyeong-cha-rim-ni-da.
那個人是警察。

이 분 名 這位（敬語）

» **이 분은** 저희 선생님이십니다.
i bu-neun jeo-hi seon-saeng-ni-mi-sim-ni-da.
這位是我們老師。

저 분 <small>名</small> 那位（敬語）

» **저 분**은 저희 사장님이십니다.
jeo bu-neun jeo-hi sa-jang-ni-mi-sim-ni-da.
那位是我們老闆。

이 것 <small>名</small> 這個

» **이 것**은 열쇠입니다.
i geo-seun yeol-soe-im-ni-da.
這個是鑰匙。

저 것 <small>名</small> 那個

» **저 것**은 야채입니다.
jeo geo-seun ya-chae-im-ni-da.
那個是蔬菜。

아저씨 <small>名</small> 大叔

» **아저씨**, 이것 얼마에요?
a-jeo-ssi, i-geo eol-ma-e-yo?
大叔，這個要多少錢呢？

아줌마 <small>名</small> 阿姨

» **아줌마**, 제가 들게요.
a-jum-ma, je-ga deul-kke-yo.
阿姨，我幫你拿。

노인 <small>名</small> 老人 ············· <small>漢</small>

» **노인**을 공경해야 한다.
no-i-neul kkong-gyeong-hae-ya han-da.
要尊敬老人。

청소년 <small>名</small> 青少年 ··· <small>漢</small>

» **청소년**기는 매우 중요하다.
cheong-so-nyeon-gi-neun mae-u jung-yo-ha-da.
青少年期很重要。

청년 <small>名</small> 青年 ············· <small>漢</small>

» **청년**들은 꿈을 가져야 한다.
cheong-nyeon-deu-reun kku-meul kka-jeo-ya han-da.
青年要有夢想。

어린이 <small>名</small> 小孩子

» **어린이**들은 순수하다.
eo-ri-ni-deu-reun sun-su-ha-da.
小孩子很純真。

➡ 所有格

나의 <small>名</small> <small>助</small> 我的（半語）

» **나의** 가족들은 한국에 있다.
na-ui ga-jok-tteu-reun han-gu-ge it-tta.
我的家人在韓國。

저의 <small>名</small> <small>助</small> 我的（敬語）

» 이쪽은 **저의** 어머니입니다.
i-jjo-geun **jeo-ui** eo-meo-ni-im-ni-da.
這是**我的**母親。

당신의 名 助 你的

» **당신의** 가방이 여기 있습니다.
dang-si-nui ga-bang-i yeo-gi it-sseum-ni-da.
你的包包在這裡。

엄마의 名 助 媽媽的

» 나는 **엄마의** 사랑스러운 딸이다.
na-neun **eom-ma-ui** sa-rang-seu-reo-un tta-ri-da.
我是媽媽的可愛女兒。

家庭成員

가족 名 家人

» 우리 **가족**은 미국에 삽니다.
u-ri **ga-jo**-geun mi-gu-ge sam-ni-da.
我家人住在美國。

식구 名 家人（口人）

» 우리 가족은 네 **식구**입니다.
u-ri ga-jo-geun ne **sik-kku**-im-ni-da.
我家人一共四口人。

어머니 名 母親

» 저희 **어머니**는 가정주부입니다.
jeo-hi **eo-meo-ni**-neun ga-jeong-ju-bu-im-ni-da.
我母親是家庭主婦。

엄마 名 媽媽

» **엄마**가 저녁을 해주었다.
eom-ma-ga jeo-nyeo-geul hae-ju-eot-tta.
媽媽煮晚餐給我吃。

아버지 名 父親

» **아버지**는 회사원이다.
a-beo-ji-neun hoe-sa-wo-ni-da.
父親是上班族。

아빠 名 爸爸

» **아빠**와 아들이 닮았다.
a-ppa-wa a-deu-ri dal-mat-tta.
爸爸與兒子很像。

누나 名 姊姊（男性稱呼姊姊）

» 우리 누나와 나는 3살 차이가 난다.
u-ri **nu-na**-wa na-neun sam-sal cha-i-ga nan-da.
我跟我姊差三歲。

언니 名 姊姊（女性稱呼姊姊）

» 우리 **언니**는 의사이다.
u-ri **eon-ni**-neun ui-sa-i-da.
我姊姊是醫生。

형
名 哥哥（男性稱呼哥哥）

» 우리 **형**은 한국에 산다.
hyeong-eun han-gu-ge
san-da.
我哥哥住在韓國。

오빠
名 哥哥（女性稱呼哥哥）

» 우리 **오빠**는 가수다.
u-ri **o-ppa**-neun ga-su-da.
我哥哥是歌手。

남동생 名 弟弟

» 내 **남동생**은 초등학생이다.
nae **nam-dong-saeng**-eun
cho-deung-hak-ssaeng-i-da.
我弟弟是國小學生。

여동생 名 妹妹

» 내 **여동생**은 바이올린을 할
줄 안다.
nae **yeo-dong-saeng**-eun ba-
i-ol-li-neul hal jjul an-da.
我妹妹會拉小提琴。

첫째 名 老大

» 나는 **첫째** 아들이다.
na-neun **cheot-jjae** a-deu-ri-
da.
我是第一個兒子。

둘째 名 老二

» **둘째** 아들은 공부를 잘한
다.

dul-jjae a-deu-reun gong-bu-
reul jjal han-da.
老二很會讀書。

막내 名 老么

» **막내**는 어딜가나 사랑받는
다.
mang-nae-neun eo-dil-ga-na
sa-rang-ban-neun-da.
老么不管到哪裡都很受歡
迎。

아들 名 兒子

» **아들**은 믿음직스럽다.
a-deu-reun mi-deum-jik-
sseu-reop-tta.
兒子又乖又可靠。

딸 名 女兒

» **딸**은 엄마의 좋은 친구이
다.
tta-reun eom-ma-ui jo-eun
chin-gu-i-da.
女兒是媽媽的好朋友。

➡ 親戚稱謂

사촌
名 堂兄弟姊妹（父親家族
之親戚

» 우리 **사촌**들은 키가 크다.
u-ri sa-chon-deu-reun ki-ga
keu-da.
我堂兄弟姊妹都很高。

외사촌

名 表兄弟姊妹（母親家族之親戚）

» 우리 **외사촌**들은 다 재미있다.
u-ri **oe-sa-chon**-deu-reun da jae-mi-it-tta.
我表兄弟姊妹都很有趣。

할머니 名 奶奶

» 우리 **할머니**는 농사를 지으신다.
u-ri **hal-meo-ni**-neun nong-sa-reul jji-eu-sin-da.
我奶奶種田。

할아버지 名 爺爺

» 우리 **할아버지**는 차를 즐겨 마신다.
u-ri **ha-ra-beo-ji**-neun cha-reul jjeul-kkyeo ma-sin-da.
我爺爺喜歡喝茶。

외할머니 名 外婆

» 우리 **외할머니**는 노래를 잘 하신다.
u-ri **oe-hal-meo-ni**-neun no-rae-reul jjal ha-sin-da.
我外婆很會唱歌。

외할아버지 名 外公

» 우리 **외할아버지**는 서예를 잘 쓰신다.
u-ri **oe-ha-ra-beo-ji**-neun seo-ye-reul jjal sseu-sin-da.
我外公很會寫書法。

이모 名 阿姨 漢

» 우리 **이모**는 화장품이 많다.
u-ri **i-mo**-neun hwa-jang-pu-mi man-ta.
我阿姨有很多化妝品。

외삼촌 名 舅舅

» 우리 **외삼촌**은 용돈을 자주 주신다.
u-ri **oe-sam-cho**-neun yong-do-neul jja-ju ju-sin-da.
我舅舅很常給我零用錢。

고모 名 姑姑 漢

» 우리 **고모**는 부자다.
u-ri **go-mo**-neun bu-ja-da.
我姑姑很有錢。

삼촌 名 叔叔

» 우리 **삼촌**은 정치인이다.
u-ri **sam-cho**-neun jeong-chi-i-ni-da.
我叔叔是政治家。

큰아빠 名 大伯

» 우리 **큰아빠**는 시인이다.
u-ri **keu-na-ppa**-neun si-i-ni-da.
我大伯是詩人。

큰엄마 名 嬸嬸

» 우리 **큰엄마**는 요리를 잘 하신다.
u-ri **keu-neom-ma**-neun yo-ri-reul jjal ha-sin-da.
我嬸嬸很會煮菜。

사촌언니 名 堂姊

» 우리 **사촌언니**는 화가이다.
u-ri **sa-cho-neon-ni**-neun
hwa-ga-i-da.
我**堂姊**是畫家。

사촌동생 名 堂妹／弟

» 우리 **사촌동생**은 고등학생
이다.
u-ri **sa-chon-dong-saeng**-
eun go-deung-hak-ssaeng-i-
da.
我**堂弟**是高中生。

외사촌오빠 名 表哥

» 우리 **외사촌오빠**는 올해 결
혼한다.
u-ri **oe-sa-cho-no-ppa**-neun
ol-hae gyeol-hon-han-da.
我**表哥**今年要結婚了。

손자 名 孫子 漢

» 나는 **손자**가 8명 있다.
na-neun **son-ja**-ga yeo-deo-
myeong it-tta.
我有八個**孫子**。

손녀 名 孫女 漢

» 처음으로 **손녀**를 보았다.
cheo-eu-meu-ro **son-nyeo**-
reul ppo-at-tta.
第一次有了**孫女**。

⟫ 親家稱謂

시어머니 名 婆婆

» **시어머니**가 좋아보인다.
si-eo-meo-ni-ga jo-a-bo-in-
da.
婆婆看起來很好。

시아버지 名 公公

» **시아버지**가 재밌어보인다.
si-a-beo-ji-ga jae-mi-sseo-
bo-in-da.
公公看起來很有趣。

장모님 名 岳母

» **장모님**은 요리를 잘 한다.
jang-mo-ni-meun yo-ri-reul
jjal han-da.
岳母很會做菜。

장인어른 名 岳父

» **장인어른**은 골프를 좋아하
신다.
jang-i-neo-reu-neun gol-
peu-reul jjo-a-ha-sin-da.
岳父喜歡打高爾夫球。

며느리 名 媳婦

» **며느리**는 시어머니에게 잘
한다.
myeo-neu-ri-neun si-eo-
meo-ni-e-ge jal han-da.
媳婦對婆婆很好。

사위 名 女婿

» **사위**는 아들과 같다.
sa-wi-neun a-deul-kkwa gat-
tta.
女婿像兒子一樣。

➡ **結婚**

맞선 名 相親

» 주말에 **맞선**을 볼 것이다.
ju-ma-re **mat-sseo**-neul ppol
geo-si-da.
週末打算去相親。

결혼 名 結婚

» 내년에 **결혼**할 계획이다.
nae-nyeo-ne **gyeol-hon**-hal
kkye-hoe-gi-da.
打算明年要結婚。

시집가다
動 女性結婚；嫁

» 우리 언니는 **시집갔다**.
u-ri eon-ni-neun **si-jip-kkat-
tta**.
我姊姊嫁人了。

장가가다
動 男性結婚；娶

» 우리 오빠는 **장가가고** 나서
집에 잘 안 온다.
u-ri o-ppa-neun **jang-ga-ga-
go** na-seo ji-be jal an on-da.
我的哥哥結婚之後不常回
家。

신랑 名 新郎 漢

» **신랑**이 잘 생겼다.
sil-lang-i jal ssaeng-gyeot-
tta.
新郎長得很好看。

신부 名 新娘 漢

» **신부**가 행복해보인다.
sin-bu-ga haeng-bo-kae-bo-
in-da.
新娘看起來很幸福。

부부 名 夫婦 漢

» **부부**는 닮아간다.
bu-bu-neun dal-ma-gan-da.
夫婦越來越像。

약혼식 名 訂婚 漢

» 우리는 먼저 **약혼식**을 올렸
다.
u-ri-neun meon-jeo **ya-kon-
si**-geul ol-lyeot-tta.
我們先訂婚了。

하객 名 嘉賓

» **하객**들이 매우 많이 왔다.
ha-gaek-tteu-ri mae-u ma-ni
wat-tta.
很多嘉賓來了。

결혼반지 名 結婚戒指

» 백화점에서 **결혼반지**를 골
랐다.
bae-kwa-jeo-me-seo **gyeol-
hon-ban-ji**-reul kkol-lat-tta.
在百貨公司選結婚戒指。

청첩장 ^名 喜帖

» **청첩장**에 사진을 넣었다.
cheong-cheop-jjang-e sa-ji-neul neo-eot-tta.
喜帖上放了照片。

가족사진 ^名 全家福

» 이 것은 우리 **가족사진**이다.
i geo-seun u-ri **ga-jok-ssa-ji**-ni-da.
這是我們全家福。

신혼 ^名 新婚

» 우리는 아직 **신혼**이다.
u-ri-neun a-jik **sin-ho**-ni-da.
我們還是新婚。

신혼여행 ^名 度蜜月 ^漢

» 하와이로 **신혼여행**을 갔다.
ha-wa-i-ro **sin-ho-nyeo-haeng**-eul kkat-tta.
去夏威夷度蜜月。

결혼식 ^名 結婚典禮 ^漢

» 토요일에 친구 **결혼식**에 가야 한다.
to-yo-i-re chin-gu **gyeol-hon-si**-ge ga-ya han-da.
星期六要去朋友的結婚典禮。

혼인신고 ^名 婚姻登記 ^漢

» 오늘 **혼인신고**를 했다.
o-neul **ho-nin-sin-go**-reul haet-tta.
今天做婚姻登記。

이혼 ^名 離婚 ^漢

» **이혼**은 심사숙고해야 한다.
i-ho-neun sim-sa-suk-kko-hae-ya han-da.
離婚是要再次考慮的。

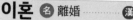 家庭

집 ^名 家

» 우리**집**은 서울이다.
u-ri-**ji**-beun seo-u-ri-da.
我家在首爾。

댁 ^名 家（敬語）

» 외할머니**댁**은 부산이다.
oe-hal-meo-ni-**dae**-geun bu-sa-ni-da.
外婆家在釜山。

다문화가정
^名 多文化家庭（父母一方是外國人） ^漢

» **다문화가정**이 점점 많아진다.
da-mun-hwa-ga-jeong-i jeom-jeom ma-na-jin-da.
多文化家庭越來越多了。

입양 名 領養 漢

» 매년 많은 아이들이 해외로 **입양**된다.
mae-nyeon ma-neun a-i-deu-ri hae-oe-ro **i-byang**-doen-da.
每年有很多小孩被**領養**到國外。

혈연관계 名 血緣關係 漢

» 우리는 **혈연관계**는 없지만 가족과 같다.
u-ri-neun **hyeo-ryeon-gwan-gye**-neun eop-jji-man ga-jok-kwa gat-tta.
我們沒有**血緣關係**，但是卻像家人一樣。

양육 名 養育 漢

» 많은 사람들에게 **양육**은 큰 문제이다.
ma-neun sa-ram-deu-re-ge **yang-yu**-geun keun mun-je-i-da.
對很多人而言，**養育**是一個很大的問題。

육아 名 育兒 漢

» 여자는 **육아**를 담당한다.
yeo-ja-neun **yu-ga**-reul ttam-dang-han-da.
女生負責**育兒**。

유아 名 幼兒 漢

» **유아**용품은 종류가 많다.
yu-a-yong-pu-meun jong-nyu-ga man-ta.
幼兒用品有很多種。

쌍둥이 名 雙胞胎

» 언니와 나는 **쌍둥이**이다.
eon-ni-wa na-neun **ssang-dung-i**-i-da.
姊姊跟我是**雙胞胎**。

기저귀 名 尿布

» 아기의 **기저귀**를 갈다.
a-gi-ui **gi-jeo-gwi**-reul kkal-tta.
換孩子的**尿布**。

인형 名 娃娃 漢

» 여동생은 **인형**을 매우 좋아한다.
yeo-dong-saeng-eun **in-hyeong**-eul mae-u jo-a-han-da.
妹妹非常喜歡**娃娃**。

장난감 名 玩具

» 조카는 로보트 **장난감**을 좋아한다.
jo-ka-neun ro-bo-teu **jang-nan-ga**-meul jjo-a-han-da.
侄子喜歡機器人**玩具**。

가사 名 家事 漢

» **가사**일은 쉽지 않다.
ga-sa-i-reun swip-jji an-ta.
家事並不容易。

Chapter

4

數字 ／ 數量

Chapter 04 音檔雲端連結

因各家手機系統不同，若無法直接掃描，仍可以至以下電腦雲端連結下載收聽。（**https://tinyurl.com/5ahcpy75**）

➡ 漢字式數字

漢字式數字為漢字衍伸而來，大部分需要用數字時會使用之，例如：電話號碼、車號、日子……

숫자 名 數字 漢

» 이 **숫자**들을 합하면 팔천칠백오십삼만이천이다.
i **sut-jja**-deu-reul ha-pa-myeon pal-cheon-chil-bae-go-sip-ssam-ma-ni-cheo-ni-da.
這些**數字**加總起來是八千七百五十三萬又兩千。

영 名 零 漢

» 기상예보에서는 내일 날씨가 **영**하 5도까지 내려 간다고 한다.
gi-sang-ye-bo-e-seo-neun nae-il nal-ssi-kka **yeong**-ha o-do-kka-ji nae-ryeo gan-da-go han-da.
氣象報告說明天氣溫會下降到零下五度。

공 名 零（口語）漢

» 국제전화를 걸 때 지역번호 앞 **공**을 생략한다.
guk-jje-jeon-hwa-reul kkeol ttae ji-yeok-ppeon-ho ap **gong**-eul ssaeng-nya-kan-da.
打國際電話時要省略區域號碼前面的「零」。

일 名 一 漢

» 동생은 시험에서 반 전체 **일**등을 했다.
dong-saeng-eun si-heo-me-seo ban jeon-che **il**-deung-eul haet-tta.
弟弟考了全班第一名。

이 名 二 漢

» 학교 수영대회에서 그는 **이**등을 했다.
hak-kkyo su-yeong-dae-hoe-e-seo geu-neun **i**-deung-eul haet-tta.
他在學校舉辦的游泳比賽得了第二名。

삼 名 三 漢

» 동생은 전 학년에서 달리기 **삼**등을 했다.
dong-saeng-eun jeon hang-nyeo-ne-seo dal-li-gi **sam**-deung-eul haet-tta.
妹妹跑步拿到全年級第三名。

사 名 四 漢

» 교과서 **사**쪽은 테스트이다.
gyo-gwa-seo **sa**-jjo-geun te-seu-teu-i-da.
課本第四頁是測驗。

오 ^名 五

» 우리 할머니는 올해 **오십오**
세이다.

u-ri hal-meo-ni-neun ol-hae
o-si-bo-se-i-da.

我奶奶今年五十五歲。

육 ^名 六

» 우리 조카는 올해 **육**세 생
일이다.

u-ri jo-ka-neun ol-hae **yuk**-
sse saeng-i-ri-da.

今天是我侄子六歲生日。

칠 ^名 七

» 동화에는 **칠**(일곱) 난장이
가 나온다.

dong-hwa-e-neun **chil** nan-
jang-i-ga na-on-da.

童話故事裡有七個小矮
人。

팔 ^名 八

» 그 집에는 **팔**(여덟)명의
어린이가 있다.

geu ji-be-neun **pal**-myeong-ui
eo-ri-ni-ga it-tta.

他們家有八位小朋友。

구 ^名 九

» 엄마는 오늘 시장에서 사과
구(아홉)개를 샀다.

eom-ma-neun o-neul ssi-
jang-e-seo sa-gwa **gu**-kkae
reul ssat-tta.

媽媽今天在市場買了九顆
蘋果。

십 ^名 十

» **십**일 후에 시골에 놀러간
다.

si-bil hu-e si-go-re nol-leo-
gan-da.

再過十天我要去鄉下玩。

이십 ^名 二十

» 그들 모두 **이십**대 젊은이이
다.

geu-deul mo-du **i-sip**-ttae
jeol-meu-ni-i-da.

他們都是二十幾歲的年輕
人。

삼십 ^名 三十

» 그 회사 직원들의 연령은
모두 **삼십**대이다.

geu hoe-sa ji-gwon-deu-rui
yeol-lyeong-eun mo-du **sam-
sip**-ttae-i-da.

他們公司人員的年齡都在
三十歲左右。

사십 ^名 四十

» 우리 학생의 어머니는 **사십**
대이다.

u-ri hak-ssaeng-ui eo-meo-
ni-neun **sa-sip**-ttae-i-da.

我學生的媽媽四十多歲。

오십 ^名 五十

» 자동차 **오십**대가 주차장에
있다.

ja-dong-cha **o-sip**-ttae-ga ju-
cha-jang-e it-tta.

五十臺汽車停在停車場。

육십 名 六十 漢

» **육십**년대 젊은이들의 생각
은 매우 다르다.
yuk-ssim-nyeon-dae jeol-
meu-ni-deu-rui saeng-ga-
geun mae-u da-reu-da.
六十年代年輕人的想法很
不一樣。

칠십 名 七十 漢

» 우리 할머니는 **칠십**대이다.
u-ri hal-meo-ni-neun chil-
sip-ttae-i-da.
我奶奶七十多歲了。

팔십 名 八十 漢

» **팔십**대 노인이 혼자 생활하
는 것은 불쌍하다.
pal-ssip-ttae no-i-ni hon-
ja saeng-hwal-ha-neun geo-
seun bul-ssang-ha-da.
八十幾歲的老人獨自生活
很可憐。

구십 名 九十 漢

» 그의 할아버지는 **구십**대이
다.
geu-ui ha-ra-beo-ji-neun gu-
sip-ttae-i-da.
他爺爺九十多歲了。

백 名 百 漢

» 발렌타인데이날 **백송이** 장
미꽃을 받았다.
bal-len-ta-in-de-i-nal ppaek-
ssong-i jang-mi-kko-cheul
ppa-dat-tta.
情人節她收到一百朵玫瑰
花。

천 名 千 漢

» 이 도시의 인구는 **천**만이
다.
i do-si-ui in-gu-neun cheon-
ma-ni-da.
這個城市有一千萬人口
了。

만 名 萬 漢

» 한화에는 **만원**짜리 액수 지
폐가 있다.
han-hwa-e-neun ma-nwon-
jja-ri aek-ssu ji-pye-ga it-tta.
韓幣有一張一萬元的面
額。

십만 名 十萬 漢

» 오빠는 **십만원**짜리 수표를
냈다.
o-ppa-neun sim-ma-nwon-
jja-ri su-pyo-reul naet-tta.
哥哥開出十萬元支票支付
費用。

백만 名 百萬 漢

» 이 스포츠카의 가치는 **백만**위안이다.

i seu-po-cheu-ka-ui ga-chi-neun **baeng-ma**-nwi-a-ni-da.

這輛跑車價值一百多萬元。

천만 名 千萬 漢

» 동구의 집값은 평당 **천만**위안이다.

dong-gu-ui jip-kkap-sseun pyeong-dang **cheon-ma**-nwi-a-ni-da.

東區的房價每坪要價一千萬元。

억 名 億 漢

» 그 회사 사장의 재산은 수**십억**위안이다.

geu hoe-sa sa-jang-ui jae-sa-neun su-si-**beo**-gwi-a-ni-da.

那家公司老闆的家產有數十億元。

십억 名 十億 漢

» 중국은 땅이 넓고 인구도 **십삼억**에 달한다.

jung-gu-geun ttang-i neop-go in-gu-do **sip**-ssa-**meo**-ge dal-han-tta.

中國地緣廣闊，總人口高達十三億。

백억 名 百億 漢

» 그녀는 몸값은 **백억**에 달하는 부자이다.

geu-nyeo-neun mom-gap-sseun **bae-geo**-ge dal-ha-neun bu-ja-i-da.

她是位身價一百億的富翁。

천억 名 千億 漢

» 미국 복권 당첨금은 **천억**까지 누적됐다.

mi-guk bok-kkwon dang-cheom-geu-meun **cheo-neok**-kka-ji nu-jeok-ttwaet-tta.

美國彩券獎金累積到一千億了。

조 名 兆 漢

» 연간 국가예산은 천조위안이다.

yeon-gan guk-kka-ye-sa-neun cheon-**jo**-wi-a-ni-da.

整年度國家預算為千兆元。

만오천 名 一萬五 漢

» 지난 달 상여가 **만오천**위안이다.

ji-nan dal ssang-yeo-ga **ma-no-cheo**-nwi-a-ni-da.

我上個月的業績獎金有一萬五千元。

만오백 名 一萬零五百 漢

» 언니는 **만오백**위안을 내고 명품가방을 샀다.
eon-ni-neun **ma-no-bae**-gwi-a-neul nae-go myeong-pum-ga-bang-eul ssat-tta.
姐姐用一萬零五百元買了個名牌皮包。

만오십 名 一萬零五十 漢

» 오빠는 **만오십**위안짜리 정장을 한벌 샀다.
o-ppa-neun **ma-no-si**-bwi-an-jja-ri jeong-jang-eul han-beol sat-tta.
哥哥買了一套一萬零五十元的西裝。

삼백만 名 三百萬 漢

» 농촌에는 **삼백만**위안이면 집을 한 채 산다.
nong-cho-ne-neun **sam-baeng-ma**-nwi-a-ni-myeon ji-beul han chae san-da.
在鄉下三百萬元就可以買到一間房子。

육백오십만 名 六百五十萬 漢

» 시내 20평 방값은 **육백오십만**위안이다.
si-nae i-sip-pyeong bang-gap-sseun **yuk-ppae-go-sim-ma**-nwi-a-ni-da.
市區一間 20 坪的套房要價六百五十萬元。

➡ 漢數字應用

전화번호 名 電話號碼

» 국제**전화번호**는 길고 외우기 어렵다.
guk-jje-**jeon-hwa-beon-ho**-neun gil-go oe-u-gi eo-ryeop-tta.
國際的**電話號碼**很長很難記住。

시내 전화번호 名 市內電話號碼

» **시내 전화번호**는 공이구팔칠육오사삼이입니다.
si-nae jeon-hwa-beon-ho-neun gong-i-gu-pal-chi-ryu-go-sa-sa-mi-im-ni-da.
我的**市內電話號碼**是 02-98765432。

백일층 名 101樓

» 타이베이에서 가장 높은 빌딩은 **백일층**이다.
ta-i-be-i-e-seo ga-jang no-peun bil-ding-eun **bae-gil-cheung**-i-da.
臺北最高的大樓是 101 樓。

삼십오층 名 35 樓

» 그녀의 사무실은 **삽십오층**이다.
geu-nyeo-ui sa-mu-si-reun **sap-ssi-bo-cheung**-i-da.
她辦公室在 35 樓。

버스번호 名 公車號碼

» 버스마다 번호가 다르다.
beo-seu-ma-da **beon-ho**-ga
da-reu-da.
每輛公車號碼都不同。

이팔사 名 284 號

» **이팔사**는 우편번호다.
i-pal-ssa-neun u-pyeon-
beon-ho-da.
284 是郵寄的區域號碼。

육공오 名 605 號

» 그 버스번호는 **육공오**이다.
jeo beo-seu-beon-ho-neun
yuk-kkong-o-i-da.
那輛公車號碼是 **605**。

지하철 노선 名 地鐵路線

» **지하철노선**은 매우 복잡하
다.
ji-ha-cheol-lo-seo-neun
mae-u bok-jja-pa-da.
地鐵路線很複雜。

이호선 名 二號線 漢

» 우리집은 지하철 **이호선**이
다.
u-ri-ji-beun ji-ha-cheol **i-ho-
seo**-ni-da.
我家在捷運的二號線。

육호선 名 六號線 漢

» 그녀의 집은 지하철 **육호선**
옆이다.
geu-nyeo-ui ji-beun ji-ha-
cheol **yu-ko-seon** yeo-pi-da.
她家住在捷運六號線旁
邊。

오십초 名 五十秒 漢

» 엄마는 동생에게 장난감을
정리할 시간 **50초**를 주었
다.
eom-ma-neun dong-saeng-e-
ge jang-nan-ga-meul jjeong-
ni-hal ssi-gan **o-sip-cho**-reul
ju-eot-tta.
媽媽給弟弟五十秒收拾玩
具。

이백초 名 兩百秒 漢

» **이백초**동안 물건을 옮기는
경기에 참가했다.
i-baek-cho-dong-an mul-
geo-neul om-gi-neun gyeong-
gi-e cham-ga-haet-tta.
參加這個比賽有兩百秒的
時間可以搬東西。

삼십분 名 三十分 漢

» 버스는 **삼십분**에 한 대 있
다.
beo-seu-neun **sam-sip-ppu**-
ne han dae it-tta.
公車每三十分鐘就有一
班。

사십오분 名 四十五分 漢

» 당신 지각했어요. 지금 이미 **45분**이에요.
dang-sin ji-ga-kae-sseo-yo. ji-geum i-mi **sa-sip-o-bu**-ni-e-yo.
你遲到了！現在已經四十五分了。

칠일 名 七天 漢

» 이 우유의 유효기간은 **칠일**이다.
i u-yu-ui yu-hyo-gi-ga-neun **chi-ri**-ri-da.
這瓶牛奶的有效期限是七天。

이십삼일 名 二十三號 漢

» 엄마의 생일은 **이십삼일**이다.
eom-ma-ui saeng-i-reun **i-sip-ssa-mi**-ri-da.
媽媽的生日在二十三號。

일주 名 一週 漢

» 언니는 **일주일동안** 요리수업을 들으러 간다.
eon-ni-neun **il-ju**-il-dong-an yo-ri-su-eo-beul tteu-reu-reo gan-da.
姐姐一週要去上烹飪課。

십이주 名 十二週 漢

» 이 안건은 시작부터 마무리까지 **십이주**가 걸린다.
i an-geo-neun si-jak-ppu-teo ma-mu-ri-kka-ji **si-bi-ju**-ga geol-lin-da.
這個案子開始到完成要十二週的時間。

이천십이년 名 2012 年 漢

» 올해는 서기 **이천십이년**이다.
ol-hae-neun seo-gi **i-cheon-si-bi-nyeo**-ni-da.
今年是西元 2012 年。

천구백팔십팔년 名 1988 漢

» 나는 **천구백팔십팔년**에 초등학교를 졸업했다.
na-neun **cheon-gu-baek-pal-ssip-pal-lyeo**-ne cho-deung-hak-kkyo-reul jjo-reo-paet-tta.
我小學畢業的那年是西元 1988 年。

오만원 名 五萬韓元 漢

» 이 옷은 한화 **오만원**이다.
i o-seun han-hwa **o-ma-nwo**-ni-da.
這件衣服要價五萬韓元。

純韓文數字

此為原始韓文數字説法，當要表示數量（與量詞一同使用）、時間、歲數……時會使用之。

순한국말 숫자
名 純韓文數字

» 이 책에는 **순한국말 숫자** 내용이 있다.
i chae-ge-neun **sun-han-gung-mal ssut-jja** nae-yong-i it-tta.
這本書的內容有**純韓文的數字**。

하나 名 一

» 나는 오늘 빨간색 가방을 **하나** 샀다.
na-neun o-neul ppal-kkan-saek ga-bang-eul **ha-na** sat-tta.
我今天買了一個紅色的包包。

둘 名 二

» 나는 친한 친구가 둘 있다.
na-neun chin-han chin-gu-ga **dul** it-tta.
我有**兩**個跟我很要好的朋友。

셋 名 三

» 우리 **셋**은 어렸을 때부터 같이 자란 친한 친구이다.
u-ri **se**-seun eo-ryeo-sseul ttae-bu-teo ga-chi ja-ran chin-han chin-gu-i-da.
我們三個是從小一起長大的好朋友。

넷 名 四

» 그녀는 어린이 **넷**의 엄마이다.
geu-nyeo-neun eo-ri-ni **ne**-sui eom-ma-i-da.
她是四個孩子的媽媽。

다섯 名 五

» 나는 남부로 가는 차표 **다섯**장을 샀다.
na-neun nam-bu-ro ga-neun cha-pyo **da-seot**-jjang-eul ssat-tta.
我買了五張到南部的車票。

여섯 名 六

» 저쪽에는 강아지 **여섯**마리가 놀고 있다.
jeo-jjo-ge-neun gang-a-ji **yeo-seon**-ma-ri-ga nol-go it-tta.
那邊有六隻小狗狗在玩耍。

일곱 （名）七

» 동생은 **일곱**장의 파란색 종이가 있다.
dong-saeng-eun **il-gop**-jjang-ui pa-ran-saek jong-i-ga it-tta.
弟弟有七張藍色的紙。

여덟 （名）八

» **여덟**사람은 주일 모임을 약속했다.
yeo-deop-ssa-ra-meun ju-il mo-i-meul yak-sso-kaet-tta.
她們八個人相約週日聚餐。

아홉 （名）九

» 책상 위에 물 **아홉**잔이 놓여있다.
chaek-ssang wi-e mul **a-hop**-jja-ni no-yeo-it-tta.
桌上放著九杯水。

열 （名）十

» 그녀는 시장에서 기름 **열**통을 샀다.
geu-nyeo-neun si-jang-e-seo gi-reum **yeol** tong-eul ssat-tta.
她在市場買了十桶油。

서른 （名）三十

» 우리 반에는 학생이 총 **서른**명이다.
u-ri ba-ne-neun hak-ssaeng-i chong **seo-reun**-myeong-i-da.
我們班上學生總共有三十位。

마흔 （名）四十

» 나는 이번에 1000미터 수영에 **마흔**번째 도전한다.
na-neun i-beo-ne cheon-mi-teo su-yeong-e **ma-heun**-beon-jjae do-jeon-han-da.
這是我第四十次挑戰1000公尺游泳。

쉰 （名）五十

» 우리 큰아빠는 **쉰**다섯에 퇴직하셨다.
u-ri keu-na-ppa-neun **swin**-da-seo-se toe-ji-ka-syeot-tta.
我伯父五十五歲退休。

예순 （名）六十

» 우리 삼촌은 **예순**살에 사장님이 되었다.
u-ri sam-cho-neun **ye-sun**-sa-re sa-jang-ni-mi doe-eot-tta.
我叔叔六十歲開始做老闆。

일흔 （名）七十

» 할머니는 올해 **일흔**둘이다.
hal-meo-ni-neun ol-hae **il-heun**-du-ri-da.
奶奶今年年齡七十二歲。

여든 _名 八十

» 정부는 **여든**살인 사람들에게 무료로 건강검진을 해준다.

jeong-bu-neun **yeo-deun**-sa-rin sa-ram-deu-re-ge mu-ryo-ro geon-gang-geom-ji-neul hae-jun-da.

政府為八十歲以上的人做免費的健康檢查。

아흔 _名 九十

» 옆집 할머니는 **아흔**살이실 거야!

yeop-jjip hal-meo-ni-neun **a-heun**-sa-ri-sil-geo-ya!

隔壁的奶奶有九十歲了吧!

➡ 韓數字應用

나이 _名 年紀

» 동생은 **나이**가 아직 어리다.

dong-saeng-eun **na-i**-ga a-jik eo-ri-da.

弟弟的年紀還很小。

스무살 _名 二十歲

» 동생은 **스무살**때부터 인터넷에서 판매했다.

dong-saeng-eun **seu-mu-sal**-ttae-ppu-teo in-teo-ne-se-seo pan-mae-haet-tta.

妹妹二十歲就開始做網路行銷。

스물세살 _名 二十三歲

» 내 친구는 올해 **스물세살**에 회사 간부가 되었다.

nae chin-gu-neun ol-hae **seu-mul-se-sa**-re hoe-sa gan-bu-ga doe-eot-tta.

我朋友今年才二十三歲，就當公司主管了。

여든다섯살 _名 八十五歲

» **여든다섯살**이신데도 아직 일하신다.

yeo-deun-da-seot-ssa-ri-sin-de-do a-jik il-ha-sin-da.

有個人八十五歲了還在工作。

세시 _名 三點

» 오후 **세시**에 디저트를 먹는다.

o-hu **se-si**-e di-jeo-teu-reul meong-neun-da.

下午三點吃點心。

열시 _名 十點

» 내일 오전 **열시**에 시작한다.

nae-il o-jeon **yeol-si**-e si-ja-kan-da.

明天上午十點開始。

➠ 其他數字表示

삼분의일 _名 三分之一

» **삼분의 일**의 사람들은 이
건에 대해 의견이 없다.
sam-bu-nui i-rui sa-ram-
deu-reun i geo-ne dae-hae ui-
gyeo-ni eop-tta.
有**三分之一**的人對這案子
沒意見。

이분의일 _名 二分之一

» 학교에서 개최한 이벤트에
이분의 일의 사람들은 참가
하지 않는다.
hak-kkyo-e-seo gae-choe-
han i-ben-teu-e **i-bu-nui i**-rui
sa-ram-deu-reun cham-ga-
ha-ji an-neun-da.
有**二分之一**的人不參加學
校舉辦的活動。

오분의삼 _名 五分之三

» 엄마는 케익의 **오분의 삼**을
남겨 오빠와 동생에게 주어
야 한다고 말했다.
eom-ma-neun ke-i-gui **o-bu-
nui sa**-meul nam-gyeo o-ppa-
wa dong-saeng-e-ge ju-eo-ya
han-da-go mal-haet-tta.
媽媽説要留**五分之三**的蛋
糕給哥哥和弟弟。

영점삼 _名 0.3

» 볼펜의 심은 **영점삼**이다.
bol-pe-nui si-meun **yeong-
jeom-sa**-mi-da.
原子筆的筆頭是 **0.3** 的。

영점팔오 _名 0.85

» 이 사이즈는 1센티미터도
안되는 **영점팔오**이다.
i sa-i-jeu-neun il-sen-ti-mi-
teo-do an-doe-neun **yeong-
jeom-pa-ro**-i-da.
這尺寸只有 **0.85** 還不到
一公分。

마이너스이십
_名 -20 ⋯⋯ _外 minus + _漢

» 한국의 가장 추운 곳은 **마
이너스이십**도이다.
han-gu-gui ga-jang chu-un
go-seun **ma-i-neo-seu-i-sip**-
tto-i-da.
韓國最冷的地方有 **-20** 度
的。

마이너스영점오
_名 -0.5

» **마이너스영점오**도면 눈이
내린다.
**ma-i-neo-seu-yeong-jeo-
mo**-do-myeon nu-ni nae-rin-
da.
一般到 **-0.5** 度就會下雪。

➡ 序數

첫번째 形 第一

» 오늘 **첫번째** 출근이다.
o-neul **cheot-ppeon-jjae**
chul-geu-ni-da.
今天是**第一**次上班。

두번째 形 第二

» 나는 우리반에서 달리기가
두번째로 빠르다.
na-neun u-ri-ba-ne-seo dal-
li-gi-ga **du-beon-jjae**-ro ppa-
reu-da.
我在我們班上是跑步**第二**
快的。

세번째 形 第三

» 이번이 **세번째** 가는 것이
다.
i-beo-ni **se-beon-jjae** ga-
neun geo-si-da.
這次是**第三**次去的。

네번째 形 第四

» 나는 **네번째** 아이이다.
na-neun **ne-beon-jjae** a-i-i-
da.
我是家裡的**第四**個小孩。

다섯번째 形 第五

» **다섯번째** 줄에 앉을 것이
다.
da-seot-ppeon-jjae ju-re an-
jeul kkeo-si-da.
我會坐**第五**排。

여섯번째 形 第六

» 행사가 이미 **여섯번째** 순서
까지 진행되었다.
haeng-sa-ga i-mi **yeo-seot-
ppeon-jjae** sun-seo-kka-ji jin-
haeng-doe-eot-tta.
節目已經進行到**第六**項
了。

일곱번째 形 第七

» 운동장에서 **일곱번째** 바퀴
를 뛰고 있다.
un-dong-jang-e-seo **il-gop-
ppeon-jjae** ba-kwi-reul ttwi-
go it-tta.
已經在操場跑**第七**圈了。

여덟번째 形 第八

» 수영장에서 **여덟번째**로 들
어왔다.
su-yeong-jang-e-seo **yeo-
deop-ppeon-jjae**-ro deu-reo-
wat-tta.
在游泳池游**第八**回了。

아홉번째 形 第九

» 언니는 **아홉번째** 피아노 대
회에 참가한다.
eon-ni-neun **a-hop-ppeon-
jjae** pi-a-no dae-hoe-e cham-
ga-han-da.
姐姐**第九**次參加鋼琴比
賽。

열번째 形 第十

» 학교 운동팀은 **열번째** 해외 경기에 참가한다.
hak-kkyo un-dong-ti-meun **yeol-beon-jjae** hae-oe gyeong-gi-e cham-ga-han-da.
學校球隊第十次出國比賽。

백번째 形 第一百

» 이 동네 **백번째** 가정이 이 사왔다.
i dong-ne **baek-ppeon-jjae** ga-jeong-i i-sa-wat-tta.
這社區第一百戶已經搬進來了。

천번째 形 第一千

» **천번째** 등록하는 사람은 경품이 있다.
cheon-beon-jjae deung-no-ka-neun sa-ra-meun gyeong-pu-mi it-tta.
第一千個報名的人有獎勵。

만번째 形 第一萬

» 그녀는 놀이공원 **만번째** 입장객이다.
geu-nyeo-neun no-ri-gong-won **man-beon-jjae** ip-jjang-gae-gi-da.
她是遊樂園第一萬個入園的人。

마지막 形 最後

» 경기는 **마지막**까지 힘내야 한다.
gyeong-gi-neun **ma-ji-mak-**kka-ji him-nae-ya han-da.
比賽一定要堅持到最後。

➡ 數量冠詞

절반 形 一半

» 우유가 **절반**만 남았다.
u-yu-ga **jeol-ban**-man na-mat-tta.
牛奶只剩一半了。

대단히 많은 形 許多的

» 가수의 콘서트에 **대단히 많은** 군중이 모였다.
ga-su-ui kon-seo-teu-e **dae-dan-hi ma-neun** gun-jung-i mo-yeot-tta.
歌手的演唱會有許多的觀眾。

대량의 形 大量的

» 뉴스에서는 **대량으로** 공무원의 부패를 보도했다.
nyu-seu-e-seo-neun **dae-ryang**-eu-ro gong-mu-wo-nui bu-pae-reul ppo-do-haet-tta.
新聞大量地在報導官員貪汙。

소량의 (形) 少量的

» 가벼운 감기여서 의사는 **소량의** 약을 처방했다.
ga-byeo-un gam-gi-yeo-seo ui-sa-neun **so-ryang-ui** ya-geul cheo-bang-haet-tta.
因為是小感冒，所以醫生開了**少量的**藥。

대부분 (形) 大部分 (漢)

» **대부분** 사람들은 찬성했다.
dae-bu-bun sa-ram-deu-reun chan-seong-han-da.
大部分的人都是贊成的。

일부 (名) 一部分 (漢)

» **일부** 학자들은 이 같은 이론을 지지한다.
il-bu hak-jja-deu-reun i ga-teun i-ro-neul jji-ji-han-da.
有一部分學者是支持這樣的理論。

소수 (名) 少數 (漢)

» **소수**의 반대자들도 의견이 있다.
so-su-ui ban-dae-ja-deul-tto ui-gyeo-ni it-tta.
少數的反對者還是有意見。

➡ 量詞

층 (名) （樓）層 (漢)

» 이 빌딩은 고**층**빌딩이다.
i bil-ding-eun go-**cheung**-bil-ding-i-da.
這棟大樓的樓層很高。

개 (名) 個 (漢)

» 가방 한 **개**를 샀다.
ga-bang han **gae**-reul ssat-tta.
買了一個包包。

자루 (名) 枝

» 여동생에게 연필 두 **자루**를 주었다.
yeo-dong-saeng-e-ge yeon-pil du **ja-ru**-reul jju-eot-tta.
給妹妹兩枝鉛筆。

마리 (名) 隻

» 우리집에 강아지 한 **마리**가 있다.
u-ri-ji-be gang-a-ji han **ma-ri**-ga it-tta.
我家有一隻小狗。

알 (名) 顆

» 감기약 두 **알**을 먹었다.
gam-gi-yak du **a**-reul meo-geot-tta.
吃了兩顆感冒藥。

장 名張　　　　　漢

» 종이 열 **장**에 그림을 그렸다.

jong-i yeol **jang**-e geu-ri-meul kkeu-ryeot-tta.

在十張紙上畫畫。

그루 名棵

» 나무 세 **그루**를 심었다.

na-mu se **geu-ru**-reul ssi-meot-tta.

種了三棵樹。

잔 名杯

» 오후에 커피 한 **잔**을 마셨다.

o-hu-e keo-pi han **ja**-neul ma-syeot-tta.

下午喝了一杯咖啡。

통 名桶　　　　　漢

» 아이스크림 한 **통**을 다 먹었다.

a-i-seu-keu-rim han **tong**-eul tta meo-geot-tta.

把一桶冰淇淋吃光了。

판 名盤　　　　　漢

» 피자 두 **판**을 주문했다.

pi-ja du **pa**-neul jju-mun-haet-tta.

訂了兩盤披薩。

그릇 名碗

» 짜장면 한 **그릇**을 먹었더니 배가 불렀다.

jja-jang-myeon han **geu-reu-seul** meo-geot-tteo-ni bae-ga bul-leot-tta.

吃了一碗炸醬麵後就很飽。

스푼 名湯匙　　外 spoon

» 간장 한 **스푼**을 넣었다.

gan-jang han **seu-pu**-neul neo-eot-tta.

加了一個湯匙的醬油。

티스푼 名茶匙　　外 tea spoon

» 커피에 설탕 한 **티스푼**을 넣었다.

keo-pi-e seol-tang han **ti-seu-pu**-neul neo-eot-tta.

咖啡裡放一個茶匙的砂糖。

컵 名杯子　　外 cup

» 라면이 짜서 물을 한 **컵** 넣었다.

ra-myeo-ni jja-seo mu-reul han **keop** neo-eot-tta.

因為泡麵有點鹹，所以加了一杯水。

박스 名盒 ...... 外 box

» 이 인삼 한 **박스**는 이백팔십 칠만사천삼백원이다.
i in-sam han-**bak-sseu**-neun i-baek-pal-ssip-chil-man-sa-cheon-sam-bae-gwo-ni-da.
這盒人參要價兩百八十七萬四千三百韓元。

상자 名箱子 ...... 漢

» 사과 네 **상자**를 학교에 보냈다.
sa-gwa ne **sang-ja**-reul hak-kkyo-e bo-naet-tta.
把四箱蘋果送去學校。

벌 名件

» 양복 다섯 **벌**을 새로 샀다.
yang-bok da-seot **beo**-reul ssae-ro sat-tta.
買了五件新的西裝。

켤레 名雙

» 나는 신발이 여덟 **켤레** 있다.
na-neun sin-ba-ri yeo-deol **kyeol-le** it-tta.
我有八雙鞋子。

쌍 名雙；對 ...... 漢

» 귀걸이 한 **쌍**을 만들었다.
gwi-geo-ri han **ssang**-eul man-deu-reot-tta.
做了一對耳環。

대 名臺 ...... 漢

» 우리집에는 자동차가 두 **대** 있다.
u-ri-ji-be-neun ja-dong-cha-ga du **dae** it-tta.
我家有兩臺車子。

송이 名朵

» 장미꽃 스무 **송이**을 받았다.
jang-mi-kkot seu-mu **song-i**-eul ppa-dat-tta.
收到二十朵玫瑰。

권 名本

» 책 일곱 **권**을 옮겼다.
chaek il-gop **gwo**-neul om-gyeot-tta.
搬了七本書。

Chapter

5

季節／時間

Chapter 05 音檔雲端連結

因各家手機系統不同，若無法直接
掃描，仍可以至以下電腦雲端連結
下載收聽。（**https://tinyurl.com/
p8ysztpv**）

⇒ 時間標記

시간 名 時間 ⓗ

» 보통 여덟시간동안 근무를 한다.
bo-tong yeo-deop-**ssi-gan**-dong-an geun-mu-reul han-da.
通常上班的總時間是八個小時。

달력 名 月曆

» 벽에 **달력**을 걸었다.
byeo-ge **dal-lyeo**-geul kkeo-reot-tta.
牆壁上掛了月曆。

음력 名 農曆（陰曆） ⓗ

» 동양에서는 **음력**도 사용한 다.
dong-yang-e-seo-neun **eum-nyeok**-tto sa-yong-han-da.
農曆在東方國家也有被使用。

양력 名 陽曆 ⓗ

» 달력은 보통 **양력**이다.
dal-lyeo-geun bo-tong **yang-nyeo**-gi-da.
通常月曆是陽曆的時間。

⇒ 季節

계절 名 季節 ⓗ

» 한국은 **4계절**이 뚜렷하다.
han-gu-geun sa-**gye-jeo**-ri ttu-ryeo-ta-da.
韓國的四季分明。

봄 名 春天

» **봄**에는 꽃이 많이 핀다.
bo-me-neun kko-chi ma-ni pin-da.
春天有很多種花綻放。

여름 名 夏天

» **여름**에는 바닷가에 간다.
yeo-reu-me-neun ba-dat-kka-e gan-da.
夏天去海邊。

가을 名 秋天

» **가을**에는 단풍이 진다.
ga-eu-re-neun dan-pung-i jin-da.
秋天楓葉轉紅落下。

겨울 名 冬天

» **겨울**에는 눈이 내린다.
gyeo-u-re-neun nu-ni nae-rin-da.
冬天會下雪。

Chapter 5 季節／時間 ⓗ 漢語延伸單字／外 外來語延伸單字

⬤ 時間點

초 名 秒

» 달리기는 **초**로 계산한다.
dal-li-gi-neun **cho**-ro gye-san-han-da.
賽跑是用秒數計算的。

분 名 分 ⋯⋯⋯⋯ 漢

» 일분간 말해야 한다
il-**bun**-gan mal-hae-ya han-da.
要講一分鐘。

시 名 點 ⋯⋯⋯⋯ 漢

» 일곱시에 알람을 맞춰 놓았다.
il-gop-**ssi**-e al-la-meul mat-chwo no-at-tta.
我將鬧鐘設在七點起床。

일 名 日；天 ⋯⋯⋯⋯ 漢

» 한 달은 삼십**일**이다.
han da-reun sam-si-**bi**-ri-da.
一個月有三十天。

날짜 名 日子 ⋯⋯⋯⋯ 漢

» 여행가는 **날짜**가 다가온다.
yeo-haeng-ga-neun **nal-jja**-kka da-ga-on-da.
去旅行的日子快到了。

월 名 月 ⋯⋯⋯⋯ 漢

» 1월에는 눈이 많이 온다.
i-**rwo**-re-neun nu-ni ma-ni on-da.
一月下很多雪。

년 名 年 ⋯⋯⋯⋯ 漢

» 2012년에는 올림픽이 개최되었다.
i-cheon si-bi-**nyeo**-ne-neun ol-lim-pi-gi gae-choe-doe-eot-tta.
2012 年舉辦了奧運會。

월요일 名 星期一

» **월요일**에 출근한다.
wo-ryo-i-re chul-geun-han-da.
星期一上班。

화요일 名 星期二

» **화요일**에 운동한다.
hwa-yo-i-re un-dong-han-da.
星期二去運動。

수요일 名 星期三

» **수요일**은 휴가다.
su-yo-i-reun hyu-ga-da.
星期三放假。

목요일 名 星期四

» **목요일**에 야근을 한다.
mo-gyo-i-re ya-geu-neul han-da.
星期四加班了。

금요일 名 星期五

» **금요일**에 학원에 간다.
geu-myo-i-re ha-gwo-ne gan-da.
星期五去補習班。

토요일 ^名 星期六

» **토요일**에 여행을 간다.
to-yo-i-re yeo-haeng-eul kkan-da.
星期六去旅行。

일요일 ^名 星期日

» **일요일**에 교회에 간다.
i-ryo-i-re gyo-hoe-e gan-da.
星期日去教會。

일월 ^名 一月 .... ^漢

» **일월**에는 눈이 온다.
i-rwo-re-neun nu-ni on-da.
一月會下雪。

이월 ^名 二月 .... ^漢

» **이월**은 여전히 춥다.
i-wo-reun yeo-jeon-hi chup-tta.
二月還是很冷。

삼월 ^名 三月 .... ^漢

» **삼월**부터 봄이다.
sa-mwol-bu-teo bo-mi-da.
從三月開始就是春天了。

사월 ^名 四月 .... ^漢

» **사월**에 꽃이 핀다.
sa-wo-re kko-chi pin-da.
四月會開花。

오월 ^名 五月 .... ^漢

» **오월**은 날씨가 좋다.
o-wo-reun nal-ssi-kka jo-ta.
五月天氣很好。

유월 ^名 六月 .... ^漢

» **유월**부터 조금 덥다.
yu-wol-bu-teo jo-geum deop-tta.
六月開始有點熱。

칠월 ^名 七月 .... ^漢

» **칠월**은 여름이다.
chi-rwo-reun yeo-reu-mi-da.
七月是夏天。

팔월 ^名 八月 .... ^漢

» **팔월**에 휴가를 간다.
pa-rwo-re hyu-ga-reul kkan-da.
八月去度假。

구월 ^名 九月 .... ^漢

» **구월**은 가을이다.
gu-wo-reun ga-eu-ri-da.
九月是秋天。

시월 ^名 十月 .... ^漢

» **시월**은 선선하다.
si-wo-reun seon-seon-ha-da.
十月很涼快。

십일월 ^名 十一月 ... ^漢

» **십일월**부터 춥다.
si-bi-rwol-bu-teo chup-tta.
從十一月開始冷了。

십이월 名 十二月 漢

» **십이월**은 일년의 마지막 달이다.
si-bi-wo-reun il-lyeo-nui ma-ji-mak da-ri-da.
十二月是一年的最後一個月。

일주년 名 一周年 … 漢

» 백화점 **일주년** 행사에 갔다.
bae-kwa-jeom **il-ju-nyeon** haeng-sa-e gat-tta.
去了百貨公司一周年活動。

십주년 名 十周年 漢

» 올해는 결혼 **십주년**이다.
ol-hae-neun gyeol-hon **sip-jju-nyeo**-ni-da.
今年是結婚十周年。

백주년 名 一百周年 漢

» 2012년은 중화민국 건국 **백주년**이다.
i-cheon si-bi-nyeo-neun jung-hwa-min-guk geon-guk **baek-jju-nyeo**-ni-da.
2012 年時中華民國建立一百周年。

언젠가 副 總有一天

» **언젠가**는 대통령이 될 것이다.
eon-jen-ga-neun dae-tong-nyeong-i doel geo-si-da.
總有一天一定要當總統！

어느날 名 有一天

» **어느날** 그가 찾아왔다.
eo-neu-nal kkeu-ga cha-ja-wat-tta.
有一天他來找我。

➡ 一段時間

하루 名 一天

» **하루**만에 이 책을 다 보았다.
ha-ru-ma-ne i chae-geul tta bo-at-tta.
用一天看完這本書。

이틀 名 兩天

» **이틀**동안 씻지 못했다.
i-teul-ttong-an ssit-jji mo-taet-tta.
兩天無法洗澡。

사흘 名 三天

» **사흘**간 먹지 못했다.
sa-heul-kkan meok-jji mo-taet-tta.
三天都沒辦法吃東西。

나흘 名 四天

» **나흘**간 여행을 갔다.
na-heul-kkan yeo-haeng-eul kkat-tta.
四天去旅行。

닷새 名 五天

» **닷새**간 교육을 받았다.
dat-ssae-gan gyo-yu-geul
ppa-dat-tta.
接受了**五天**的教育課程。

일주일 名 一週

» **일주일**은 칠일이다.
il-ju-i-reun chi-ri-ri-da.
一週有七天。

이주일 名 二週

» **이주일**동안 훈련을 받았다.
i-ju-il-dong-an hul-lyeo-neul
ppa-dat-tta.
受訓了**兩個星期**。

한달 名 一個月

» **한** 달에 한 번 출장을 간다.
han da-re han beon chul-
jang-eul kkan-da.
一個月出差一次。

두달 名 兩個月

» **두달**간 방학이다.
du-dal-kkan bang-ha-gi-da.
放假了**兩個月**。

세달 名 三個月

» 1분기는 **세달**이다.
il-bun-gi-neun **se-da**-ri-da.
一季有**三個月**。

네달 名 四個月

» **네달**동안 한국에 간다.
ne-dal-ttong-an han-gu-ge
gan-da.
去了韓國**四個月**。

기간 名 期間 漢

» 교육**기간**은 육개월이다.
gyo-yuk-**kki-ga**-neun yuk-
kkae-wo-ri-da.
教育**期間**為六個月。

유통기한 名 有效期間

» 이 우유의 **유통기한**은 내일
까지이다.
i u-yu-ui **yu-tong-gi-ha**-neun
nae-il-kka-ji-i-da.
這牛奶的**有效期間**到明天
為止。

아침내내
副 一整個早上

» **아침내내** 비가 왔다.
a-chim-nae-nae bi-ga wat-
tta.
整個早上都在下雨。

오후내내
副 一整個下午

» **오후내내** 더웠다.
o-hu-nae-nae deo-wot-tta.
整個下午都很熱。

Chapter 5 季節／時間 漢 漢語延伸單字／外 外來語延伸單字

밤새 副 一整個晚上

» **밤새** 한 잠도 못 잤다.
bam-sae han jam-do mot jat-tta.
一整晚睡不著。

일년내내 副 一整年

» **일년내내** 바빴다.
il-lyeon-nae-nae ba-ppat-tta.
一整年都很忙。

⟩⟩⟩ 一天的時刻

아침 名 早上

» **아침**에 일찍 일어났다.
a-chi-me il-jjik i-reo-nat-tta.
早上很早就起床了。

오전 名 上午 漢

» **오전**에 아르바이트를 한다.
o-jeo-ne a-reu-ba-i-teu-reul han-da.
上午去打工。

점심 名 中午 漢

» **점심**에 친구와 약속이 있다.
jeom-si-me chin-gu-wa yak-sso-gi it-tta.
中午跟朋友有約。

오후 名 下午 漢

» **오후**에 운동을 하러 간다.
o-hu-e un-dong-eul ha-reo gan-da.
下午去運動。

저녁 名 晚上

» **저녁**에 음악회를 보러 갈 것이다.
jeo-nyeo-ge eu-ma-koe-reul ppo-reo gal kkeo-si-da.
晚上要去看音樂會。

밤 名 比較晚的晚上

» **밤**에 야식을 먹는다.
ba-me ya-si-geul meong-neun-da.
晚上吃宵夜。

심야 名 深夜 漢

» TV **심야** 프로그램은 재미 없다.
ti-bi **si-mya** peu-ro-geu-rae-meun jae-mi-eop-tta.
電視的深夜節目很無聊。

새벽 名 凌晨

» **새벽**에 일어나 수영을 간다.
sae-byeo-ge i-reo-na su-yeong-eul kkan-da.
凌晨起床去游泳。

⟱ 時間先後

현재 名 現在 ⋯⋯⋯ 漢

» 가장 중요한 것은 **현재** 무
엇을 하느냐이다.
ga-jang jung-yo-han geo-seun
hyeon-jae mu-eo-seul ha-
neu-nya-i-da.
最重要的是**現在**在做什
麼。

과거 名 過去 ⋯⋯⋯ 漢

» **과거**에는 휴대폰이 없었다.
gwa-geo-e-neun hyu-dae-
po-ni eop-sseot-tta.
過去沒有手機這種東西。

미래 名 未來 ⋯⋯⋯ 漢

» 찬란한 **미래**가 펼쳐질 것이
다.
chal-lan-han **mi-rae**-ga
pyeol-cheo-jil geo-si-da.
展開燦爛的**未來**！

오늘 名 今天

» **오늘** 영화볼래요?
o-neul yeong-hwa-bol-lae-
yo?
今天要看電影嗎？

어제 名 昨天

» **어제** 누구랑 같이 갔어요?
eo-je nu-gu-rang ga-chi ga-
sseo-yo?
昨天跟誰一起去？

그저께 名 前天

» **그저께**부터 몸이 안 좋아
요.
geu-jeo-kke-bu-teo mo-mi
an jo-a-yo.
從**前天**開始身體就不舒
服。

내일 名 明天

» **내일** 같이 밥먹을래요?
nae-il ga-chi bam-meo-geul-
lae-yo?
明天要一起吃飯嗎？

모레 名 後天

» **모레** 약속있어요?
mo-re yak-sso-gi-sseo-yo?
後天有約嗎？

이번주 名 這個星期

» **이번주**부터 학교에 간다.
i-beon-ju-bu-teo hak-kkyo-e
gan-da.
從**這個星期**開始去上課。

저번주 名 上個星期

» **저번주**부터 비가 계속 온
다.
jeo-beon-ju-bu-teo bi-ga
gye-sok on-da.
從**上個星期**開始就一直下
雨了。

저저번주 名 上上個星期

» **저저번주**에 노트북을 샀다.
jeo-jeo-beon-ju-e no-teu-bu-geul ssat-tta.
上上個星期買了筆電。

다음주 名 下星期

» **다음주**에 미국에 간다.
da-eum-ju-e mi-gu-ge gan-da.
下星期要去美國。

다다음주 名 下下星期

» **다다음주**부터 방학이다.
da-da-eum-ju-bu-teo bang-ha-gi-da.
下下星期開始放假。

이번달 名 這個月

» **이번달**에는 너무 바빴다.
i-beon-da-re-neun neo-mu ba-ppat-tta.
這個月太忙了。

저번달 名 上個月

» **저번달**에는 한가했다.
jeo-beon-da-re-neun han-ga-haet-tta.
上個月很閒。

다음달 名 下個月

» **다음달**에는 바쁘지 않았으면 좋겠다.
da-eum-da-re-neun ba-ppeu-ji a-na-sseu-myeon jo-ket-tta.
如果下個月不忙的話就太好了！

올해 名 今年

» **올해** 많은 일이 일어났다.
ol-hae ma-neun i-ri i-reo-nat-tta.
今年發生了很多事情。

작년 名 去年

» **작년**보다 올해에 좋은 일이 더 많이 생겼다.
jang-nyeon-bo-da ol-hae-e jo-eun i-ri deo ma-ni saeng-gyeot-tta.
今年比去年發生了更多好事。

재작년 名 前年

» **재작년**에 졸업했다.
jae-jang-nyeo-ne jo-reo-paet-tta.
前年畢業了。

내년 名 明年

» **내년**에는 더 행복해질 것이다.
nae-nyeo-ne-neun deo haeng-bo-kae-jil geo-si-da.
明年會更幸福的。

내후년 _名 後年

» 내후년쯤 이민을 갈 것이
다.
nae-hu-nyeon-jjeum i-mi-
neul kkal kkeo-si-da.
差不多**後年**要辨理移民。

이번 _名 這次

» **이번**에는 지하철타고 가요.
i-beo-ne-neun ji-ha-cheol-ta-
go ga-yo.
這次坐捷運去吧！

저번 _名 上次

» **저번**에는 고마웠어요.
jeo-beo-ne-neun go-ma-wo-
sseo-yo.
上次很謝謝你。

다음번 _名 下次

» **다음번**에는 제가 커피 살게
요.
da-eum-ppeo-ne-neun je-ga
keo-pi sal-kke-yo.
下次我請你喝咖啡。

이때 _名 這時候

» 꼭 **이때** 전화가 온다.
kkok **i-ttae** jeon-hwa-ga on-da.
每次在**這時候**打電話來。

그때 _名 那時候

» **그때** 하지 말았어야 했다.
geu-ttae ha-ji ma-ra-sseo-ya
haet-tta.
那時候不應該這樣做才
對。

⇒ **年代**

현대 _名 現代 _漢

» **현대**는 과학기술이 발전했
다.
hyeon-dae-neun gwa-hak-
kki-su-ri bal-jjeon-haet-tta.
現代的科技迅速發展。

고대 _名 古代 _漢

» **고대** 갑골문이 발견되었다.
go-dae gap-kkol-mu-ni bal-
kkyeon-doe-eot-tta.
發現了**古代**的甲骨文。

옛날 _名 從前

» **옛날**에는 한복을 입었다.
yen-na-re-neun han-bo-geul
i-beot-tta.
從前穿韓服。

조선시대 _名 朝鮮時代 _漢

» 세종대왕은 **조선시대** 사람
이다.
se-jong-dae-wang-eun **jo-
seon-si-dae** sa-ra-mi-da.
世宗大王是**朝鮮時代**的
人。

고구려시대
名 高句麗時代 ⋯⋯⋯ 漢

» **고구려시대**에는 영토가 매
우 넓었다.
go-gu-ryeo-si-dae-e-neun
yeong-to-ga mae-u neop-eot-
tta.
高句麗時代的領土很廣
闊。

➡ **週期**

매일 名 每天 ⋯⋯⋯ 漢

» **매일** 회사에 간다.
mae-il hoe-sa-e gan-da.
每天上班。

매주 名 每週 ⋯⋯⋯ 漢

» **매주** 영화를 본다.
mae-ju yeong-hwa-reul
ppon-da.
每週看電影。

매달 名 每個月

» **매달** 여행을 간다.
mae-dal yeo-haeng-eul kkan-
da.
每個月去旅行。

매년 名 每年 ⋯⋯⋯ 漢

» **매년** 12월에는 뉴욕에 간
다.
mae-nyeon si-bi-wo-re-neun
nyu-yo-ge gan-da.
每年十二月都會去紐約。

격일 名 隔一天 ⋯⋯⋯ 漢

» **격일**에 한번 수영을 한다.
gyeo-gi-re han-beon su-
yeong-eul han-da.
每隔一天游泳一次。

격주 名 隔週 ⋯⋯⋯ 漢

» 이 잡지는 **격주**에 한 번 발
행된다.
i jap-jji-neun **gyeok-jju**-e han
beon bal-haeng-ttoen-da.
這個雜誌隔週發行。

격달 名 隔一個月

» **격달**에 한번 출장을 간다.
gyeok-tta-re han-beon chul-
jang-eul kkan-da.
每隔一個月都會出差一
次。

격년 名 隔一年 ⋯⋯⋯ 漢

» **격년**으로 홍수가 온다.
gyeong-nyeo-neu-ro hong-
su-ga on-da.
隔一年淹水。

Chapter

6

貨幣／金融

Chapter 06 音檔雲端連結

因各家手機系統不同，若無法直接掃描，仍可以至以下電腦雲端連結下載收聽。（**https://tinyurl.com/yvs68942**）

➡️ 貨幣

돈 <small>名</small> 錢

» 요즘 **돈**이 부족하다.
yo-jeum **do**-ni bu-jo-ka-da.
最近很缺錢。

한국돈 <small>名</small> 韓幣

» **한국돈**은 원화라고 한다.
han-guk-tto-neun won-hwa-
ra-go han-da.
韓國的貨幣稱作韓圜。

대만달러 <small>名</small> 臺幣
<small>漢 + 外 dollar</small>

» **대만달러** 환율이 떨어졌다.
dae-man-dal-leo hwa-nyu-ri
tteo-reo-jeot-tta.
臺幣的匯率降了。

미달러 <small>名</small> 美金
<small>漢 + 外 dollar</small>

» 많은 통계 자료는 **미달러**
기준이다.
ma-neun tong-gye ja-ryo-
neun **mi-dal-leo** gi-ju-ni-da.
很多統計資料是以美金為
基準。

엔화 <small>名</small> 日幣

» **엔화**가치가 상승하였다.
en-hwa-ga-chi-ga sang-
seung-ha-yeot-tta.
日幣升值了。

인민폐 <small>名</small> 人民幣 <small>漢</small>

» **인민폐**는 고정환율이다.
in-min-pye-neun go-jeong-
hwa-nyu-ri-da.
人民幣是固定匯率。

유로화 <small>名</small> 歐元

» 유럽 많은 국가들은 **유로화**
를 사용한다.
yu-reop ma-neun guk-kka-
deu-reun **yu-ro-hwa**-reul
ssa-yong-han-da.
很多歐洲國家皆使用歐
元。

➡️ 金融處所

은행 <small>名</small> 銀行 <small>漢</small>

» **은행**에서는 많은 서비스를
제공한다.
eun-haeng-e-seo-neun ma-
neun seo-bi-seu-reul jje-
gong-han-da.
銀行提供很多服務。

지점 <small>名</small> 分行

» A**은행**은 전국에 100개 **지
점**이 있다.
A-eun-haeng-eun jeon-gu-ge
baek-gae **ji-jeo**-mi it-tta.
A 銀行在全國有一百個分
行。

자동 인출기
名 自動提款機

» 가까운 곳에 **자동 인출기**가 없었다.
ga-kka-un go-se **ja-dong in-chul-gi**-ga eop-sseot-tta.
附近沒有**自動提款機**。

금고
名 錢庫　　　　　漢

» **금고**에 돈이 많다.
geum-go-e do-ni man-ta.
錢庫裡有很多錢。

고객센터
名 顧客中心
漢＋外 center

» 문의사항이 있으면 **고객센터**에 전화를 하면 된다.
mu-nui-sa-hang-i i-sseu-myeon **go-gaek-ssen-teo**-e jeon-hwa-reul ha-myeon doen-da.
有問題的話，可以打給顧客中心。

인터넷뱅킹
名 網路銀行
外 Internet banking

» **인터넷뱅킹**은 시간을 절약 해준다.
in-teo-net-ppaeng-king-eun si-ga-neul jjeo-rya-kae-jun-da.
網路銀行能節省很多時間。

영업시간
名 營業時間
漢

» 은행 **영업시간**은 9시부터 4시까지이다.
eun-haeng **yeong-eop-ssi-ga**-neun gu-si-bu-teo sa-si-kka-ji-i-da.
銀行的**營業時間**是從早上九點到下午四點。

➡ 金融事務

신용카드
名 信用卡
漢＋外 card

» **신용카드**는 매우 편리하다.
si-nyong-ka-deu-neun mae-u pyeol-li-ha-da.
信用卡很方便。

체크카드
名 金融卡
外 check card

» **체크카드**는 통장에 돈이 있 을 때만 사용할 수 있다.
che-keu-ka-deu-neun tong-jang-e do-ni i-sseul ttae-man sa-yong-hal ssu it-tta.
金融卡只有在帳戶裡有錢時才可以使用。

현금카드
名 提款卡
漢＋外 card

» **현금카드**의 기능은 제한적 이다.
hyeon-geum-ka-deu-ui gi-neung-eun je-han-jeo-gi-da.
提款卡的功能有限。

통장 名 存摺 ⋯⋯⋯⋯ 漢

» **통장**을 다 써서 새로 바꿨다.
tong-jang-eul tta sseo-seo sae-ro ba-kkwot-tta.
存摺用完了換新的。

도장 名 印章 ⋯⋯⋯⋯ 漢

» 요즘에는 **도장**이 필요없다.
yo-jeu-me-neun **do-jang**-i pi-ryo-eop-tta.
最近不需要印章。

신분증 名 身分證 ⋯⋯ 漢

» 은행에 갈 때는 **신분증**을 꼭 가져가야 한다.
eun-haeng-e gal ttae-neun **sin-bun-jeung**-eul kkok ga-jeo-ga-ya han-da.
去銀行的時候，一定要帶**身分證**。

사본 名 影本

» 신분증 **사본**이 필요하다.
sin-bun-jeung **sa-bo**-ni pi-ryo-ha-da.
需要身份證**影本**。

사인 名 簽名 外 signing

» 통장에 **사인**을 하다.
tong-jang-e **sa-i**-neul ha-da.
在存摺上**簽名**。

환전 名 換錢 ⋯⋯⋯⋯ 漢

» 여행을 가려고 **환전**을 했다.
yeo-haeng-eul kka-ryeo-go **hwan-jeo**-neul haet-tta.
為了去旅行**換錢**。

저금 名 存錢 ⋯⋯⋯⋯ 漢

» 월급을 받아 **저금**을 했다.
wol-geu-beul ppa-da **jeo-geu**-meul haet-tta.
拿了薪水後就**存起來**。

정기예금 名 定期存款

» **정기예금** 이율이 낮다.
jeong-gi-ye-geum i-yu-ri nat-tta.
定期存款的利率很低。

일반예금 名 活期存款

» 나는 **일반예금**만 있다.
na-neun **il-ba-nye-geum**-man it-tta.
我只有**活期存款**。

출금 名 領錢

» 집세를 내기 위해 돈을 출금했다.
jip-sse-reul nae-gi wi-hae do-neul **chul-geum**-haet-tta.
為了要交租金而**領錢**。

계좌이체 名 轉帳

» 학비를 **계좌이체**했다.
hak-ppi-reul **kkye-jwa-i-che**-
haet-tta.
把學費**轉帳**了。

송금 名 匯款

» 미국에 있는 오빠에게 **송금**
을 해주었다.
mi-gu-ge in-neun o-ppa-e-ge
song-geu-meul hae-ju-eot-
tta.
匯錢給在美國的哥哥。

대출 名 貸款

» 집을 사려고 **대출**을 받았
다.
ji-beul ssa-ryeo-go **dae-chu**-
reul ppa-dat-tta.
為了買房子而**貸款**。

이자 名 利息

» 대출 **이자**가 높아졌다.
dae-chul **i-ja**-ga no-pa-jeot-
tta.
貸款**利息**變高了。

계좌 名 戶頭

» 은행 **계좌**가 있나요?
eun-haeng **gye-jwa**-ga in-na-
yo?
你有銀行**戶頭**嗎?

계좌번호 名 帳號

» **계좌번호**를 잊어버렸다.
gye-jwa-beon-ho-reul i-jeo-
beo-ryeot-tta.
忘記**帳號**是多少了。

계좌명 名 戶名

» **계좌명**을 반드시 확인해야
한다.
gye-jwa-myeong-eul ppan-
deu-si hwa-gin-hae-ya han-
da.
一定要確認**戶名**。

은행코드 名 銀行代碼 漢＋外 code

» 계좌이체를 하려면 **은행코
드**를 알아야 한다.
gye-jwa-i-che-reul ha-ryeo-
myeon **eun-haeng-ko-deu**-
reul a-ra-ya han-da.
要轉帳的話,要知道**銀行
代碼**。

Chapter
7
餐飲／料理

Chapter 07 音檔雲端連結

因各家手機系統不同，若無法直接掃描，仍可以至以下電腦雲端連結下載收聽。（**https://tinyurl.com/3fzc5dmz**）

➡ 飲食

채식주의자
名 素食主義者 .... **漢**

» 우리 언니는 **채식주의자**이
다.
u-ri eon-ni-neun **chae-sik-
jju-ui-ja**-i-da.
我姊姊是**素食主義者**。

유기농 **名** 有機 .... **漢**

» **유기농** 야채는 일반 야채보
다 비싸다.
yu-gi-nong ya-chae-neun il-
ban ya-chae-bo-da bi-ssa-da.
有機蔬菜比一般蔬菜貴。

부페 **名** 自助餐 ....
外 buffet

» **부페**에 갈때마다 많이 먹게
된다.
bu-pe-e gal-ttae-ma-da ma-
ni meok-kke doen-da.
每次去吃**自助餐**都會吃很
多。

아침 **名** 早餐

» **아침**을 배부르게 먹었다.
a-chi-meul ppae-bu-reu-ge
meo-geot-tta.
早餐吃很飽。

점심 **名** 午餐 .... **漢**

» 오늘 **점심** 메뉴는 삼계탕이
다.
o-neul **jjeom-sim** me-nyu-
neun sam-gye-tang-i-da.
今天的**午餐**是人參雞湯。

저녁 **名** 晚餐

» **저녁**을 일찍 먹었다.
jeo-nyeo-geul il-jjik meo-
geot-tta.
早一點吃**晚餐**。

➡ 餐具

컵받침 **名** 杯墊

» **컵받침**이 있으면 미끄러지
지 않는다.
keop-ppat-chi-mi i-sseu-
myeon mi-kkeu-reo-ji-ji an-
neun-da.
有**杯墊**的話，不會滑下
來。

냄비받침 **名** 鍋墊

» 냄비는 뜨겁기 때문에 꼭
냄비받침을 받쳐야 한다.
naem-bi-neun tteu-geop-kki
ttae-mu-ne kkok **naem-bi-
bat-chi**-meul ppat-cheo-ya
han-da.
因為鍋子很燙，所以一定
要用**鍋墊**。

숟가락 名 湯匙

» 숟가락으로 탕을 먹다.
sut-kka-ra-geu-ro tang-eul
meok-tta.
用湯匙來喝湯。

젓가락 名 筷子

» 외국인들은 **젓가락**을 잘 사
용하지 못한다.
oe-gu-gin-deu-reun **jeot-kka-
ra**-geul jjal ssa-yong-ha-ji
mo-tan-da.
外國人不太會用筷子。

밥그릇 名 飯碗

» **밥그릇**에 밥을 담았다.
bap-kkeu-reu-se ba-beul tta-
mat-tta.
用飯碗盛飯。

접시 名 盤子

» 과일을 **접시**에 담았다.
gwa-i-reul **jjeop-ssi**-e da-
mat-tta.
把水果放在盤子上。

국그릇 名 湯碗

» **국그릇**이 깊다.
guk-kkeu-reu-si gip-tta.
湯碗很深。

⇒ 廚具

가스렌지 名 煤氣灶(瓦斯爐)

» **가스렌지**의 가스가 다 떨어
졌다.
ga-seu-ren-ji-ui ga-seu-ga da
tteo-reo-jeot-tta
煤氣灶的瓦斯沒了。

칼 名 刀

» **칼**로 양파를 썰다.
kal-lo yang-pa-reul sseol-da.
用刀切洋蔥。

포크 名 叉子 外 fork

» 어린이들은 **포크**를 사용한
다.
eo-ri-ni-deu-reun **po-keu**-
reul ssa-yong-han-da.
孩子們用叉子。

가위 名 剪刀

» **가위**로 머리를 자르다.
ga-wi-ro meo-ri-reul jja-reu-
da.
用剪刀剪頭髮。

냄비 名 湯鍋

» **냄비**에 김치찌개가 있다.
naem-bi-e gim-chi-jji-gae-ga
it-tta.
湯鍋裡有泡菜鍋。

후라이팬 名 平底鍋
外 frying pan

» **후라이팬**에 고기를 구웠다.
hu-ra-i-pae-ne go-gi-reul
kku-wot-tta.
用**平底鍋**烤肉。

뚜껑 名 蓋子

» 탕을 끓일 때 **뚜껑**을 덮어
야 한다.
tang-eul kkeu-ril ttae **ttu-
kkeong**-eul tteo-peo-ya han-
da.
煮湯時要用**蓋子**蓋起來。

도마 名 砧板

» 감자를 썰기위해 **도마**를 찾
았다.
gam-ja-reul sseol-gi-wi-hae
do-ma-reul cha-jat-tta.
為了要切馬鈴薯而找**砧板**。

➡ 烹煮方式

썰다 動 切

» 당근을 작게 **썰다**.
dang-geu-neul jjak-kke **sseol-
da**.
把紅蘿蔔**切**小塊。

깎다 動 削

» 손님이 와서 사과를 **깎았
다**.
son-ni-mi wa-seo sa-gwa-reul
kka-kkat-tta.
因為有客人來，所以削了
蘋果。

벗기다 動 剝

» 새우 껍질을 **벗기는** 것은
귀찮다.
sae-u kkeop-jji-reul **ppeot-kki-
neun** geo-seun gwi-chan-ta.
剝蝦殼很麻煩。

데우다 動 加熱

» 편의점에서 삼각김밥을 **데
웠다**.
pyeo-nui-jeo-me-seo sam-
gak-kkim-ba-beul **tte-wot-
tta**.
在便利商店把飯糰**加熱**。

끓이다 動 煮開；煮沸

» 차를 마시기 위해 물을 **끓
인다**.
cha-reul ma-si-gi wi-hae mu-
reul **kkeu-rin-da**.
為了喝茶而**煮**開水。

찌다 動 蒸

» 점심으로 **찐** 만두를 먹었
다.
jeom-si-meu-ro **jjin** man-du-
reul meo-geot-tta.
午餐吃了**蒸**餃。

삶다 動 水煮

» 다이어트를 위해 **삶은** 계란
을 먹었다.
da-i-eo-teu-reul wi-hae **sal-
meun** gye-ra-neul meo-geot-
tta.
為了減肥吃了**水煮**的雞
蛋。

굽다 動 烤

» 저녁으로 삼겹살을 **구워** 먹었다.
jeo-nyeo-geu-ro sam-gyeop-ssa-reul **kku-wo** meo-geot-tta.
晚餐吃烤五花肉。

볶다 動 炒

» 각종 야채를 **볶았다**.
gak-jjong ya-chae-reul **ppo-kkat-tta**.
炒各種蔬菜。

튀기다 動 炸

» 간식으로 감자를 **튀겨** 먹었다.
gan-si-geu-ro gam-ja-reul **twi-gyeo** meo-geot-tta.
吃炸的馬鈴薯當點心。

➡ 醬料

마요네즈 名 美乃滋

» **마요네즈**는 흰색이다.
ma-yo-ne-jeu-neun hin-sae-gi-da.
美乃滋是白色。

케첩 名 番茄醬 外 catchup

» 감자튀김에 케첩을 찍어 먹는다.
gam-ja-twi-gi-me **ke-cheo-beul** jji-geo meong-neun-da.
薯條沾番茄醬。

겨자소스 名 芥末醬

» **겨자소스**는 노란색이다.
gyeo-ja-so-seu-neun no-ran-sae-gi-da.
芥末醬是黃色。

와사비 名 芥末

» **와사비**는 맵다.
wa-sa-bi-neun maep-tta.
芥末很嗆辣。

간장 名 醬油

» **간장**은 짜다.
gan-jang-eun jja-da.
醬油很鹹。

고추장 名 辣椒醬

» 한국음식에는 **고추장**이 많이 들어간다.
han-gu-geum-si-ge-neun **go-chu-jang**-i ma-ni deu-reo-gan-da.
韓國菜都會放很多**辣椒醬**。

고춧가루 名 辣椒粉

» **고춧가루**를 뿌렸다.
go-chut-kka-ru-reul ppu-ryeot-tta.
灑了辣椒粉。

➡ 海鮮

해산물 名 海鮮 …… 漢

» 바닷가에는 **해산물** 요리가 많다.
ba-dat-kka-e-neun **hae-san-mul** yo-ri-ga man-ta.
海邊有很多海鮮料理。

생선 名 魚

» 나는 **생선**구이를 가장 좋아한다.
na-neun **saeng-seon**-gu-i-reul kka-jang jo-a-han-da.
我最喜歡吃烤魚。

가시 名 刺

» 생선에는 **가시**가 많다.
saeng-seo-ne-neun **ga-si**-ga man-ta.
魚有很多刺。

조개 名 貝類

» **조개**류는 잘 익혀야 한다.
jo-gae-ryu-neun jal i-kyeo-ya han-da.
貝類要煮熟。

멸치 名 小魚

» **멸치**로 육수를 만든다.
myeol-chi-ro yuk-ssu-reul man-deun-da.
用小魚做湯底。

새우 名 蝦子

» **새우**는 콜레스테롤이 높다.
sae-u-neun kol-le-seu-te-ro-ri nop-tta.
蝦子的膽固醇很高。

➡ 動物性食材

계란 名 雞蛋

» **계란**은 영양이 풍부하다.
gye-ra-neun yeong-yang-i pung-bu-ha-da.
雞蛋很營養。

치즈 名 起司   外 cheese

» **치즈**피자는 정말 맛있다.
chi-jeu-pi-ja-neun jeong-mal ma-sit-tta.
起司披薩真好吃。

버터 名 奶油 … 外 butter

» 쿠키에는 **버터**가 많이 들어간다.
ku-ki-e-neun **beo-teo**-ga ma-ni deu-reo-gan-da.
餅乾裡放很多奶油。

햄 _名 火腿 ⋯⋯ 外 ham

» **햄**샌드위치를 먹었다.
haem-saen-deu-wi-chi-reul
meo-geot-tta.
吃了火腿三明治。

소시지 _名 香腸 ⋯⋯⋯
外 sausage

» 야시장에서 **소시지**를 먹었
다.
ya-si-jang-e-seo **so-si-ji**-reul
meo-geot-tta.
在夜市吃了香腸。

소고기 _名 牛肉

» **소고기**의 육즙이 맛있다.
so-go-gi-ui yuk-jjeu-bi ma-
sit-tta.
牛肉的肉汁很美味。

돼지고기 _名 豬肉

» 어떤 사람들은 종교때문에
돼지고기를 먹지 않는다.
eo-tteon sa-ram-deu-reun
jong-gyo-ttae-mu-ne **dwae-
ji-go-gi**-reul meok-jji an-
neun-da.
有些人因為宗教而不吃豬
肉。

닭고기 _名 雞肉

» 모든 **닭고기** 요리는 맛있
다.
mo-deun **dal-kko-gi** yo-ri-
neun ma-sit-tta.
所有的雞肉料理很好吃。

양고기 _名 羊肉

» **양고기** 요리의 관건은 냄새
제거이다.
yang-go-gi yo-ri-ui gwan-
geo-neun naem-sae je-geo-i-
da.
煮羊肉的關鍵是去除腥
味。

오리고기 _名 鴨肉

» **오리고기**는 기름이 적다.
o-ri-go-gi-neun gi-reu-mi
jeok-tta.
鴨肉的油比較少。

훈제 _名 煙燻

» **훈제**햄과 맥주를 함께 먹는
다.
hun-je-haem-gwa maek-jju-
reul ham-kke meong-neun-
da.
煙燻火腿跟啤酒一起吃。

➡ 五穀雜糧

콩 _名 豆

» 어렸을 때 **콩**을 먹지 않았
다.
eo-ryeo-sseul ttae **kong**-eul
meok-jji a-nat-tta.
小時候不吃豆。

두부 名 豆腐 ⋯⋯ 漢

» 두부는 단백질이 풍부하다.
du-bu-neun dan-baek-jji-ri
pung-bu-ha-da.
豆腐有很豐富的蛋白質。

녹두 名 綠豆 ⋯⋯ 漢

» 녹두전을 만들었다.
nok-ttu-jeo-neul man-deu-
reot-tta.
做了綠豆煎餅。

팥 名 紅豆

» 겨울에 따뜻한 팥죽을 먹는
다.
gyeo-u-re tta-tteu-tan **pat**-
jju-geul meong-neun-da.
冬天吃熱熱的紅豆粥。

호두 名 胡桃 ⋯⋯ 漢

» 호두를 먹으면 머리가 좋아
진다.
ho-du-reul meo-geu-myeon
meo-ri-ga jo-a-jin-da.
吃胡桃會聰明。

땅콩 名 花生

» 중국요리에는 땅콩 반찬이
있다.
jung-gu-gyo-ri-e-neun **ttang-
kong** ban-cha-ni it-tta.
中國料理有花生小菜。

아몬드 名 杏仁
外 almond

» 아몬드차의 맛은 받아들이
기 힘들다.
a-mon-deu-cha-ui ma-seun
ba-da-deu-ri-gi him-deul-tta.
杏仁茶的味道很難接受。

보리 名 麥

» 보리차를 매일 마신다.
bo-ri-cha-reul mae-il ma-sin-
da.
每天喝麥茶。

밤 名 栗子

» 밤은 부드럽다.
ba-meun bu-deu-reop-tta.
栗子很軟。

⮕ 蔬菜

야채 名 蔬菜 ⋯⋯ 漢

» 홍수로 야채값이 많이 올랐
다.
hong-su-ro **ya-chae**-gap-ssi
ma-ni ol-lat-tta.
因洪水蔬菜漲價了。

고구마 名 地瓜

» 고구마는 참 달다.
go-gu-ma-neun cham dal-tta.
地瓜真甜。

감자 名 馬鈴薯

» **감자**를 바구니에 담았다.
gam-ja-reul ppa-gu-ni-e da-mat-tta.
把馬鈴薯放在籃子。

토란 名 芋頭

» 대만에는 **토란**으로 만든 간식이 많다.
dae-ma-ne-neun **to-ra**-neu-ro man-deun gan-si-gi man-ta.
在臺灣有很多用芋頭做的點心。

당근 名 紅蘿蔔

» **당근**은 눈에 좋다.
dang-geu-neun nu-ne jo-ta.
紅蘿蔔對眼睛很好。

무 名 蘿蔔

» **무**로 김치를 만든다.
mu-ro gim-chi-reul man-deun-da.
用蘿蔔做泡菜。

뿌리 名 根

» **뿌리**가 길다.
ppu-ri-ga gil-da.
植物的根很長。

생강 名 薑 漢

» 많은 요리에 **생강**을 넣는다.
ma-neun yo-ri-e **saeng-gang**-eul neon-neun-da.
很多料理都會放薑。

인삼 名 人參 漢

» 한국 **인삼**을 품질이 매우 좋다.
han-guk **in-sa**-meul pum-ji-ri mae-u jo-ta.
韓國人參的品質很好。

연근 名 蓮藕

» **연근**은 뿌리음식이다.
yeon-geu-neun ppu-ri-eum-si-gi-da.
蓮藕是根莖類食物。

파 名 大蔥

» 태풍으로 **파**값이 올랐다.
tae-pung-eu-ro **pa**-gap-ssi ol-lat-tta.
因為颱風所以大蔥漲價了。

양파 名 洋蔥

» **양파**를 썰 때 눈물이 난다.
yang-pa-reul sseol ttae nun-mu-ri nan-da.
切洋蔥時會流眼淚。

마늘 名 大蒜

» **마늘**은 몸에 좋다.
ma-neu-reun mo-me jo-ta.
大蒜對身體很好。

호박 名 南瓜

» 할로윈때 **호박**등을 만들었다.
hal-lo-win-ttae **ho-bak**-tteung-eul man-deu-reot-tta.
萬聖節時做了南瓜燈。

죽순 名 竹筍 … 漢

» 죽순이 많이 나오는 계절이
다.
juk-ssu-ni ma-ni na-o-neun
gye-jeo-ri-da.
這季節生產了很多**竹筍**。

아스파라거스
名 蘆筍 外 asparagus

» **아스파라거스**는 숙취에 좋
다.
a-seu-pa-ra-geo-seu-neun
suk-chwi-e jo-ta.
蘆筍對解除宿醉有好的效
果。

옥수수 名 玉米 … 漢

» 옥수수는 노란색이다.
ok-ssu-su-neun no-ran-sae-
gi-da.
玉米是黃色的。

은행 名 銀杏 … 漢

» 은행은 냄새가 고약하다.
eun-haeng-eun naem-sae-ga
go-ya-ka-da.
銀杏有個很怪的味道。

샐러리 名 西洋芹 …
外 celery

» 샐러리로 주스를 만든다.
sael-leo-ri-ro ju-seu-reul
man-deun-da.
用**西洋芹**做蔬菜汁。

브로콜리 名 花椰菜
外 broccoli

» 브로콜리는 잘 씻어야 한
다.
beu-ro-kol-li-neun jal ssi-
seo-ya han-da.
花椰菜要洗好。

양배추 名 高麗菜

» 저녁으로 **양배추** 볶음을 먹
었다.
jeo-nyeo-geu-ro **yang-bae-
chu** bo-kkeu-meul meo-geot-
tta.
晚餐吃了炒**高麗菜**。

가지 名 茄子

» 가지는 보라색이다.
ga-ji-neun bo-ra-sae-gi-da.
茄子是紫色。

오이 名 小黃瓜

» 오이는 길다.
o-i-neun gil-da.
小黃瓜很長。

피망 名 青椒

» 어떤 사람들은 **피망**을 먹지
않는다.
eo-tteon sa-ram-deu-reun **pi-
mang**-eul meok-jji an-neun-
da.
有些人不吃**青椒**。

고추 名 辣椒

» **고추**는 빨간색과 초록색이
있다.
go-chu-neun ppal-kkan-
saek-kkwa cho-rok-ssae-gi it-
tta.
辣椒有分紅色跟綠色的。

우엉 名 牛蒡

» 슈퍼마켓에서 **우엉**을 샀다.
syu-peo-ma-ke-se-seo
u-eong-eul ssat-tta.
在超市買了牛蒡。

시금치 名 菠菜

» 뽀빠이는 **시금치**를 먹는다.
ppo-ppa-i-neun **si-geum-chi**-
reul meong-neun-da.
大力水手吃菠菜。

부추 名 韭菜

» **부추**만두를 만들었다.
bu-chu-man-du-reul man-
deu-reot-tta.
做了韭菜水餃。

상추 名 生菜

» 삼겹살을 **상추**에 싸서 먹었
다.
sam-gyeop-ssa-reul **ssang-
chu**-e ssa-seo meo-geot-tta.
把五花肉用生菜包起來
吃。

배추 名 大白菜 漢

» **배추**로 김치를 만든다.
bae-chu-ro gim-chi-reul
man-deun-da.
用大白菜做泡菜。

토마토 名 番茄 外 tomato

» **토마토**는 야채이다.
to-ma-to-neun ya-chae-i-da.
番茄是蔬菜。

올리브 名 橄欖 外 olive

» **올리브**유는 건강에 좋다.
ol-li-beu-yu-neun geon-
gang-e jo-ta.
橄欖油對健康好。

버섯 名 香菇

» 소고기와 **버섯**을 같이 볶는
다.
so-go-gi-wa **beo-seo**-seul
kka-chi bong-neun-da.
牛肉跟香菇一起炒。

팽이버섯 名 金針菇

» 샤브샤브에 **팽이버섯**을 넣
어 먹었다.
sya-beu-sya-beu-e **paeng-i-
beo-seo**-seul neo-eo meo-
geot-tta.
放金針菇到涮涮鍋來吃。

➡ 各類料理

전통음식 _名 傳統料理
_漢

» 사실 한국 **전통음식**은 맵지
않다.
sa-sil han-guk **jeon-tong-
eum-si**-geun maep-jji an-ta.
事實上，韓國**傳統料理**是
不辣的。

김치 _名 辛奇（泡菜）

» 한국 **김치**는 맵지만 맛있
다.
han-guk **gim-chi**-neun maep-
jji-man ma-sit-tta.
辛奇（泡菜）雖然很辣，
但是很好吃。

떡볶이 _名 辣炒年糕

» **떡볶이**에는 떡과 계란, 라
면 등을 넣는다.
tteok-ppo-kki-e-neun tteok-
kkwa gye-ran, ra-myeon
deung-eul neon-neun-da.
辣炒年糕裡會放年糕、雞
蛋、泡麵等。

김 _名 海苔

» **김**과 밥을 함께 먹는다.
gim-gwa ba-beul ham-kke
meong-neun-da.
海苔跟白飯一起吃。

반찬 _名 小菜

» 한국음식은 **반찬** 종류가 많
다.
han-gu-geum-si-geun **ban-
chan** jong-nyu-ga man-ta.
韓國菜有很多**小菜**。

라면 _名 泡麵

» 한국라면은 맵다.
han-gung-**na-myeo**-neun
maep-tta.
韓國**泡麵**很辣。

찌개 _名 鍋物

» 한국음식은 **찌개**가 많다.
han-gu-geum-si-geun **jji-gae**-
ga man-ta.
韓國料理有很多**鍋物**。

중국요리 _名 中國料理
_漢

» **중국요리**는 느끼하지만 맛
있다.
jung-gu-gyo-ri-neun neu-kki-
ha-ji-man ma-sit-tta.
中國料理雖然油膩但是很
好吃。

우동 _名 （讚岐）烏龍麵
_外 Udon

» **우동**의 면은 두껍다.
u-dong-ui myeo-neun du-
kkeop-tta.
烏龍麵的麵很粗。

자장면 名 炸醬麵 … 漢

» 한국 **자장면**은 검은색이다.
han-guk **jja-jang-myeo**-neun
geo-meun-sae-gi-da.
韓國的炸醬麵是黑色。

탕수육 名 糖醋肉 … 漢

» **탕수육**은 달콤하다.
tang-su-yu-geun dal-kom-
ha-da.
糖醋肉甜甜的。

만두 名 水餃

» **만두** 안에는 많은 재료가
들어간다.
man-du a-ne-neun ma-neun
jae-ryo-ga deu-reo-gan-da.
水餃裡面放了很多餡料。

군만두 名 鍋貼

» **군만두**는 서비스이다.
gun-man-du-neun seo-bi-
seu-i-da.
鍋貼是招待的。

일본요리 名 日本料理 … 漢

» **일본요리**는 담백한 것이 특
징이다.
il-bo-nyo-ri-neun dam-bae-
kan geo-si teuk-jjing-i-da.
清淡就是日本料理的特
點。

스시 名 壽司 外 sushi

» **스시**는 금방 배가 부른다.
seu-si-neun geum-bang bae-
ga bu-reun-da.
壽司很快就吃飽。

회 名 生魚片

» 어떤 사람들은 **회**를 먹지
못한다.
eo-tteon sa-ram-deu-reun
hoe-reul meok-jji mo-tan-da
有些人無法吃生魚片。

덮밥 名 蓋飯

» 십분만에 **덮밥**을 다 먹었
다.
sip-ppun-ma-ne **deop-ppa**-
beul tta meo-geot-tta.
十分鐘就吃完了蓋飯。

오뎅 名 關東煮 外 oden

» 대만 편의점에서는 **오뎅**을
판다.
dae-man pyeo-nui-jeo-me-
seo-neun **o-deng**-eul pan-da.
臺灣便利商店有賣關東
煮。

패스트푸드 名 速食 外 fast food

» **패스트푸드**를 많이 먹으면
살이 찌기 쉽다.
pae-seu-teu-pu-deu-reul ma-
ni meo-geu-myeon sa-ri jji-gi
swip-tta.
吃很多速食會容易胖。

햄버거 ^名 漢堡 / ^外 hamburger

» **햄버거**는 칼로리가 높다.
haem-beo-geo-neun kal-lo-ri-ga nop-tta.
漢堡的熱量很高。

감자튀김 ^名 薯條

» **감자튀김**에는 소금이 많이 들어있다.
gam-ja-twi-gi-me-neun so-geu-mi ma-ni deu-reo-it-tta.
薯條放很多鹽巴。

팥죽 ^名 紅豆粥

» 동지날에는 **팥죽**을 먹는다.
dong-ji-na-re-neun **pat-jju**-geul meong-neun-da.
冬至時吃紅豆粥。

호박죽 ^名 南瓜粥

» **호박죽**은 영양가가 높다.
ho-bak-jju-geun yeong-yang-ga-ga nop-tta.
南瓜粥很有營養。

야채죽 ^名 蔬菜粥 / ^漢

» **야채죽**을 끓였다.
ya-chae-ju-geul kkeu-ryeot-tta.
煮了蔬菜粥。

샌드위치 ^名 三明治 / ^外 sandwich

» 아침에 **샌드위치**를 먹었다.
a-chi-me **saen-deu-wi-chi**-reul meo-geot-tta.
早上吃了三明治。

피자 ^名 披薩 ^外 pizza

» 어린이들은 **피자**를 좋아한다.
eo-ri-ni-deu-reun **pi-ja**-reul jjo-a-han-da.
小朋友喜歡吃披薩。

스파게티 ^名 義大利麵 / ^外 spaghetti

» 크림 **스파게티**는 맛있다.
keu-rim **seu-pa-ge-ti**-neun ma-sit-tta.
奶油義大利麵很好吃。

카레 ^名 咖哩 ^外 curry

» **카레**는 인도 요리이다.
ka-re-neun in-do yo-ri-i-da.
咖哩是印度料理。

돈까스 ^名 豬排 / ^外 tonkasu

» **돈까스**는 바삭바삭하다.
don-kka-seu-neun ba-sak-ppa-sa-ka-da.
豬排很酥脆。

스테이크 名 牛排

外 steak

» **스테이크**는 비싸다.
seu-te-i-keu-neun bi-ssa-da.
牛排很貴。

➡ 水果

과일 名 水果

» 대만은 **과일**이 맛있다.
dae-ma-neun **gwa-i**-ri ma-sit-tta.
臺灣的**水果**好吃。

키위 名 奇異果 外 kiwi

» **키위**는 시다.
ki-wi-neun si-da.
奇異果很酸。

사과 名 蘋果

» **사과**는 아침에 먹는 것이 좋다.
sa-gwa-neun a-chi-me meong-neun geo-si jo-ta.
蘋果在早上吃比較好。

배 名 水梨

» 한국 **배**는 크고 달다.
han-guk **bae**-neun keu-go dal-tta.
韓國的**水梨**又大又甜。

포도 名 葡萄 漢

» **포도**로 잼을 만들었다.
po-do-ro jae-meul man-deu-reot-tta.
用**葡萄**做成果醬。

자몽 名 葡萄柚

» **자몽**은 쓴 맛이 있다.
ja-mong-eun sseun ma-si it-tta.
葡萄柚有苦苦的味道。

귤 名 橘子

» 겨울에 **귤**이 많이 난다.
gyeo-u-re **gyu**-ri ma-ni nan-da.
冬天會有很多**橘子**。

파파야 名 木瓜 外 papaya

» **파파야**는 씨가 매우 작다.
pa-pa-ya-neun ssi-ga mae-u jak-tta.
木瓜的種子很小。

구아바 名 芭樂 外 guava

» **구아바**는 열대과일이다.
gu-a-ba-neun yeol-dae-gwa-i-ri-da.
芭樂是熱帶水果。

파인애플 名 鳳梨
外 pineapple

» 대만은 **파인애플**케익이 유
명하다.
dae-ma-neun **pa-i-nae-peul**-
ke-i-gi yu-myeong-ha-da.
臺灣的鳳梨酥很有名。

석류 名 石榴 漢

» **석류**는 여자에게 좋다.
seong-nyu-neun yeo-ja-e-ge
jo-ta.
石榴對女生很好。

딸기 名 草莓

» 주말에 **딸기**를 따러 간다.
ju-ma-re **ttal-kki**-reul tta-reo
gan-da.
週末會去摘草莓。

두리안 名 榴槤
外 durian

» **두리안**은 냄새가 매우 강하
다.
du-ri-a-neun naem-sae-ga
mae-u gang-ha-da.
榴槤的味道很濃烈。

복숭아 名 水蜜桃

» **복숭아**는 향긋하다.
bok-ssung-a-neun hyang-
geu-ta-da.
水蜜桃很香。

메론 名 哈密瓜
外 melon

» **메론**은 매우 크다.
me-ro-neun mae-u keu-da.
哈密瓜非常大。

블루베리 名 藍莓
外 blueberry

» **블루베리**는 눈에 매우 좋
다.
beul-lu-be-ri-neun nu-ne
mae-u jo-ta.
藍莓對眼睛好。

복분자 名 覆盆子 漢

» 한국은 **복분자**술이 유명하
다.
han-gu-geun **bok-ppun-ja**-
su-ri yu-myeong-ha-da.
韓國的覆盆子酒很有名。

체리 名 櫻桃 外 cherry

» **체리**맛 아이스크림을 좋아
한다.
che-ri-mat a-i-seu-keu-ri-
meul jjo-a-han-da.
喜歡櫻桃口味的冰淇淋。

망고 名 芒果 外 mango

» 여름에 **망고**빙수를 많이 먹
는다.
yeo-reu-me **mang-go**-bing-
su-reul ma-ni meong-neun-
da.
夏天吃很多芒果冰。

바나나 名 香蕉　外 banana

» **바나나**는 하나만 먹어도 배가 부르다.
ba-na-na-neun ha-na-man meo-geo-do bae-ga bu-reu-da.
香蕉吃了一個就會很飽了。

레몬 名 檸檬　外 lemon

» **레몬**은 생각만해도 시다.
re-mo-neun saeng-gang-man-hae-do si-da.
想到檸檬都會覺得很酸。

아보카도 名 酪梨　外 avocado

» 멕시코요리에는 **아보카도**가 많이 들어간다.
mek-ssi-ko-yo-ri-e-neun **a-bo-ka-do**-ga ma-ni deu-reo-gan-da.
很多墨西哥料理都有放酪梨。

낑깡 名 金桔　漢

» 집에 **낑깡**나무가 있다.
ji-be **kking-kkang**-na-mu-ga it-tta.
家裡有金桔樹。

화룡과 名 火龍果　漢

» **화룡과**는 특이하게 생겼다.
hwa-ryong-gwa-neun teu-gi-ha-ge saeng-gyeot-tta
火龍果長得很特別。

라임 名 萊姆　外 lime

» **라임**은 레몬과 비슷하게 생겼다.
ra-i-meun re-mon-gwa bi-seu-ta-ge saeng-gyeot-tta.
萊姆跟檸檬長得很像。

코코넛 名 椰子　外 coconut

» **코코넛**은 야자나무의 열매이다.
ko-ko-neo-seun ya-ja-na-mu-ui yeol-mae-i-da.
椰子是椰子樹的果實。

감 名 柿子

» 가을에 **감**이 난다.
ga-eu-re **ga**-mi nan-da.
秋天出產柿子。

수박 名 西瓜

» **수박**은 수분이 많다.
su-ba-geun su-bu-ni man-ta.
西瓜含很多水分。

➡ 飲品

물 名 水

» 인류에게 **물**은 매우 중요하다.
il-lyu-e-ge **mu**-reun mae-u jung-yo-ha-da.
對人類而言，水是很重要的。

오렌지주스
名 柳橙汁　外 orange juice

» 과일주스 중에 **오렌지주스**를 가장 좋아한다.
gwa-il-ju-seu jung-e **o-ren-ji-ju-seu**-reul kka-jang jo-a-han-da.
果汁中最喜歡柳橙汁。

포도주스 名 葡萄汁
漢＋外 juice

» **포도주스**는 신 맛이 있다.
po-do-ju-seu-neun sin ma-si it-tta.
葡萄汁會有酸酸的味道。

사과주스 名 蘋果汁

» 내 동생은 매일 **사과주스**를 마신다.
nae dong-saeng-eun mae-il **sa-gwa-ju-seu**-reul ma-sin-da.
我弟弟每天喝蘋果汁。

음료수 名 飲料　漢

» 여름에는 **음료수**를 많이 마신다.
yeo-reu-me-neun **eum-nyo-su**-reul ma-ni ma-sin-da.
夏天喝很多飲料。

우유 名 牛奶

» 바나나**우유**를 제일 좋아한다.
ba-na-na-**u-yu**-reul jje-il jo-a-han-da.
我最喜歡香蕉牛奶。

유산균음료
名 乳酸菌飲料

» 아침마다 **유산균음료**를 마신다.
a-chim-ma-da **yu-san-gyu-neum-nyo**-reul ma-sin-da.
每天早上喝乳酸菌飲料。

커피 名 咖啡　外 coffee

» 하루에 한잔씩 **커피**를 마신다.
ha-ru-e han-jan-ssik **keo-pi**-reul ma-sin-da.
每天喝一杯咖啡。

야구르트 名 養樂多
外 yogurt

» 도시락을 사면 **야쿠르트**를 준다.
do-si-ra-geul ssa-myeon **ya-ku-reu-teu**-reul jjun-da.
買便當就送養樂多。

녹차 名 綠茶　漢

» **녹차**는 향이 좋다.
nok-cha-neun hyang-i jo-ta.
綠茶很香。

홍차 名 紅茶　漢

» **홍차**에 우유를 타먹는다.
hong-cha-e u-yu-reul ta-meong-neun-da.
在紅茶中加入牛奶來喝。

유자차 名 柚子茶 漢

» **유자차**는 달콤하다.
yu-ja-cha-neun dal-kom-ha-da.
柚子茶甜甜的。

스포츠음료
名 運動飲料
外 sport＋漢

» 운동을 한 후 **스포츠음료**를 마셨다.
un-dong-eul han hu **seu-po-cheu-eum-nyo**-reul ma-syeot-tta.
運動完之後喝了運動飲料。

콜라 名 可樂 ⋯⋯ 外 cola

» 햄버거와 **콜라**를 같이 먹는다.
haem-beo-geo-wa **kol-la**-reul kka-chi meong-neun-da.
漢堡和可樂一起吃。

사이다 名 雪碧 ⋯⋯⋯
外 cider

» 콜라보다 **사이다**를 더 좋아한다.
kol-la-bo-da **sa-i-da**-reul tteo jo-a-han-da.
比起可樂還更喜歡雪碧。

 酒類

맥주 名 啤酒

» **맥주**를 많이 먹으면 배가 부르다.
maek-jju-reul ma-ni meo-geu-myeon bae-ga bu-reu-da.
喝很多啤酒會很飽。

소주 名 燒酒 漢

» 한국 드라마에서 **소주**를 본 적이 있다.
han-guk deu-ra-ma-e-seo **so-ju**-reul ppon jeo-gi it-tta.
在韓劇裡有看到燒酒。

양주 名 洋酒 ⋯⋯⋯ 漢

» **양주**에 얼음을 넣었다.
yang-ju-e eo-reu-meul neo-eot-tta.
在洋酒裡放冰塊。

막걸리
名 米酒（韓式）

» 한국 **막걸리**는 흰색이다.
han-guk **mak-kkeol-li**-neun hin-sae-gi-da.
韓國米酒是白色的。

칵테일 名 雞尾酒 ⋯⋯⋯
外 cocktail

» **칵테일**은 달다.
kak-te-i-reun dal-tta.
雞尾酒甜甜的。

매실주 名 梅子酒

» **매실주**에는 매실향이 강하다.
mae-sil-ju-e-neun mae-sil-hyang-i gang-ha-da.
梅子酒的梅子香氣很強烈。

고량주 名 高粱酒 漢

» **고량주**를 마시면 취한다.
go-ryang-ju-reul ma-si-myeon chwi-han-da.
喝高粱酒會醉。

와인 名 葡萄酒 外 wine

» 매일 **와인** 한 잔은 건강에 좋다.
mae-il **wa-in** han ja-neun geon-gang-e jo-ta.
每天喝一杯葡萄酒對健康好。

➡ 甜食零嘴

빵 名 麵包

» 호밀**빵**은 달지 않다.
ho-mil-**ppang**-eun dal-jji an-ta.
全麥麵包不甜。

케이크 名 蛋糕 外 cake

» 엄마 생일을 위해 **케이크**를 샀다.

eom-ma saeng-i-reul wi-hae **ke-i-keu**-reul ssat-tta.
為了慶祝媽媽生日而買了蛋糕。

디저트 名 甜點 外 dessert

» **디저트**는 맛있지만 열량이 높다.
di-jeo-teu-neun ma-sit-jji-man yeol-lyang-i nop-tta.
甜點很好吃，但是熱量很高。

와플 名 鬆餅 外 waffle

» 아이스크림 **와플**이 인기가 많다.
a-i-seu-keu-rim **wa-peu**-ri in-gi-ga man-ta.
冰淇淋鬆餅很受歡迎。

아이스크림 名 冰淇淋 外 ice cream

» 나는 과일맛 **아이스크림**을 가장 좋아한다.
na-neun gwa-il-mat **a-i-seu-keu-ri**-meul kka-jang jo-a-han-da.
我最喜歡水果口味冰淇淋。

마가린 名 植物奶油；麥淇淋 外 margarine

» **마가린**은 식물성이다.
ma-ga-ri-neun sing-mul-seong-i-da.
植物奶油是植物性的。

사탕 名 糖果

» **사탕**을 많이 먹으면 이가 썩는다.
sa-tang-eul ma-ni meo-geu-myeon i-ga ssong-neun-da
吃太多**糖果**會蛀牙。

초콜렛 名 巧克力 外 chocolate

» 다크**초콜렛**은 쓰다.
da-keu-**cho-kol-le**-seun sseu-da.
黑**巧克力**很苦。

젤리 名 果凍 外 jelly

» **젤리**는 쫀득쫀득하다.
jel-li-neun jjon-deuk-jjon-deu-ka-da.
果凍的口感 QQ 的。

껌 名 口香糖 外 gum

» 편의점에서 **껌**을 사다.
pyeo-nui-jeo-me-seo **kkeo**-meul ssa-da.
在便利商店買**口香糖**。

과자 名 餅乾

» 초콜렛 **과자**는 달콤하다.
cho-kol-let **gwa-ja**-neun dal-kom-ha-da.
巧克力**餅乾**甜甜的。

Chapter

8

衣著／配件

Chapter 08 音檔雲端連結

因各家手機系統不同，若無法直接掃描，仍可以至以下電腦雲端連結下載收聽。（**https://tinyurl. com/4j8t7kdm**）

➡ 衣服製作

꿰매다 動 縫

» 단추가 떨어져 단추를 꿰맸다.
dan-chu-ga tteo-reo-jeo dan-chu-reul **kkwe-maet-tta**.
扣子掉了，所以再縫起來。

바늘 名 針

» 바늘은 뾰족하다.
ba-neu-reun ppyo-jo-ka-da.
針很銳利。

실 名 線

» 실처럼 가늘다.
sil-cheo-reom ga-neul-tta.
像線一樣細。

구멍 名 洞（破洞）

» 스타킹에 구멍이 났다.
seu-ta-king-e **gu-meong**-i nat-tta.
絲襪有破洞了。

상표 名 標籤

» 상표에 원산지가 써있다.
sang-pyo-e won-san-ji-ga sseo-it-tta.
標籤上有寫原產地。

단추 名 扣子

» 단추가 많은 옷은 불편하다.
dan-chu-ga ma-neun o-seun bul-pyeon-ha-da.
很多扣子的衣服不方便。

단추구멍 名 扣眼

» 단추구멍이 커졌다.
dan-chu-gu-meong-i keo-jeot-tta.
扣眼變鬆了。

지퍼 名 拉鍊 · 外 zipper

» 바지 지퍼가 열렸다.
ba-ji **ji-peo**-ga yeol-lyeot-tta.
褲子的拉鍊開了。

리본 名 蝴蝶結 · 外 ribbon

» 여자 아이들 옷에는 리본이 많이 있다.
yeo-ja a-i-deul o-se-neun **ri-bo**-ni ma-ni it-tta.
小女孩的衣服上有很多蝴蝶結。

레이스 名 蕾絲 · 外 lace

» 레이스 옷은 여성스러워 보인다.
re-i-seu o-seun yeo-seong-seu-reo-wo bo-in-da.
蕾絲衣服看起來很女性化。

➡ 料質

원단 名 布料

» 이 옷은 **원단**이 좋다.
i o-seun **won-da**-ni jo-ta.
這件衣服的**布料**很好。

체크무늬 名 格子紋

» 나는 **체크무늬** 남방이 잘
어울린다.
na-neun **che-keu-mu-ni**
nam-bang-i jal eo-ul-lin-da.
我很適合穿**格子紋**襯衫。

스트라이프
名 橫條紋 …… 外 stripe

» 나는 **스트라이프** 티셔츠를
좋아한다.
na-neun **seu-teu-ra-i-peu** ti-
syeo-cheu-reul jjo-a-han-da.
我喜歡**橫條紋** T 恤。

무채색 名 黑白顏色
（無彩色）

» 남자들은 **무채색**을 자주 입
는다.
nam-ja-deu-reun **mu-chae-
sae**-geul jja-ju im-neun-da.
男生常穿黑色或白色這種
無彩色的衣服。

면 名 純棉 …… 漢

» **면**은 흡수력이 좋다.
myeo-neun heup-ssu-ryeo-gi
jo-ta.
純棉的吸收力很好。

울 名 羊毛 …… 外 wool

» 겨울에 **울**자켓을 입으면 따
뜻하다.
gyeo-u-re **ul**-ja-ke-seul i-beu-
myeon tta-tteu-ta-da.
冬天時穿**羊毛**外套的話很
溫暖。

나일론 名 尼龍
外 nylon

» **나일론**은 쉽게 찢어지지 않
는다.
na-il-lo-neun swip-kke jji-
jeo-ji-ji an-neun-da.
尼龍不容易破掉。

합성섬유 名 合成纖維
漢

» 기능성 옷에 **합성섬유**를 사
용한다.
gi-neung-seong o-se **hap-
sseong-seo-myu**-reul ssa-
yong-han-da.
合成纖維適用於功能性衣
服。

가죽 名 真皮

» **가죽**벨트는 오래 사용할 수
있다.
ga-juk-ppel-teu-neun o-rae
sa-yong-hal ssu it-tta.
真皮皮帶可以用很久。

합성피혁 名 合成皮 漢

» **합성피혁**은 가죽같이 보인다.
hap-sseong-pi-hyeo-geun ga-juk-kka-chi bo-in-da.
合成皮看起來像真皮。

실크 名 絲綢 外 silk

» **실크**는 매우 부드럽다.
sil-keu-neun mae-u bu-deu-reop-tta.
絲綢很絲滑順柔。

➡ 衣服

팬티 名 內褲 外 panties

» 남성용 **팬티**는 삼각과 사각이 있다.
nam-seong-yong **paen-ti**-neun sam-gak-kkwa sa-ga-gi it-tta.
男性內褲有三角的和四角的。

속옷 名 內衣

» 백화점 세일 때 **속옷**을 여러 벌 샀다.
bae-kwa-jeom se-il ttae **so-go**-seul yeo-reo beol sat-tta.
在百貨公司周年慶的時候買了幾件內衣。

브래지어 名 胸罩 外 brassiere

» **브래지어**는 사이즈별로 있다.
beu-rae-ji-eo-neun sa-i-jeu-byeol-lo it-tta.
胸罩有各種不同的尺寸。

옷 名 衣服

» 쇼핑할 때 **옷**을 가장 많이 산다.
syo-ping-hal ttae **o**-seul kka-jang ma-ni san-da.
逛街的絕大部分時間都在買衣服。

모자티 名 帽 T

» **모자티**는 입기에 편하다.
mo-ja-ti-neun ip-kki-e pyeon-ha-da.
帽 T 穿起來很舒服。

티셔츠 名 T 恤 外 T-shirt

» 여름에는 **티셔츠**를 많이 입는다.
yeo-reu-me-neun **ti-syeo-cheu**-reul ma-ni im-neun-da.
夏天時很常穿 T 恤。

반팔 名 短袖

» 요즘 **반팔**을 입으면 춥다.
yo-jeum **ban-pa**-reul i-beu-myeon chup-tta.
最近穿短袖會冷。

긴팔 名 長袖

» 여행갈 때 **긴팔**을 몇 벌 챙
긴다.

yeo-haeng-gal ttae **gin-pa**-reul myeot beol chaeng-gin-da.

去旅行時會帶幾件**長袖**的
衣服。

치마 名 裙子

» 우리 엄마는 **치마**를 즐겨
입는다.

u-ri eom-ma-neun **chi-ma**-reul jjeul-kkyeo im-neun-da.

我媽媽喜歡穿**裙子**。

미니스커트
名 迷你裙 ……… 外 mini-skirt

» 요즘 **미니스커트**가 유행이
다.

yo-jeum **mi-ni-seu-keo-teu**-ga yu-haeng-i-da.

最近很流行**迷你裙**。

원피스 名 洋裝
外 one piece

» 기분이 좋아 빨간색 **원피스**
를 샀다.

gi-bu-ni jo-a ppal-kkan-saek **won-pi-seu**-reul ssat-tta.

因為心情好而買了一件紅
色**洋裝**。

바지 名 褲子

» 살이 쪄서 **바지**가 작아졌
다.

sa-ri jjeo-seo **ba-ji**-ga ja-ga-jeot-tta.

因為變胖，所以**褲子**變小
了。

반바지 名 短褲

» 여름에는 **반바지**를 입는다.

yeo-reu-me-neun **ban-ba-ji**-reul im-neun-da.

夏天時穿**短褲**。

청바지 名 牛仔褲

» **청바지**는 오래 입을 수 있
다.

cheong-ba-ji-neun o-rae i-beul ssu it-tta.

牛仔褲可以穿很久。

치마바지 名 褲裙

» **치마바지**는 활동하기에 매
우 편하다.

chi-ma-ba-ji-neun hwal-dong-ha-gi-e mae-u pyeon-ha-da.

穿**褲裙**活動的時候非常舒
適又方便。

블라우스 名 女用襯衫
外 blouse

» 출근할 때 **블라우스**를 입는
다.

chul-geun-hal ttae **beul-la-u-seu**-reul im-neun-da.

上班時穿**女用襯衫**。

남방 名 襯衫（休閒服）

» 청바지에 **남방**을 입었다.
cheong-ba-ji-e **nam-bang**-eul
i-beot-tta.
穿牛仔褲和襯衫。

와이셔츠
名 襯衫（西裝）
外 white shirts

» 남편은 하얀 **와이셔츠**에 넥
타이를 맸다.
nam-pyeo-neun ha-yan **wa-i-syeo-cheu**-e nek-ta-i-reul
maet-tta.
老公穿白襯衫配領帶。

정장 名 西裝

» 취업하여 **정장**을 한 벌 샀
다.
chwi-eo-pa-yeo **jeong-jang**-eul han beol sat-tta.
因為找工作有需要，所以
買了一件西裝。

조끼 名 背心

» 날씨가 쌀쌀해져서 **조끼**를
덧입었다.
nal-ssi-kka ssal-ssal-hae-jjeo-seo **jo-kki**-reul tteo-si-beot-tta.
因為天氣變冷而罩了件背
心。

스웨터 名 毛衣
外 sweater

» **스웨터**를 입었더니 땀이 났
다.
seu-we-teo-reul i-beot-tteo-ni tta-mi nat-tta.
穿毛衣會流汗。

코트 名 大衣 外 coat

» 겨울에 **코트**를 입지 않으면
너무 춥다.
gyeo-u-re **ko-teu**-reul ip-jji
a-neu-myeon neo-mu chup-tta.
冬天沒穿大衣的話會太
冷。

바람막이 名 風衣

» 바람이 세게 불어 **바람막이**
점퍼를 입었다.
ba-ra-mi se-ge bu-reo **ba-ram-ma-gi** jeom-peo-reul
i-beot-tta.
風很大，所以穿了風衣外
套。

점퍼 名 外套 外 jumper

» 추울까봐 **점퍼**를 한 벌 챙
겨갔다.
chu-ul-kka-bwa **jeom-peo**-reul han beol chaeng-gyeo-gat-tta.
怕會冷所以帶一件外套。

패딩 （名）羽絨外套
（外）padding

» 패딩점퍼를 입으면 따뜻하다.
pae-ding-jeom-peo-reul i-beu-myeon tta-tteu-ta-da.
穿羽絨外套很溫暖。

➡ 配件

모자 （名）帽子 （漢）

» 우리 할아버지는 모자를 즐겨 쓴다.
u-ri ha-ra-beo-ji-neun **mo-ja**-reul jjeul-kkyeo sseun-da.
我爺爺喜歡戴帽子。

야구모자 （名）棒球帽 （漢）

» 학교에 갈 때 야구모자를 즐겨 쓴다.
hak-kkyo-e gal ttae **ya-gu-mo-ja**-reul jjeul-kkyeo sseun-da.
去上課時喜歡戴棒球帽。

마스크 （名）口罩
（外）mask

» 오토바이를 탈 때는 마스크를 낀다.
o-to-ba-i-reul tal ttae-neun **ma-seu-keu**-reul kkin-da.
騎摩托車時戴口罩。

목도리 （名）圍巾

» 겨울에는 목도리를 꼭 해야 한다.
gyeo-u-re-neun **mok-tto-ri**-reul kkok hae-ya-han-da.
冬天一定要圍圍巾。

스카프
（名）絲巾；圍巾（大部分是女生用的）
（外）scarf

» 선생님은 꽃무늬 스카프가 많다.
seon-saeng-ni-meun kkon-mu-ni **seu-ka-peu**-ga man-ta.
老師有很多花紋圍巾。

넥타이 （名）領帶
（外）necktie

» 어버이날에 아버지에게 넥타이를 선물했다.
eo-beo-i-na-re a-beo-ji-e-ge **nek-ta-i**-reul sseon-mul-haet-tta.
父母節的時候把領帶送給爸爸。

장갑 （名）手套

» 손이 시려 장갑을 꼈다.
so-ni si-ryeo **jang-ga**-beul kkyeot-tta.
手太冰了，所以戴上手套。

멜빵 名 背帶；吊帶

» 어릴 때 **멜빵**을 많이 했다.
eo-ril ttae **mel-ppang**-eul
ma-ni haet-tta.
小時候常用吊帶。

벨트 名 皮帶 外 belt

» 바지가 커서 **벨트**를 해야
한다.
ba-ji-ga keo-seo **bel-teu**-reul
hae-ya han-da.
褲子太大了，一定要繫皮
帶。

양말 名 襪子

» **양말**을 신고 운동화를 신는
다.
yang-ma-reul ssin-go un-
dong-hwa-reul ssin-neun-da.
穿了襪子再穿運動鞋。

스타킹 名 絲襪 外 stocking

» **스타킹**은 매우 얇다.
seu-ta-king-eun mae-u yap-
tta.
絲襪很薄。

지갑 名 錢包

» **지갑** 안에 각종 카드가 많
다.
ji-gap a-ne gak-jjong ka-deu-
ga man-ta.
錢包裡有很多各式各樣的
卡片。

화장품가방 名 化妝包

» **화장품가방** 안에 각종 화장
품이 들어있다.
hwa-jang-pum-ga-bang a-ne
gak-jjong hwa-jang-pu-mi
deu-reo-it-tta.
化妝包裡有各種化妝品。

명함지갑 名 名片夾

» 남자친구에게 **명함지갑**을
선물했다.
nam-ja-chin-gu-e-ge
myeong-ham-ji-ga-beul
sseon-mul-haet-tta.
把名片夾送給男朋友。

가방 名 包包

» 여자들은 **가방**을 좋아한다.
yeo-ja-deu-reun **ga-bang**-eul
jjo-a-han-da.
女生喜歡包包。

핸드백 名 手提包 外 handbag

» **핸드백**에 지갑과 휴대폰을
넣었다.
haen-deu-bae-ge ji-gap-
kkwa hyu-dae-po-neul neo-
eot-tta.
手提包裡放錢包跟手機。

여행가방 名 旅行包

» **여행가방**은 사이즈가 크다.
yeo-haeng-ga-bang-eun sa-i-jeu-ga keu-da.
旅行包的尺寸很大。

캐리어 名 旅行箱
外 carrier

» **캐리어**에는 바퀴가 있어 편리하다.
kae-ri-eo-e-neun ba-kwi-ga i-sseo pyeol-li-ha-da.
旅行箱有輪子很方便。

⟹ **鞋類**

구두 名 皮鞋

» 새로 산 **구두**가 더러워졌다.
sae-ro san **gu-du**-ga deo-reo-wo-jeot-tta.
新買的皮鞋變髒了。

운동화 名 運動鞋

» 헬스장에 갈 때는 **운동화**를 가져 간다.
hel-seu-jang-e gal ttae-neun **un-dong-hwa**-reul kka-jeo gan-da.
去健身房的時候帶運動鞋。

부츠 名 馬靴 ··· 外 boots

» 날씨가 추워져서 **부츠**를 신었다.
nal-ssi-kka chu-wo-jeo-seo **bu-cheu**-reul ssi-neot-tta.
天氣變冷穿馬靴。

장화 名 雨鞋

» 비오는 날에는 **장화**를 신는다.
bi-o-neun na-re-neun **jang-hwa**-reul ssin-neun-da.
下雨天穿雨鞋。

하이힐 名 高跟鞋
外 high heel

» **하이힐**을 많이 신었더니 발이 아프다.
ha-i-hi-reul ma-ni si-neot-tteo-ni ba-ri a-peu-da.
常穿高跟鞋的話腳會痛。

굽 名 跟

» 하이힐 **굽**이 매우 높다.
ha-i-hil **gu**-bi mae-u nop-tta.
高跟鞋的跟很高。

슬리퍼 名 拖鞋
外 slipper

» 여름에는 **슬리퍼**를 자주 신는다.
yeo-reu-me-neun **seul-li-peo**-reul jja-ju sin-neun-da.
夏天時常穿拖鞋。

샌들 名 涼鞋　外 sandal

» 여행을 가기 위해 **샌들**을 새로 샀다.
yeo-haeng-eul kka-gi wi-hae **saen-deu**-reul ssae-ro sat-tta.
為了去旅行買了新的涼鞋。

➡ 飾品

목걸이 名 項鍊

» 오늘은 금목걸이를 했다.
o-neu-reun geum-**mok-kkeo-ri**-reul haet-tta.
今天帶了條黃金項鍊。

귀걸이 名 耳環

» **귀걸이** 수집이 취미이다.
gwi-geo-ri su-ji-bi chwi-mi-i-da.
我的興趣是蒐集耳環。

팔찌 名 手鍊

» **팔찌**와 시계를 모두 찬다.
pal-jji-wa si-gye-reul mo-du chan-da.
都戴手鍊跟手錶。

반지 名 戒指

» 남자친구가 **반지**를 선물해 줬다.
nam-ja-chin-gu-ga **ban-ji**-reul sseon-mul-hae-jwot-tta.
男朋友送我戒指。

손목시계 名 手錶

» **손목시계**를 차는 것이 습관이다.
son-mok-ssi-gye-reul cha-neun geo-si seup-kkwa-ni-da.
平常習慣戴手錶。

머리핀 名 髮夾

» 딸에게 **머리핀**을 선물했다.
tta-re-ge **meo-ri-pi**-neul sseon-mul-haet-tta.
把髮夾送給女兒。

머리띠 名 髮箍

» **머리띠**를 하면 여성스러워 보인다.
meo-ri-tti-reul ha-myeon yeo-seong-seu-reo-wo bo-in-da.
戴髮箍看起來很女性化。

선글라스 名 太陽眼鏡　外 sunglass

» 햇볕이 강해서 **선글라스**를 꼈다.
haet-ppyeo-chi gang-hae-seo **seon-geul-la-seu**-reul kkyeot-tta.
太陽太大了，所以戴太陽眼鏡。

안경 名 眼鏡　漢

» 눈이 나빠져서 **안경**을 맞췄다.
nu-ni na-ppa-jeo-seo **an-gyeong**-eul mat-chwot-tta.
視力不好所以去配眼鏡。

렌즈 名 隱形眼鏡
外 lens

» 눈이 나빠서 **렌즈**를 낀다.
nu-ni na-ppa-seo **ren-jeu-**
reul kkin-da.
因為近視，有戴隱形眼
鏡。

➡ 特殊服飾

잠옷 名 睡衣

» 내 **잠옷**은 분홍색이다.
nae **ja-mo**-seun bun-hong-
sae-gi-da.
我的**睡衣**是粉紅色。

안대 名 眼罩 漢

» 비행기 안에서 잠을 자기
위해 **안대**를 꼈다.
bi-haeng-gi a-ne-seo ja-meul
jja-gi wi-hae **an-dae**-reul
kkyeot-tta.
在飛機上因為要睡覺而戴
上眼罩。

수영복 名 泳衣

» 여름이 곧 다가와 **수영복**을
샀다.
yeo-reu-mi got da-ga-wa **su-**
yeong-bo-geul ssat-tta.
夏天快到了，買了一件泳
衣。

수영모자 名 游泳帽

» 수영복과 **수영모자**가 세트
이다.
su-yeong-bok-kkwa **su-**
yeong-mo-ja-ga se-teu-i-da.
泳衣跟游泳帽是一套的。

수경 名 泳鏡 漢

» **수경**을 쓰면 물에서 눈을
뜰 수 있다.
su-gyeong-eul sseu-myeon
mu-re-seo nu-neul tteul ssu
it-tta.
戴泳鏡的話，在水裡可以
張開眼睛。

비키니 名 比基尼
外 bikini

» **비키니**를 입고 해변에 갔
다.
bi-ki-ni-reul ip-kko hae-
byeo-ne gat-tta.
穿比基尼去海邊。

전통의상 名 傳統服裝

» 각국의 **전통의상**들은 매우
독특하다.
gak-kku-gui **jeon-tong-ui-**
sang-deu-reun mae-u dok-
teu-ka-da.
各國的**傳統服裝**都很獨
特。

치파오 名 旗袍
外 qipao

» **치파오**는 중국 전통 의상이다.
chi-pa-o-neun jung-guk jeon-tong ui-sang-i-da.
旗袍是中國的傳統服裝。

기모노 名 和服
外 kimono

» **기모노**는 색깔이 화려하다.
gi-mo-no-neun saek-kka-ri hwa-ryeo-ha-da.
和服的顏色很華麗。

웨딩드레스 名 婚紗
外 wedding dress

» **웨딩드레스**를 고르다.
we-ding-deu-re-seu-reul kko-reu-da.
挑選了婚紗。

턱시도 名 晚禮服
外 tuxedo

» **턱시도**를 입고 파티에 갔다.
teok-ssi-do-reul ip-kko pa-ti-e gat-tta.
穿晚禮服參加派對。

신상품 名 新商品 漢

» 이 옷은 가을 **신상품**이다.
i o-seun ga-eul ssin-sang-pu-mi-da.
這件衣服是秋季新商品。

구제옷 名 二手衣服

» **구제옷**은 저렴하다.
gu-je-o-seun jeo-ryeom-ha-da.
二手衣服很便宜。

임부복 名 孕婦裝 漢

» 임신을 해서 **임부복**을 입는다.
im-si-neul hae-seo im-bu-bo-geul im-neun-da.
懷孕了，所以穿孕婦裝。

등산복 名 登山服 漢

» 어버이날에 부모님께 **등산복**을 선물해드렸다.
eo-beo-i-na-re bu-mo-nim-kke deung-san-bo-geul sseon-mul-hae-deu-ryeot-tta.
父母節時把登山服送給父母。

캐주얼 名 休閒服
外 casual

» 금요일에는 회사에서 **캐주얼**을 입는다.
geu-myo-i-re-neun hoe-sa-e-seo kae-ju-eo-reul im-neun-da.
星期五在公司穿休閒服。

아동복 名 童裝

» **아동복**은 너무 귀엽다.
a-dong-bo-geun neo-mu gwi-
yeop-tta.
童裝很可愛。

유니폼 名 制服
外 uniform

» 우리 회사는 **유니폼**을 입는
다.
u-ri hoe-sa-neun **yu-ni-po**-
meul im-neun-da.
我們公司穿制服。

Chapter

9

感受／動作

Chapter 09 音檔雲端連結

因各家手機系統不同，若無法直接掃描，仍可以至以下電腦雲端連結下載收聽。（**https://tinyurl. com/3mzp4zt2**）

➡ 感官

덥다 形 熱的

» 날씨가 **더워** 아이스크림을 먹었다.
nal-ssi-kka **deo-wo** a-i-seu-keu-ri-meul meo-geot-tta.
天氣很熱吃冰淇淋。

따뜻하다 形 溫暖的

» 집안에 들어오니 **따뜻했다**.
ji-ba-ne deu-reo-o-ni **tta-tteu-taet-tta**.
進到家裡就很溫暖。

춥다 形 冷的

» 겨울에는 날씨가 너무 **춥다**.
gyeo-u-re-neun nal-ssi-kka neo-mu **chup-tta**.
冬天天氣很冷。

시원하다 形 涼快的

» 바람이 **시원하다**.
ba-ra-mi **si-won-ha-da**.
風很涼快。

쌀쌀하다 形 涼涼的

» 가을이 되자 날씨가 **쌀쌀해졌다**.
ga-eu-ri doe-ja nal-ssi-kka **ssal-ssal-hae-jjeot-tta**.
入秋後，天氣變涼了。

차갑다 形 冰的

» 음료수가 **차갑다**.
eum-nyo-su-ga **cha-gap-tta**.
飲料很冰。

뜨겁다 形 燙的

» 커피가 **뜨겁다**.
keo-pi-ga **tteu-geop-tta**.
咖啡很燙。

향기롭다 形 香的

» 새로 산 향수가 **향기롭다**.
sae-ro san hyang-su-ga **hyang-gi-rop-tta**.
新買的香水很香。

냄새나다
形 有味道的；有臭味的

» 신발에서 지독한 **냄새가 난다**.
sin-ba-re-seo ji-do-kan **naem-sae-ga nan-da**.
鞋子裡面有很臭的味道。

부드럽다 形 柔軟的

» 오늘 산 블라우스는 감촉이 매우 **부드럽다**.
o-neul ssan beul-la-u-seu-neun gam-cho-gi mae-u **bu-deu-reop-tta**.
今天買的女用襯衫觸感很柔軟。

딱딱하다 [形] 硬的

» 과자가 너무 **딱딱하다**.
gwa-ja-ga neo-mu **ttak-tta-ka-da**.
餅乾太硬了。

거칠다 [形] 粗糙的

» 피부가 **거칠어졌다**.
pi-bu-ga **geo-chi-reo-jeot-tta**.
皮膚變得很粗糙。

물렁물렁하다
[形] 軟軟的

» 바나나가 오래되서 **물렁물렁해졌다**.
ba-na-na-ga o-rae-doe-seo **mul-leong-mul-leong-hae-jeot-tta**.
香蕉放太久變得軟軟的。

끈적끈적하다
[形] 黏黏的

» 꿀이 손에 묻어 **끈적끈적하다**.
kku-ri so-ne mu-teo **kkeun-jeok-kkeun-jeo-ka-da**.
蜂蜜沾到手黏黏的。

촉촉하다 [形] 濕潤的；水潤的

» 피부가 **촉촉하다**.
pi-bu-ga **chok-cho-ka-da**.
皮膚很濕潤。

축축하다 [形] 濕濕的

» 비를 맞아서 옷이 **축축하다**.
bi-reul ma-ja-seo o-si **chuk-chu-ka-da**.
淋雨了，所以衣服濕濕的。

매끄럽다 [形] 滑的

» 책상 표면이 **매끄럽다**.
chaek-ssang pyo-myeo-ni **mae-kkeu-reop-tta**.
書桌的表面很滑。

울퉁불퉁하다
[副] 凹凸不平的

» 도로가 **울퉁불퉁하다**.
do-ro-ga **ul-tung-bul-tung-ha-da**.
路面凹凸不平。

🔊 聲色

검정색 [名] 黑色

» 많은 남자들은 **검정색** 정장을 입는다.
ma-neun nam-ja-deu-reun **geom-jeong-saek** jeong-jang-eul im-neun-da.
很多男生穿黑色西裝。

흰색 [名] 白色

» 종이는 **흰색**이다.
jong-i-neun **hin-sae**-gi-da.
紙是白色的。

무지개색 名 彩虹顏色

» **무지개색**은 칠(일곱)가지이다.
mu-ji-gae-sae-geun chil-ga-ji-i-da.
彩虹有七種顏色。

빨간색 名 紅色

» 사과는 **빨간색**이에요.
Sa-gwa-neun **ppal-kkan-sae**-gieyo.
蘋果是**紅色**的。

파란색 名 藍色

» 바닷물이 **파란색**이다.
ba-dan-mu-ri **pa-ran-sae**-gi-da.
海水是**藍色**的。

노란색 名 黃色

» **노란색** 꽃을 좋아한다.
no-ran-saek kko-cheul jjo-a-han-da.
喜歡**黃色**的花。

하늘색 名 天藍色

» **하늘색** 자켓을 샀다.
ha-neul-ssaek ja-ke-seul ssat-tta.
買了**天藍色**的外套。

분홍색 名 粉紅色… 漢

» 많은 여성들은 **분홍색**을 좋아한다.
ma-neun yeo-seong-deu-reun **bun-hong-sae**-geul jjo-a-han-da.
很多女生都喜歡**粉紅色**。

갈색 名 棕色

» 우리집 식탁은 **갈색**이다.
u-ri-jip sik-ta-geun **gal-ssae**-gi-da.
我家的餐桌是**棕色**的。

금색 名 金色 … 漢

» **금색** 귀걸이를 했다.
geum-saek gwi-geo-ri-reul haet-tta.
我戴了**金色**耳環。

은색 名 銀色 … 漢

» **은색** 종이가 반짝거렸다.
eun-saek jong-i-ga ban-jjak-kkeo-ryeot-tta.
銀色的紙亮亮的。

주황색 名 橘色

» **주황색** 매니큐어를 발랐다.
ju-hwang-saek mae-ni-kyu-eo-reul ppal-lat-tta.
擦了**橘色**的指甲油。

곧다 形 直挺挺的

» 등이 **곧다**.
deung-i **got-tta**.
背挺得**直直的**。

비슷하다 形 類似的

» 이 색깔과 저 색깔은 **비슷하다**.
i saek-kkal-kkwa jeo saek-kka-reun **bi-seu-ta-da**.
這個顏色跟那個顏色很像。

같다 形 一樣的

» 친구와 내 이름은 **같다**.
chin-gu-wa nae i-reu-meun **gat-tta**.
朋友的名字跟我的一模一樣。

다르다 形 不一樣的

» 쌍둥이지만 **다르다**.
ssang-dung-i-ji-man **da-reu-da**.
雖然是雙胞胎，但很不一樣。

목소리가 크다
形 聲音很大

» 박물관에서 **목소리가** 너무 **커서** 경고를 받았다.
bang-mul-gwa-ne-seo **mok-sso-ri-ga** neo-mu **keo-seo** gyeong-go-reul ppa-dat-tta.
因為在博物館出太大的聲音而被警告。

목소리가 작다
形 聲音很小

» **목소리가** 너무 **작아** 잘 들리지 않았다.
mok-sso-ri-ga neo-mu **ja-ga** jal tteul-li-ji a-nat-tta.
聲音太小聽不太清楚。

볼륨 名 音量
外 volume

» 라디오 **볼륨**을 조절하다.
ra-di-o **bol-lyu**-meul jjo-jeol-ha-da.
調整收音機的音量。

🔊 動作

행동 名 行動；行為 漢

» **행동**이 이상하다.
haeng-dong-i i-sang-ha-da.
行為很奇怪。

웃다 動 笑

» 그는 나를 **웃게** 한다.
geu-neun na-reul **ut-kke** han-da.
他會逗我笑。

미소짓다 動 微笑

» 엄마는 나를 향해 **미소지었다**.
eom-ma-neun na-reul hyang-hae **mi-so-ji-eot-tta**.
媽媽向我微笑。

찡그리다 (動) 皺眉頭

» 짜증이 나서 얼굴을 **찡그렸다**.
jja-jeung-i na-seo eol-gu-reul **jjing-geu-ryeot-tta**.
因為很煩所以**皺眉頭**。

보다 (動) 看

» 영화를 **본다**.
yeong-hwa-reul **ppo-da**.
看電影。

맡다 (動) 聞

» 냄새를 **맡다**.
naem-sae-reul **mat-tta**.
聞味道。

듣다 (動) 聽

» 음악을 **듣다**.
eu-ma-geul **tteut-tta**.
聽音樂。

말하다 (動) 說

» 친구에게 **말하다**.
chin-gu-e-ge **mal-ha-tta**.
跟朋友說。

소리지르다 (動) 尖叫

» 화가나서 **소리지르다**.
hwa-ga-na-seo **so-ri-ji-reu-da**.
因為很生氣而尖叫。

만지다 (動) 摸

» 얼굴을 계속 **만지다**.
eol-gu-reul kkye-sok **man-ji-da**.
一直摸臉。

쓰다 (動) 寫

» 일기를 **쓰다**.
il-gi-reul **sseu-da**.
寫日記。

잡다 (動) 抓

» 여자친구의 팔을 **잡다**.
yeo-ja-chin-gu-ui pa-reul **jjap-tta**.
抓著女朋友的手。

놓다 (動) 放

» 가방을 내려**놓다**.
ga-bang-eul nae-ryeo-**no-ta**.
把包包放下來。

때리다 (動) 打

» 선생님은 매로 손바닥을 **때렸다**.
seon-saeng-ni-meun mae-ro son-ba-da-geul **ttae-ryeot-tta**.
老師用棍子打手掌。

당기다 (動) 拉

» 문을 **당기다**.
mu-neul **ttang-gi-da**.
把門拉開。

끌다 動 拖；拉

» 캐리어를 끌다.
kae-ri-eo-reul **kkeul-tta.**
拖著旅行箱。

밀다 動 推

» 문을 밀다.
mu-neul **mil-da.**
把門推開。

던지다 動 投；丟

» 야구공을 던지다.
ya-gu-gong-eul **tteon-ji-da.**
投棒球。

주다 動 給；讓

» 선물을 주다.
seon-mu-reul **jju-da.**
給了禮物。

받다 動 收

» 꽃을 받다.
kko-cheul **ppat-tta.**
收到了花。

보내다 動 送

» 공항에서 친구를 보내다.
gong-hang-e-seo chin-gu-reul
ppo-nae-da.
在機場送朋友。

가다 動 去；走

» 학교에 가다.
hak-kkyo-e **ga-da.**
去學校。

오다 動 來；來到

» 한국에 오다.
han-gu-ge **o-da.**
來韓國。

바꾸다 動 更換；改變

» 컴퓨터 배경화면을 바꾸다.
keom-pyu-teo bae-gyeong-
hwa-myeo-neul **ppa-kku-da.**
更換電腦的桌面。

양보하다 動 禮讓

» 동생에게 장난감을 양보하
다.
dong-saeng-e-ge jang-nan-
ga-meul **yang-bo-ha-da.**
把玩具讓給弟弟。

알다 動 知道；熟悉

» 잘 아는 지역이다.
jal **a-neun** ji-yeo-gi-da.
很熟悉這個地方。

모르다 動 不知道

» 잘 모르는 것이다.
jal **mo-reu-neun** geo-si-da.
不太知道的。

이해하다 動 了解

» 정확하게 이해하다.
jeong-hwa-ka-ge **i-hae-ha-
da.**
正確地了解。

믿다 動 相信

» 서로 **믿다**.
seo-ro **mit-tta**.
互相**相信**。

좋아하다 動 喜歡

» 게임하는 것을 **좋아하다**.
ge-im-ha-neun geo-seul **jjo-a-ha-da**.
喜歡玩電動。

사랑하다 動 愛

» 동물을 **사랑하다**.
dong-mu-reul **ssa-rang-ha-da**.
愛動物。

태어나다 動 出生

» 서울에서 **태어나다**.
seo-u-re-seo **tae-eo-na-da**.
出生於首爾。

일하다 動 工作

» 사무실에서 **일하다**.
sa-mu-si-re-seo **il-la-da**.
在辦公室工作。

움직이다 動 移動

» 배가 **움직이다**.
bae-ga **um-ji-gi-da**.
船在**移動**。

줄이다 動 減少

» 다이어트를 위해 음식량을 **줄여야** 한다.
da-i-eo-teu-reul wi-hae eum-sing-nyang-eul **jju-ryeo-ya** han-da.
為了減肥而**減少**食物量。

높이다 動 拉高

» 실력을 **높이기** 위해 연습을 해야 한다.
sil-lyeo-geul **no-pi-gi** wi-hae yeon-seu-beul hae-ya han-da.
為了要**提高**實力而練習。

Chapter

10

形狀／大小

Chapter 10 音檔雲端連結

因各家手機系統不同，若無法直接掃描，仍可以至以下電腦雲端連結下載收聽。（**https://tinyurl.com/rrrhkvwj**）

➡ **形狀**

네모나다 形 方形的

» 티비는 네모나다.
ti-bi-neun **ne-mo-na-da**.
電視是方形的。

모서리 名 角

» 종이는 모서리가 네개다.
jong-i-neun **mo-seo-ri**-ga ne-gae-da.
紙有四個角。

세모나다 形 三角形的

» 옷에 세모난 그림이 인쇄되어 있다.
o-se **se-mo-nan** geu-ri-mi in-swae-doe-eo it-tta.
衣服上被印有三角形的圖案。

둥그렇다 形 圓形的

» 안경이 둥그렇다.
an-gyeong-i **dung-geu-reo-ta**.
眼鏡是圓形的。

원 名 圓形 ⋯⋯⋯⋯⋯ 漢

» 이 원의 둘레는 1미터이다.
i **wo**-nui dul-le-neun il-mi-teo-i-da.
這圓形的周長是一公尺。

원뿔 名 圓錐

» 원뿔모양의 모자 산다.
won-ppul-mo-yang-ui mo-ja san-da.
買了圓錐狀的帽子。

피라미드형
名 金字塔型 ⋯⋯ 外 pyramid

» 이 박물관은 피라미드형이다.
i bang-mul-gwa-neun **pi-ra-mi-deu-hyeong**-i-da.
這個博物館是金字塔型的。

사각형 名 四角形 ⋯ 漢

» 사진은 사각형이다.
sa-ji-neun **sa-ga-kyeong**-i-da.
照片是四角形的。

삼각형 名 三角形 ⋯ 漢

» 삼각김밥은 삼각형이다.
sam-gak-kkim-ba-beun **sam-ga-kyeong**-i-da.
飯糰是三角形的。

➡ **單位**

단위 名 單位 ⋯⋯⋯ 漢

» 이 숫자의 단위가 무엇인가요?
i sut-jja-ui **da-nwi**-ga mu-eo-sin-ga-yo?
這數字的單位是什麼？

밀리미터 名毫米 外 millimeter

» 겨울방학동안 1밀리미터도 자라지 않았다.
gyeo-ul-bang-hak-ttong-an il-**mil-li-mi-teo**-do ja-ra-ji a-nat-tta.
寒假時連一**毫米**都沒有長高。

센티미터 名公分 外 centimeter

» 5센티미터정도 컸다.
o-**sen-ti-mi-teo**-jeong-do keot-tta.
長了五**公分**左右。

미터 名公尺 外 meter

» 나의 100미터 달리기 기록은 18초이다.
na-ui baek-**mi-teo** dal-li-gi gi-ro-geun sip-pal-cho-i-da.
我一百**公尺**跑步的記錄是十八秒。

인치 名英寸 外 inch

» 내 청바지는 25인치이다.
nae cheong-ba-ji-neun i-sip-o-**in-chi**-i-da.
我的牛仔褲尺寸是二十五**英寸**。

킬로미터 名公里 外 kilometer

» 서울에서 부산은 400킬로미터가 넘는다.
seo-u-re-seo bu-sa-neun sa-baek-**kil-lo-mi-teo**-ga neom-neun-da.
從首爾到釜山有超過四百**公里**。

그램 名（公）克 外 gram

» 하루에 땅콩을 100그램씩 먹는다.
ha-ru-e ttang-kong-eul baek-**geu-raem**-ssik meong-neun-da.
每天吃一百**克**的花生。

킬로그램 名公斤 外 kilogram

» 우리 오빠는 75킬로그램이다.
u-ri o-ppa-neun chil-sip-o-**kil-lo-geu-rae**-mi-da.
我哥哥七十五**公斤**。

칼로리 名卡路里；熱量 外 calorie

» 초콜렛은 칼로리가 높다.
cho-kol-le-seun **kal-lo-ri**-ga nop-tta.
巧克力的**熱量**很高。

밀리리터 名 毫升
外 milimeter

» 이 로션은 100밀리리터이다.
i ro-syeo-neun baek-**mil-li-ri-teo**-i-da.
這乳液是一百毫升。

리터 名 （公）升
外 liter

» 1.5리터 물을 한 병 샀다.
i-jeom-o-**ri-teo** mu-reul han byeong sat-tta.
買了一瓶 1.5 升的水。

⟹ 量測

재다 形 量

» 키를 **재다**.
ki-reul **jjae-da**.
量身高。

모양 名 樣子 漢

» **모양**이 여러가지이다.
mo-yang-i yeo-reo-ga-ji-i-da.
有很多各式各樣的**樣子**。

형태 名 形態 漢

» 다양한 **형태**의 디자인이 있다.
da-yang-han **hyeong-tae**-ui di-ja-i-ni it-tta.
有很多種形態的設計。

무게 名 重量

» **무게**가 무겁다.
mu-ge-ga mu-geop-tta.
重量很重。

키 名 身高

» 남동생은 여름방학 동안 **키**가 많이 컸다.
nam-dong-saeng-eun yeo-reum-bang-hak dong-an **ki**-ga ma-ni keot-tta.
暑假時弟弟的個子（身高）長高很多。

몸무게 名 體重

» **몸무게**가 늘었다.
mom-mu-ge-ga neu-reot-tta.
體重增加了。

거리 名 距離 漢

» **거리**가 멀지 않다.
geo-ri-ga meol-ji an-ta.
距離不遠。

가로 名 橫

» **가로**폭이 5센츠이다.
ga-ro-po-gi o-sen-tseu-i-da.
橫寬是五公分。

세로 名 豎

» **세로** 길이가 1미터이다.
se-ro gi-ri-ga il-mi-teo-da.
豎的長度是一公尺。

길이 名 長度

» 길이가 짧다.
gi-ri-ga jjap-tta.
這個長度很短。

둘레 名 周長

» 둘레가 30센츠이다.
dul-le-ga sam-sip-sen-tseu-i-da.
周長是三十公分。

폭 名 寬度

» 폭이 50센츠이다.
po-gi o-sip-sen-tseu-i-da.
寬度是五十公分。

두께 名 厚度

» 두께가 얇다.
du-kke-ga yap-tta.
厚度很薄。

量測結果

짧다 形 短的

» 키가 커서 바지가 짧아졌다.
ki-ga keo-seo ba-ji-ga jjal-ba-jeot-tta.
長高了，褲子變短了。

길다 形 長的

» 옷이 커서 소매가 길다.
o-si keo-seo so-mae-ga gil-da.
衣服很大，袖子也很長。

얇다 形 薄的

» 이탈리아 피자는 매우 얇다.
i-tal-li-a pi-ja-neun mae-u yap-tta.
義大利披薩很薄。

두껍다 形 厚的

» 겨울옷은 매우 두껍다.
gyeo-u-ro-seun mae-u du-kkeop-tta.
冬天的衣服很厚。

좁다 形 窄的

» 우리집 골목은 매우 좁다.
u-ri-jip gol-mo-geun mae-u jop-tta.
我家巷子很窄。

넓다 形 廣闊的；廣大的

» 학교 운동장은 매우 넓다.
hak-kkyo un-dong-jang-eun mae-u neop-da.
學校運動場非常寬廣。

가깝다 形 近的

» 집에서 학교까지 매우 가깝다.
ji-be-seo hak-kkyo-kka-ji mae-u ga-kkap-tta.
從我家到學校很近。

멀다 形 遠的

» 우리 회사는 서울에서 멀다.
u-ri hoe-sa-neun seo-u-re-seo meol-da.
我們公司離首爾很遠。

11

居住環境／
家用品

Chapter 11 音檔雲端連結

因各家手機系統不同，若無法直接
掃描，仍可以至以下電腦雲端連結
下載收聽。（ https://tinyurl.com/
bp8z796a ）

➡ 住所空間

아파트 名 公寓
外 apartment

» **아파트**에는 엘리베이터가 있다.
a-pa-teu-e-neun el-li-be-i-teo-ga it-tta.
公寓設有電梯。

단독주택
名 獨棟住宅（透天厝）漢

» **단독주택**은 관리 비용이 많이 든다.
dan-dok-jju-tae-geun gwal-li bi-yong-i ma-ni deun-da.
獨棟住宅的管理費用很高。

엘리베이터 名 電梯
外 elevator

» 우리 회사 건물에는 **엘리베이터**가 다섯대다.
u-ri hoe-sa geon-mu-re-neun **el-li-be-i-teo**-ga da-seot-ttae-da.
我們公司大樓有五臺電梯。

계단 名 樓梯

» 2층은 **계단**을 이용한다.
i-cheung-eun **gye-da**-neul i-yong-han-da.
走樓梯上二樓。

정원 名 庭園 漢

» 우리집 **정원**에는 꽃이 많다.
u-ri-jip **jeong-wo**-ne-neun kko-chi man-ta.
我家庭園有很多花。

개집 名 狗窩

» **개집**을 새로 샀다.
gae-ji-beul ssae-ro sat-tta.
買了新的狗窩。

차고 名 車庫 漢

» 우리집 **차고**에는 차가 두 대 있다.
u-ri-jip **cha-go**-e-neun cha-ga du dae it-tta.
我家車庫裡有兩臺汽車。

현관 名 玄關 漢

» **현관**에서 신발을 벗는다.
hyeon-gwa-ne-seo sin-ba-reul ppeon-neun-da.
在玄關脫鞋子。

거실 名 客廳 漢

» **거실**에 가족들이 모두 모였다.
geo-si-re ga-jok-tteu-ri mo-du mo-yeot-tta.
全家人聚在客廳裡。

손님방 名 客房

» 우리집에는 **손님방**이 따로 있다.
u-ri-ji-be-neun **son-nim-bang**-i tta-ro it-tta.
我家另外有**客房**。

화장실 名 洗手間 漢

» **화장실** 청소를 했다.
hwa-jang-sil cheong-so-reul haet-tta.
打掃了**洗手間**。

욕실 名 浴室 漢

» **욕실** 바닥이 미끄럽다.
yok-ssil ba-da-gi mi-kkeu-reop-tta.
浴室的地板很滑。

베란다 名 陽臺
外 veranda

» **베란다**에 많은 화분을 놓았다.
be-ran-da-e ma-neun hwa-bu-neul no-at-tta.
在**陽臺**放很多花盆。

복도 名 走道 漢

» **복도**가 캄캄하다.
bok-tto-ga kam-kam-ma-da.
走道暗暗的。

⇒ 裝潢

인테리어 名 裝潢
外 interior

» 우리집은 **인테리어**를 새로 했다.
u-ri-ji-beun **in-te-ri-eo**-reul ssae-ro haet-tta.
我們家重新**裝潢**。

공구 名 工具 漢

» **공구**상자가 없어졌다.
gong-gu-sang-ja-ga eop-sseo-jeot-tta.
工具盒不見了。

못 名 釘子

» **못**은 날카롭다.
mo-seun nal-ka-rop-tta.
釘子很尖銳。

망치 名 釘錘（錘子）

» **망치**는 무겁다.
mang-chi-neun mu-geop-tta.
釘錘很重。

도끼 名 斧頭

» **도끼**는 무섭게 생겼다.
do-kki-neun mu-seop-kke saeng-gyeot-tta.
斧頭看起來很恐怖。

드라이버 名 螺絲起子
外 driver

» **드라이버**는 꼭 필요한 생활 공구이다.
deu-ra-i-beo-neun kkok pi-ryo-han saeng-hwal-gong-gu-i-da.
螺絲起子是生活上非常必要的工具。

줄자 名 捲尺 漢

» **줄자**로 허리둘레를 재었다.
jul-ja-ro heo-ri-dul-le-reul jjae-eot-tta.
用捲尺量腰圍。

대문 名 大門 漢

» 우리집 **대문**은 흰색이다.
u-ri-jip **dae-mu**-neun hin-sae-gi-da.
我家大門是白色。

철문 名 鐵門 漢

» **철문**은 무겁다.
cheol-mu-neun mu-geop-tta.
鐵門很重。

나무문 名 木門

» **나무문**은 소리가크다.
na-mu-mu-neun so-ri-ga keu-da.
木門的聲音很大。

벽 名 牆壁 漢

» **벽**에 그림이 많이 걸려있다.
byeo-ge geu-ri-mi ma-ni geol-lyeo-it-tta.
牆壁上掛了很多畫。

천장 名 天花板

» **천장**이 너무 낮다.
cheon-jang-i neo-mu nat-tta.
天花板太低了。

유리창 名 玻璃窗

» **유리창**을 깨끗이 닦았다.
yu-ri-chang-eul kkae-kkeu-chi da-kkat-tta.
把玻璃窗擦乾淨。

창문 名 窗戶 漢

» **창문**이 안열린다.
chang-mu-ni a-nyeol-lin-da.
窗戶打不開。

통유리로 된 창문 名 落地窗

» **통유리로 된 창문**은 보기좋다.
tong-yu-ri-ro doen chang-mu-neun bo-gi jo-ta.
落地窗看起來很好看。

담장 名 籬笆

» 할아버지댁 **담장**은 돌로 만들었다.
ha-ra-beo-ji-daek **dam-jang**-eun dol-lo man-deu-reot-tta.
爺爺家的籬笆是用石頭做的。

⟹ 家具

가구 名 家具 ⋯⋯⋯ 漢

» 우리집에는 **가구**가 별로 없
다.
u-ri-ji-be-neun **ga-gu**-ga
byeol-lo eop-tta.
我家的家具不多。

테이블 名 桌子 ⋯⋯⋯ 外 table

» 거실 **테이블** 위에 잡지가
있다.
geo-sil **te-i-beul** wi-e jap-jji-
ga it-tta.
客廳桌子上有雜誌。

책상 名 書桌

» 내 **책상**은 흰색이다.
nae **chaek-ssang**-eun hin-
sae-gi-da.
我的書桌是白色的。

의자 名 椅子 ⋯⋯⋯ 漢

» **의자**가 너무 높다.
ui-ja-ga neo-mu nop-tta.
椅子太高。

안마의자 名 按摩椅 ⋯⋯⋯ 漢

» **안마의자**는 피로를 풀어준
다.
an-ma-ui-ja-neun pi-ro-reul
pu-reo-jun-da.
按摩椅能夠放輕鬆。

옷장 名 衣櫃

» **옷장**에 옷을 정리해야 한
다.
ot-jjang-e o-seul jjeong-ni-
hae-ya han-da.
要整理衣櫃裡面的衣服。

책장 名 書櫃

» **책장**에 책이 다섯권 있다.
chaek-jjang-e chae-gi da-
seot-kkwon it-tta.
書櫃裡有五本書。

신발장 名 鞋櫃

» **신발장**에 신발을 넣었다.
sin-bal-jjang-e sin-ba-reul
neo-eot-tta.
在鞋櫃裡放鞋子。

서랍 名 抽屜

» **서랍**에 옷을 넣었다.
seo-ra-be o-seul neo-eot-tta.
把衣服放在抽屜裡。

소파 名 沙發 ⋯⋯⋯ 外 sofa

» **소파**에 앉아 TV를 보았다.
so-pa-e an-ja TV reul ppo-at-
tta.
坐在沙發上看電視。

➡ 布置擺設

조명 名 照明 漢

» 거실 **조명**이 따뜻하다.
geo-sil jo-myeong-i tta-tteu-ta-da.
客廳的照明很溫馨。

전등 名 電燈泡

» **전등**이 네개가 있다.
jeon-deung-i ne-gae-ga it-tta.
有四個電燈泡。

벽지 名 壁紙 漢

» 우리집 **벽지**는 하늘색이다.
u-ri-jip **byeok-jji**-neun ha-neul-ssae-gi-da.
我家的壁紙是天藍色的。

커튼 名 窗簾 外 curtain

» 햇볕이 쎄서 **커튼**을 쳤다.
haet-ppyeo-chi sse-seo **keo-teu**-neul cheot-tta.
太陽很大，拉窗簾！

쿠션 名 沙發靠墊 外 cushion

» **쿠션**이 소파 위에 있다.
ku-syeo-ni so-pa wi-e it-tta.
沙發靠墊放在沙發上。

테이블보 名 桌巾

» **테이블보**에 꽃무늬가 있다.
te-i-beul-ppo-e kkon-mu-ni-ga it-tta.
桌巾有花紋。

카페트 名 地毯 外 carpet

» **카페트**를 깔면 따뜻한 분위기가 된다.
ka-pe-teu-reul kkal-myeon tta-tteu-tan bu-nwi-gi-ga doen-da.
鋪地毯很溫馨的感覺。

액자 名 相框

» 벽에 **액자**를 두개 걸었다.
byeo-ge **aek-jja**-reul ttu-gae geo-reot-tta.
牆壁上掛了兩個相框。

그림 名 畫

» 거실에 내가 그린 **그림**을 걸었다.
geo-si-re nae-ga geu-rin **geu-ri**-meul kkeo-reot-tta.
在客廳掛了我畫的畫。

꽃병 名 花瓶

» **꽃병**에 장미꽃을 꽂았다.
kkot-ppyeong-e jang-mi-kko-cheul kko-jat-tta.
花瓶裡放玫瑰。

촛불 名 蠟燭

» **촛불**에 불을 붙였다.
chot-ppu-re bu-reul ppu-tyeot-tta.
在蠟燭上點火。

조각 名 雕塑品

» 우리집에는 **조각**이 있다.
u-ri-ji-be-neun **jo-ga**-gi it-tta.
我家裡有**雕塑品**。

시계 名 時鐘

» **시계**가 십분 빠르다.
si-gye-ga sip-ppun ppa-reu-da.
時鐘快了十分鐘。

➡ 寢室空間

침대 名 床

» 이인용 **침대**를 샀다.
i-i-nyong **chim-dae**-reul ssat-tta.
買了雙人床。

싱글침대 名 單人床

» 어렸을 때 **싱글침대**를 썼다.
eo-ryeo-sseul ttae **sing-geul-chim-ttae**-reul sseot-tta.
小時候睡單人床。

더블침대 名 雙人床

» **더블침대**는 충분히 크다.
deo-beul-chim-ttae-neun chung-bun-hi keu-da.
雙人床真夠大。

베게 名 枕頭

» 나는 **베게**를 안고 잔다.
na-neun **be-ge**-reul an-go jan-da.
我抱著枕頭睡。

이불 名 棉被

» 두꺼운 **이불**을 좋아한다.
du-kkeo-un **i-bu**-reul jjo-a-han-da.
我喜歡很厚的**棉被**。

침대보 名 被套

» 밝은 색깔의 **침대보**를 샀다.
bal-geun saek-kka-rui **chim-dae-bo**-reul ssat-tta.
買了顏色很亮的**被套**。

담요 名 毯子

» 승무원에게 **담요**를 달라고 부탁했다.
seung-mu-wo-ne-ge **dam-nyo**-reul ttal-la-go bu-ta-kaet-tta.
請空姐給我毯子。

거울 名 鏡子

» **거울**에 얼굴을 비춰보았다.
geo-u-re eol-gu-reul ppi-chwo-bo-at-tta.
用鏡子照臉。

화장대 名 化妝臺 … 漢

» **화장대** 위에 화장품이 많다.
hwa-jang-dae wi-e hwa-jang-pu-mi man-ta.
在**化妝臺**上有很多化妝品。

행거 名 吊衣架
外 hanger

» 행거에 옷을 걸 자리가 부족하다.
haeng-geo-e o-seul kkeol ja-ri-ga bu-jo-ka-da.
衣架上的空間不夠掛衣服。

옷걸이 名 衣架子

» 옷걸이에 옷을 걸었다.
ot-kkeo-ri-e o-seul kkeo-reot-tta.
把衣服掛在衣架上。

다리미 名 熨斗

» 다리미로 와이셔츠를 다린다.
da-ri-mi-ro wa-i-syeo-cheu-reul tta-rin-da.
用熨斗燙襯衫。

다리미판 名 燙衣板

» 다리미판 위에 다리미가 있다.
da-ri-mi-pan wi-e da-ri-mi-ga it-tta.
燙衣板上有熨斗。

➡️ 衛浴空間

세면대 名 洗手臺 漢

» 세면대에서 세수를 한다.
se-myeon-dae-e-seo se-su-reul han-da.
在洗手臺洗臉。

수도꼭지 名 水龍頭

» 수도꼭지에서 물이 나온다.
su-do-kkok-jji-e-seo mu-ri na-on-da.
水從水龍頭出來。

욕조 名 浴缸

» 욕조에 뜨거운 물을 채웠다.
yok-jjo-e tteu-geo-un mu-reul chae-wot-tta.
在浴缸裡裝滿熱水。

변기 名 馬桶 漢

» 변기가 고장났다.
byeon-gi-ga go-jang-nat-tta.
馬桶壞掉了。

샤워기
名 淋浴器（蓮蓬頭）
外 shower＋漢

» 샤워기의 수압이 세다.
sya-wo-gi-ui su-a-bi se-da.
淋浴器的水壓很強。

타일 名 瓷磚 外 tile

» 화장실 바닥은 타일이다.
hwa-jang-sil ba-da-geun **ta-i-ri-da**.
洗手間是瓷磚地板。

염색약 名 染髮劑 漢

» 염색약으로 직접 염색을 했다.
yeom-sae-gya-geu-ro jik-jjeop yeom-sae-geul haet-tta.
用染髮劑直接染髮了。

방향제 （名）芳香劑 … （漢）

» 화장실에 **방향제**를 놓았다.
hwa-jang-si-re **bang-hyang-je**-reul no-at-tta.
在洗手間放了**芳香劑**。

비누 （名）肥皂

» **비누**거품이 많다.
bi-nu geo-pum ma-tta.
有很多**肥皂**泡沫冒出。

비누받침 （名）肥皂架

» **비누받침**에 비누를 놓는다.
bi-nu-bat-chi-me bi-nu-reul non-neun-da.
把肥皂放在**肥皂架**上。

샴푸 （名）洗髮精 …
（外）shampoo

» **샴푸**로 머리를 감는다.
syam-pu-ro meo-ri-reul kkam-neun-da.
用**洗髮精**洗髮。

린스 （名）護髮乳；潤絲精
（外）rinse

» 남자들은 **린스**를 잘 쓰지 않는다.
nam-ja-deu-reun **rin-seu**-reul jjal sseu-ji an-neun-da.
男生不太會用**護髮乳**。

바디샴푸 （名）沐浴乳
（外）body shampoo

» **바디샴푸**로 몸을 씻는다.
ba-di-syam-pu-ro mo-meul ssin-neun-da.
用**沐浴乳**洗身體。

칫솔 （名）牙刷 … （漢）

» **칫솔**로 양치질을 한다.
chit-ssol-lo yang-chi-ji-reul han-da.
用**牙刷**刷牙。

치약 （名）牙膏 … （漢）

» 미백**치약**이 효과가 있나요?
mi-baek-**chi-ya**-gi hyo-gwa-ga in-na-yo?
美白**牙膏**有用嗎？

수건 （名）毛巾

» **수건**으로 몸을 감싼다.
su-geo-neu-ro mo-meul kkam-ssan-da.
用**毛巾**包身體。

헤어드라이기
（名）吹風機 …
（外）hair dryer＋（漢）

» **헤어드라이기**로 머리를 말린다.
he-eo-deu-ra-i-gi-ro meo-ri-reul mal-lin-da.
用**吹風機**吹頭髮。

면도기 （名 刮鬍刀）

» 면도기로 수염을 깎는다.
myeon-do-gi-ro su-yeo-meul
kkang-neun-da.
用刮鬍刀刮鬍子。

➡ 廚房空間

싱크대 （名 流理臺）

» 싱크대가 엉망이다.
sing-keu-dae-ga eong-mang-
i-da.
流理臺很亂。

식탁 （名 餐桌）

» 식탁에서 가족들과 저녁을
먹는다.
sik-ta-ge-seo ga-jok-tteul-
kkwa jeo-nyeo-geul meong-
neun-da.
在餐桌跟家人一起吃晚
餐。

원탁테이블 （名 圓桌）

» 원탁테이블에서 가족 모두
함께 식사를 한다.
won-tak-te-i-beu-re-seo ga-
jok mo-du ham-kke sik-ssa-
reul han-da.
全家人圍著圓桌一起吃
飯。

냉장고 （名 冰箱）

» 냉장고에 김치가 있다.

naeng-jang-go-e gim-chi-ga
it-tta.
冰箱裡有辛奇（泡菜）。

김치냉장고
（名 辛奇（泡菜）冰箱）

» 한국에는 김치냉장고가 있
다.
han-gu-ge-neun **gim-chi-
naeng-jang-go**-ga it-tta.
韓國有辛奇（泡菜）冰
箱。

냉동실 （名 冷凍室 …漢）

» 냉동실에 아이스크림이 있
다.
naeng-dong-si-re a-i-seu-
keu-ri-mi it-tta.
冷凍室裡有冰淇淋。

토스터기 （名 烤麵包機）
（外 toast＋漢）

» 아침마다 토스터기로 빵을
구워먹는다.
a-chim-ma-da **to-seu-teo-gi**-
ro ppang-eul kku-wo-meong-
neun-da.
每天早上用烤麵包機烤麵
包。

전자레인지
（名 微波爐）

» 전자레인지에 우유를 데웠
다.
jeon-ja-re-in-ji-e u-yu-reul
tte-wot-tta.
用微波爐把牛奶加熱。

오븐 名烤箱 ··· 外 oven

» **오븐**에 쿠키를 구웠다.
o-beu-ne ku-ki-reul kku-wot-tta.
用**烤箱**烤餅乾。

밥솥 名電鍋

» **밥솥**에 밥을 했다.
bap-sso-te ba-beul haet-tta.
用**電鍋**煮飯。

믹서기 名果汁機

» **믹서기**로 주스를 간다.
mik-sseo-gi-ro ju-seu-reul kkan-da.
用**果汁機**打果汁。

바구니 名籃子

» **바구니**에 사과를 담았다.
ba-gu-ni-e sa-gwa-reul tta-mat-tta.
在**籃子**裡放了蘋果。

락앤락
名 樂扣樂扣（保鮮盒）·····
外 Lock & Lock

» 남은 음식을 **락앤락**에 넣었다.
na-meun eum-si-geul **ra-gael-la**-ge neo-eot-tta.
把剩下的食物放在**樂扣樂扣**裡。

집게 名夾子

» **집게**로 고기를 구웠다.

jip-kke-ro go-gi-reul kku-wot-tta.
用**夾子**烤肉。

수세미 名菜瓜布

» **수세미**가 더러워졌다.
su-se-mi-ga deo-reo-wo-jeot-tta.
菜瓜布變髒了。

설거지 名洗碗

» 손님이 와서 **설거지**가 많다.
son-ni-mi wa-seo **seol-geo-ji**-ga man-ta.
因為有客人來，多了些**碗**要**洗**。

음식물쓰레기
名 廚餘

» **음식물쓰레기**를 버렸다.
eum-sing-mul-sseu-re-gi-reul ppeo-ryeot-tta.
把**廚餘**丟掉了。

분리수거 名回收

» 빈병은 **분리수거** 해야한다.
bin-byeong-eun **bul-li-su-geo** hae-ya-han-da.
空瓶要**回收**。

쓰레기통 名垃圾桶

» **쓰레기통**에 쓰레기가 없다.
sseu-re-gi-tong-e sseu-re-gi-ga eop-tta.
在**垃圾桶**裡沒有垃圾。

분리수거함
名 資源回收桶

» **분리수거함**은 문 바깥에 있다.
bul-li-su-geo-ha-meun mun ba-kka-te it-tta.
資源回收桶在門外面。

음식물쓰레기함
名 廚餘桶

» **음식물쓰레기함**은 깨끗이 씻어야 한다.
eum-sing-mul-sseu-re-gi-ha-meun kkae-kkeu-ti ssi-seo-ya han-da.
廚餘桶要洗乾淨。

헌옷함 名 舊衣桶

» 골목에 **헌옷함**이 있다.
gol-mo-ge **heo-no-ha**-mi it-tta.
巷子裡有舊衣桶。

봉지 名 塑膠袋

» **봉지**에 물건을 담았다.
bong-ji-e mul-geo-neul tta-mat-tta.
袋子裡裝了東西。

랩 名 保鮮膜 外 wrap

» 먹고난 음식을 **랩**으로 덮었다.
meok-kko-nan eum-si-geul **rae**-beu-ro deo-peot-tta.
吃完剩下來的東西用保鮮膜蓋起來。

냅킨 名 餐巾紙 外 napkin

» 식탁에 **냅킨**이 있다.
sik-ta-ge **naep-ki**-ni it-tta.
餐桌上有餐巾紙。

물티슈 名 濕紙巾

» **물티슈**로 손을 닦았다.
mul-ti-syu-ro so-neul tta-kkat-tta.
用濕紙巾擦手。

물잔 名 水杯

» **물잔**에 물을 채웠다.
mul-ja-ne mu-reul chae-wot-tta.
在水杯裡倒水。

🔌 電器用品

콘센트 名 插頭 外 concentric plug

» **콘센트**가 부족하다.
kon-sen-teu-ga bu-jo-ka-da.
插頭不夠。

티비(TV) 名 電視 外 television

» 삼성 스마트 **티비**를 샀다.
sam-seong seu-ma-teu **ti-bi**-reul ssat-tta.
買了一臺三星智慧電視。

리모콘 名 遙控器
外 remote

» TV **리모콘**이 없어졌다.
TV **ri-mo-ko**-ni eop-sseo-
jeot-tta.
電視**遙控器**不見了。

전화기 名 電話 漢

» **전화기**가 울리다.
jeon-hwa-gi-ga ul-li-da.
電話響了。

라디오 名 收音機
外 radio

» 요즘 **라디오**를 듣는 사람들
이 점점 적어진다.
yo-jeum **ra-di-o**-reul tteun-
neun sa-ram-deu-ri jeom-
jeom jeo-geo-jin-da.
最近聽**收音機**的人越來越
少了。

컴퓨터 名 電腦
外 computer

» 현대 생활에서 **컴퓨터**는 꼭
필요하다.
hyeon-dae saeng-hwa-re-seo
keom-pyu-teo-neun kkok pi-
ryo-ha-da.
現代生活必須要有電腦。

노트북 名 筆電
外 notebook

» **노트북**은 무척 가볍다.
no-teu-bu-geun mu-cheok
ga-byeop-tta.
筆電極輕。

태블릿 PC
名 平板電腦　外 tablet PC

» **태블릿PC**는 들고다니기 편
하다.
tae-beul-lit PC neun deul-
kko-da-ni-gi pyeon-ha-da.
平板電腦很好帶。

모니터 名 螢幕
外 monitor

» **모니터**가 너무 커서 눈이
아프다.
mo-ni-teo-ga neo-mu keo-
seo nu-ni a-peu-da.
螢幕太大，所以眼睛很
痛。

파일 名 檔案　外 file

» USB에 음악**파일**이 많다.
USB e eu-mak-**pa-i**-ri man-ta.
隨身碟裡有很多音樂檔
案。

스피커 名 喇叭
外 speaker

» TV에 **스피커**를 연결하였다.
TV e **seu-pi-keo**-reul yeon-
gyeol-ha-yeot-tta.
電視跟喇叭連接。

이어폰 名 耳機
外 earphone

» 음악을 들을 때 **이어폰**을
낀다.
eu-ma-geul tteu-reul ttae
i-eo-po-neul kkin-da.
聽音樂時戴耳機。

마이크 名 麥克風
外 microphone

» 노래방에서 **마이크**로 노래를 부른다.
no-rae-bang-e-seo **ma-i-keu**-ro no-rae-reul ppu-reun-da.
在 KTV 用麥克風唱歌。

휴대폰 名 手機
漢 + 外 phone

» 대부분의 사람들은 **휴대폰**을 가지고 있다.
dae-bu-bu-nui sa-ram-deu-reun **hyu-dae-po**-neul kka-ji-go it-tta.
大部分人都有手機。

스마트폰 名 智慧手機
外 smartphone

» **스마트폰**은 매우 편리하다.
seu-ma-teu-po-neun mae-u pyeol-li-ha-da.
智慧手機很方便。

휴대폰 케이스
名 手機套
漢 + 外 phone case

» 새 **휴대폰 케이스**를 샀다.
sae **hyu-dae-pon ke-i-seu**-reul ssat-tta.
買了新的手機套。

핸드폰 보호 스티커 名 保護膜
外 headphone + 漢 + 外 sticker

» **핸드폰**에 보호 스티커를 붙였다.
haen-deu-po-ne bo-ho seu-ti-keo-reul ppu-tyeot-tta.
手機上貼了保護膜。

청소기 名 吸塵器 漢

» 하루에 한번 **청소기**를 민다.
ha-ru-e han-beon **cheong-so-gi**-reul min-da.
每天用一次吸塵器。

가습기 名 加濕機 漢

» 겨울에는 날씨가 건조하여 **가습기**가 필요하다.
gyeo-u-re-neun nal-ssi-kka geon-jo-ha-yeo **ga-seup-kki**-ga pi-ryo-ha-da.
冬天時天氣乾燥，需要使用加濕機。

제습기 名 除濕機 漢

» 여름에는 습도가 높아 **제습기**가 필요하다.
yeo-reu-me-neun seup-tto-ga no-pa **je-seup-kki**-ga pi-ryo-ha-da.
夏天時濕度很高，需要使用除濕機。

난로 名 暖爐 ………… 漢

» 날씨가 추워져 **난로**를 켰
다.
nal-ssi-kka chu-wo-jeo **nal-
lo**-reul kyeot-tta.
天氣變冷了，所以打開暖
爐。

전기장판 名 電毯

» 잠잘 때 **전기장판**을 켜고
잔다.
jam-jal ttae **jeon-gi-jang-pa**-
neul kyeo-go jan-da.
睡覺時打開電毯睡。

🎧 清潔用品

청소용품 名 清掃用品
漢

» 이사를 해서 **청소용품**이 많
이 필요하다.
i-sa-reul hae-seo **cheong-so-
yong-pu**-mi ma-ni pi-ryo-ha-
da.
搬家了，所以需要很多清
掃用品。

빗자루 名 掃把

» **빗자루**로 바닥을 쓸었다.
bit-jja-ru-ro ba-da-geul sseu-
reot-tta.
用掃把掃地。

물통 名 水桶

» **물통**에 물이 반이 있다.
mul-tong-e mu-ri ba-ni it-tta.
水桶裡有一半的水。

빨래 名 洗衣

» 해가 있을 때 **빨래**를 널어
야 한다.
hae-ga i-sseul ttae **ppal-lae**-
reul neo-reo-ya han-da.
趁有太陽的時候，要晾洗
的衣服。

세제 名 洗衣粉

» **세제**를 너무 많이 넣으면
안된다.
se-je-reul neo-mu ma-ni neo-
eu-myeon an-doen-da.
不能放太多洗衣粉。

세탁기 名 洗衣機

» **세탁기**가 고장났다.
se-tak-kki-ga go-jang-nat-
tta.
洗衣機壞掉了。

건조기 名 烘乾機

» 옷을 **건조기**에 넣었더니 작
아졌다.
o-seul **kkeon-jo-gi**-e neo-
eot-tteo-ni ja-ga-jeot-tta.
把衣服放在**烘乾機**烘乾
後，衣服就變小了。

➡ 生活用品

살충제 名 殺蟲劑 … 漢

» 벌레가 많아 **살충제**를 뿌렸다.
beol-le-ga ma-na **sal-chung-jje**-reul ppu-ryeot-tta.
有很多蟲，所以噴了殺蟲劑。

소화기 名 滅火器 漢

» 모든 건물에는 **소화기**가 있다.
mo-deun geon-mu-re-neun **so-hwa-gi**-ga it-tta.
每棟建築都有滅火器。

체온계 名 體溫計 … 漢

» 집에 **체온계**는 하나 있어야 한다.
ji-be **che-on-gye**-neun ha-na i-sseo-ya han-da.
家裡應該要有體溫計。

혈압계 名 血壓計 … 漢

» 할머니는 매일 **혈압계**로 혈압을 잰다.
hal-meo-ni-neun mae-il **hyeo-rap-kkye**-ro hyeo-ra-beul jjaen-da.
奶奶那天用血壓計量血壓。

체중계 名 體重計 … 漢

» 다이어트를 하려고 **체중계**를 샀다.
da-i-eo-teu-reul ha-ryeo-go **che-jung-gye**-reul ssat-tta.
為了減肥買了體重計。

계산기 名 計算機 漢

» 산수를 잘 못해 **계산기**를 이용한다.
san-su-reul jjal mo-tae **gye-san-gi**-reul i-yong-han-da.
不太會算數，所以用計算機。

건전지 名 電池

» 시계에 **건전지**를 껐다.
si-gye-e **geon-jeon-ji**-reul kkyeot-tta.
把電池插在時鐘裡。

영수증 名 收據

» **영수증**을 모은다.
yeong-su-jeung-eul mo-eun-da.
蒐集了收據。

가계부 名 記帳本

» 엄마는 매일 **가계부**를 쓴다.
eom-ma-neun mae-il **ga-gye-bu**-reul sseun-da.
媽媽每天寫記帳本。

손톱깎이 名 指甲刀

» **손톱깎이**로 손톱을 깎는다.
son-top-kka-kki-ro son-to-
beul kkang-neun-da.
用**指甲刀**剪指甲。

치실 名 牙線 漢

» 밥먹은 후 **치실**을 사용한
다.
bam-meo-geun hu **chi-si**-reul
ssa-yong-han-da.
吃完飯後用**牙線**。

면봉 名 棉花棒 漢

» **면봉**으로 귀를 판다.
myeon-bong-eu-ro gwi-reul
pan-da.
用**棉花棒**挖耳朵。

밴드 名 OK 繃
外 band-aid

» 상처에 **밴드**를 붙인다.
sang-cheo-e **baen-deu**-reul
ppu-chin-da.
在傷口上貼 OK 繃。

붕대 名 繃帶 漢

» 팔을 다쳐 **붕대**를 감았다.
pa-reul tta-cheo **bung-dae**-
reul kka-mat-tta.
手受傷了，所以用**繃帶**包
紮。

휴지 名 衛生紙

» **휴지**가 다 떨어졌다.
hyu-ji-ga da tteo-reo-jeot-tta.
衛生紙用完了。

Chapter

12

校園／
學校活動

Chapter 12 音檔雲端連結

因各家手機系統不同，若無法直接
掃描，仍可以至以下電腦雲端連結
下載收聽。（ **https://tinyurl.com/
mraadnfy** ）

🔊 學校環境

국립 名 國立 漢

» **국립**대학교는 학비가 저렴하다.
gung-nip-ttae-hak-kkyo-neun hak-ppi-ga jeo-ryeom-ha-da.
國立大學的學費很便宜。

사립 名 私立 漢

» 나는 **사립**고등학교에 다닌다.
na-neun **sa-rip**-kko-deung-hak-kkyo-e da-nin-da.
我上了私立高中。

유치원 名 幼稚園 漢

» 딸은 **유치원**에 가는 것을 좋아한다.
tta-reun **yu-chi-wo**-ne ga-neun geo-seul jjo-a-han-da.
女兒喜歡去幼稚園。

초등학교 名 國小 漢

» 조카는 **초등학교** 1학년이다.
jo-ka-neun **cho-deung-hak-kkyo** il-hang-nyeo-ni-da.
侄子是國小一年級。

중학교 名 國中 漢

» **중학교** 때 영어를 제일 잘했다.

jung-hak-kkyo ttae yeong-eo-reul jje-il jal-haet-tta.
國中的時候英文最好。

고등학교 名 高中 漢

» 여자**고등학교**를 졸업했다.
yeo-ja-**go-deung-hak-kkyo**-reul jjo-reo-paet-tta.
畢業於女子高中。

예술고등학교 (예고)
名 藝術高中（簡稱：藝高） 漢

» 내 여동생은 **예술고등학교**에서 음악을 공부한다.
nae yeo-dong-saeng-eun **ye-sul-go-deung-hak-kkyo**-e-seo eu-ma-geul kkong-bu-han-da.
我妹妹在藝校讀音樂。

대학교 名 大學 漢

» **대학교**에 합격했다.
dae-hak-kkyo-e hap-kkyeo-kaet-tta.
考上大學了。

대학원
名 研究所（大學院） 漢

» **대학원**에서 박사 공부를 한다.
dae-ha-gwo-ne-seo bak-ssa gong-bu-reul han-da.
在研究所攻讀博士。

학교 名 學校 漢

» 월요일부터 금요일까지 **학교**에 간다.
wo-ryo-il-bu-teo geu-myo-il-kka-ji **hak-kkyo**-e gan-da.
從星期一到星期五都要上學。

교문 名 校門 漢

» **교문**은 철문이다.
gyo-mu-neun cheol-mu-ni-da.
我們學校校門是鐵門。

반 名 班 漢

» 우리 학년은 총 열**반**이다.
u-ri hang-nyeo-neun chong yeol-**ba**-ni-da.
我們年級總共有十個班。

교실 名 教室 漢

» 우리 **교실**은 3층에 있다.
u-ri **gyo-si**-reun sam-cheung-e it-tta.
我們教室在三樓。

교무실
名 教務室（老師辦公室）
漢

» **교무실**에 선생님이 모두 계신다.
gyo-mu-si-re seon-saeng-ni-mi mo-du gye-sin-da.
老師都在**教務室**裡。

과사무실 名 系辦公室

» **과사무실**은 12층에 있다.
gwa-sa-mu-si-reun sip-i-cheung-e it-tta.
系辦公室在十二樓。

대형강의실
名 大型教室

» **대형강의실**에 학생이 많다.
dae-hyeong-gang-ui-si-re hak-ssaeng-i man-ta.
大型教室裡有很多學生。

동아리 名 社團

» 1학년때 **동아리**에 가입하였다.
il-hang-nyeon-ttae **dong-a-ri**-e ga-i-pa-yeot-tta.
一年級時加入了社團。

동아리실
名 社團活動室（社辦）

» **동아리실**에서 연습을 한다.
dong-a-ri-si-re-seo yeon-seu-beul han-da.
在社團活動室練習。

체육관 名 體育館 漢

» **체육관**에서 배구연습을 한다.
che-yuk-kkwa-ne-seo bae-gu-yeon-seu-beul han-da.
在**體育館**練習排球。

학생회관 <small>名</small> 學生會館 <small>漢</small>

» **학생회관**에는 동아리실이
있다.
hak-ssaeng-hoe-gwa-ne-
neun dong-a-ri-si-ri it-tta.
社團活動室在**學生會館**
裡。

기숙사 <small>名</small> 宿舍 <small>漢</small>

» **기숙사**는 12시 이후에 들
어가지 못한다.
gi-suk-ssa-neun yeol-dul-si
i-hu-e deu-reo-ga-ji mo-tan-
da.
宿舍十二點以後有門禁。

➡ 教師&同學

일학년 <small>名</small> 一年級 <small>漢</small>

» **일학년**때는 기숙사에 살았
다.
il-lang-nyeon-ttae-neun gi-
suk-ssa-e sa-rat-tta.
一年級時住在宿舍。

이학년 <small>名</small> 二年級 <small>漢</small>

» **이학년**때는 학생회장을 했
다.
i-hang-nyeon-ttae-neun hak-
ssaeng-hoe-jang-eul haet-tta.
二年級時當了學生會長。

삼학년 <small>名</small> 三年級 <small>漢</small>

» **삼학년**때는 졸업시험을 준
비했다.
sam-hang-nyeon-ttae-neun
jo-reop-ssi-heo-meul jjun-bi-
haet-tta.
三年級時準備考試。

학사 <small>名</small> 學士 <small>漢</small>

» **학사** 졸업생은 매우 많다.
hak-ssa jo-reop-ssaeng-eun
mae-u man-ta.
學士畢業的人很多。

석사 <small>名</small> 碩士 <small>漢</small>

» **석사**는 대부분 2년간 수업
을 듣는다.
seok-ssa-neun dae-bu-
bun i-nyeon-gan su-eo-beul
tteun-neun-da.
碩士大部分都是修兩年的
課。

박사 <small>名</small> 博士 <small>漢</small>

» **박사**는 매우 오래 해야 한다.
bak-ssa-neun mae-u o-rae
hae-ya han-da.
博士要讀很久。

박사후과정
<small>名</small> 博士後課程 <small>漢</small>

» 나는 해외에서 **박사후과정**
을 할 것이다.
na-neun hae-oe-e-seo **bak-
ssa-hu-gwa-jeong**-eul hal
kkeo-si-da.
我應該在國外讀博士後課
程。

총장 名 校長

» 총장은 경험이 풍부하다.
chong-jang-eun gyeong-heo-mi pung-bu-ha-da.
校長的經驗很豐富。

학과장 名 系主任

» 학과장님은 올해 은퇴한다.
hak-kkwa-jang-ni-meun ol-hae eun-toe-han-da.
系主任今年要退休。

지도교수 名 指導教授 漢

» 지도교수님은 많이 가르쳐 주신다.
ji-do-gyo-su-ni-meun ma-ni ga-reu-cheo-ju-sin-da.
我的指導教授教我很多。

부교수 名 副教授 漢

» 우리 과의 부교수 u-ri gwa-ui bu-gyo-su-ni-meun mae-u jeom-da.
我們系的副教授年紀很輕。

교수님 名 教授 漢

» 우리 교수님은 학생들을 잘 챙겨준다.
u-ri gyo-su-ni-meun hak-ssaeng-deu-reul jjal chaeng-gyeo-jun-da.
我們教授很照顧學生。

선생님 名 老師

» 우리 선생님은 멋있다.
u-ri seon-saeng-ni-meun meo-sit-tta.
我的老師很帥。

학생 名 學生 漢

» 학생시절이 그립다.
hak-ssaeng-si-jeo-ri geu-rip-tta.
很懷念學生時候。

조교 名 助教 漢

» 우리 과 조교는 참 좋다.
u-ri gwa jo-gyo-neun cham jo-ta.
我們系的助教人很好。

과대표 名 系代表 漢

» 과대표는 많은 책임을 진다.
gwa-dae-pyo-neun ma-neun chae-gi-meul jjin-da.
系代表要負責的事很多。

선배
名 學長;學姐（前輩）

» 선배들은 후배를 잘 챙겨준다.
seon-bae-deu-reun hu-bae-reul jjal chaeng-gyeo-jun-da.
學長姐很照顧學弟妹。

친구 (名) 朋友

» 학교에서 많은 **친구**들을 만났다.

hak-kkyo-e-seo ma-neun **chin-gu**-deu-reul man-nat-tta.

在學校認識了很多**朋友**。

동기 (名) 同期；同輩 (漢)

» 이 사람은 나의 회사 **동기**이다.

i sa-ra-meun na-ui hoe-sa **dong-gi**-i-da.

他是我的公司**同期**。

후배
(名) 學弟；學妹（後輩）

» **후배**는 선배에게 존댓말을 한다.

hu-bae-neun seon-bae-e-ge jon-daen-ma-reul han-da.

學弟妹跟學長姐説敬語。

반장 (名) 班長 ⋯⋯⋯ (漢)

» 우리반 **반장**은 공부를 잘한다.

u-ri-ban **ban-jang**-eun gong-bu-reul jjal han-da.

我們班**班長**很會讀書。

부반장 (名) 副班長 (漢)

» 우리반 **부반장**은 체육을 잘한다.

u-ri-ban **bu-ban-jang**-eun che-yu-geul jjal han-da.

我們班**副班長**體育很厲害。

총무 (名) 總務股長 ⋯⋯ (漢)

» **총무**는 돈에 대한 개념이 있다.

chong-mu-neun do-ne dae-han gae-nyeo-mi it-tta.

總務股長很有金錢的概念。

미화부장 (名) 學藝股長 (漢)

» **미화부장**은 디자인에 대한 개념이 있다.

mi-hwa-bu-jang-eun di-ja-i-ne dae-han gae-nyeo-mi it-tta.

學藝股長有設計概念。

선도부 (名) 風紀股長

» **선도부**는 무섭다.

seon-do-bu-neun mu-seop-tta.

風紀股長很兇。

➡ 上課

배우다 (動) 學習

» 한국어를 **배우다**.

han-gu-geo-reul **ppae-u-da**.

學習韓文。

가르치다 (動) 教導

» 중국어를 **가르친다**.

jung-gu-geo-reul **kka-reu-chin-da**.

教導中文。

숙제 ^名 功課

» 오늘 **숙제**를 하지 않았다.
o-neul **ssuk-jje**-reul ha-ji
a-nat-tta.
今天沒有做**功課**。

과제 ^名 功課

» 일주일에 **과제**가 하나다.
il-ju-i-re **gwa-je**-ga ha-na-da.
每星期都有個**功課**。

일기 ^名 日記 ^漢

» 영어숙제로 매일 영어**일기**
를 쓴다.
yeong-eo-suk-jje-ro mae-il
yeong-eo-**il-gi**-reul sseun-da.
英文課的功課是每天寫英
文**日記**。

논문 ^名 論文 ^漢

» 졸업을 하기 위해서는 **논문**
을 써야 한다.
jo-reo-beul ha-gi wi-hae-seo-
neun **non-mu**-neul sseo-ya
han-da.
為了畢業得寫出**論文**。

소설 ^名 小說 ^漢

» **소설**은 흥미진진하다.
so-seo-reun heung-mi-jin-
jin-ha-da.
小說很有趣。

산문 ^名 散文

» **산문**은 생활 속 이야기가
많다.
san-mu-neun saeng-hwal sok
i-ya-gi-ga man-ta.
散文裡有很多生活上的故
事。

시 ^名 詩 ^漢

» **시**는 이해하기 어렵다.
si-neun i-hae-ha-gi eo-ryeop-
tta.
詩很難懂。

발표하다 ^動 報告

» 교실 앞에 나가 **발표를 하
였다**.
gyo-sil a-pe na-ga **bal-pyo-
reul ha-yeot-tta**.
上臺**報告**了。

수업 ^名 課

» 오늘은 **수업**이 다섯개 있
다.
neu-reun **su-eo**-bi da-seot-
kkae it-tta.
今天有五堂**課**。

마치다
^名 結束；下（課）

» 세시에 수업이 **마친다**.
se-si-e su-eo-bi **ma-chin-da**.
三點**下課**。

시간표 名 時間表 ⋯⋯ 漢

» 우리반 **시간표**가 벽에 붙어 있다.
u-ri-ban **si-gan-pyo**-ga byeo-ge bu-teo-it-tta.
我們班牆壁上貼著**時間表**。

칠판 名 黑板

» **칠판**을 깨끗이 지웠다.
chil-pa-neul kkae-kkeu-si ji-wot-tta.
把黑板擦乾淨。

화이트보드 名 白板
外 whiteboard

» **화이트보드**에 내 이름을 썼다.
hwa-i-teu-bo-deu-e nae i-reu-meul sseot-tta.
白板上寫了我的名字。

분필 名 粉筆 ⋯⋯⋯ 漢

» 선생님께 **분필**을 드렸다.
seon-saeng-nim-kke **bun-pi**-reul tteu-ryeot-tta.
把粉筆給老師。

출석부 名 點名簿

» **출석부**를 선생님께 갖다 드렸다.
chul-seok-ppu-reul sseon-saeng-nim-kke gat-tta deu-ryeot-tta.
我把點名簿拿給老師。

출석을 부르다
動 點名

» 이미 **출석을 불렀**다.
i-mi **chul-seo-geul ppul-leot-tta**.
已經點名了。

강의평가
名 授課意見單 ⋯⋯ 漢

» 학기가 끝나면 학생들은 **강의평가**를 한다.
hak-kki-ga kkeun-na-myeon hak-ssaeng-deu-reun **gang-ui-pyeong-ga**-reul han-da.
學期一結束，學生就要填授課意見單評估老師的教學。

강의자료 名 講義資料
漢

» **강의자료**를 복사했다.
gang-ui-ja-ryo-reul ppok-ssa-haet-tta.
把講義資料影印。

 課程

이과 名 理科 ⋯⋯⋯ 漢

» **이과**학생은 수학에 강하다.
i-gwa-hak-ssaeng-eun su-ha-ge gang-ha-da.
理工科學生的數學很強。

문과 名 文科   漢

» **문과**학생은 언어에 비교적 강하다.
mun-gwa-hak-ssaeng-eun eo-neo-e bi-gyo-jeok gang-ha-da.
文科學生對語言比較在行。

국어 名 國語（韓國語）   漢

» 나는 **국어**를 제일 잘 한다.
na-neun **gu-geo**-reul jje-il jal han-da.
我的韓國語最好。

영어 名 英語   漢

» **영어** 점수가 가장 높다.
yeong-eo jeom-su-ga ga-jang nop-tta.
英文分數拿最高。

외국어 名 外語   漢

» 학교에서 **외국어** 시간에 프랑스어를 배운다.
hak-kkyo-e-seo **oe-gu-geo** si-ga-ne peu-rang-seu-eo-reul ppae-un-da.
在學校外語課學了法文。

지리 名 地理   漢

» **지리**선생님은 나이가 많다.
ji-ri-seon-saeng-ni-meun na-i-ga man-ta.
地理老師年紀很大。

역사 名 歷史   漢

» 중국 **역사**는 매우 길다.
jung-guk **yeok-ssa**-neun mae-u gil-da.
中國歷史非常悠久。

생물 名 生物   漢

» **생물**이 제일 재미있다.
saeng-mu-ri je-il jae-mi-it-tta.
生物最有趣了。

화학 名 化學   漢

» **화학**은 외울 것이 많다.
hwa-ha-geun oe-ul geo-si man-ta.
化學要背很多東西。

수학 名 數學   漢

» 과목 중에 **수학**이 가장 어렵다.
gwa-mok jung-e **su-ha**-gi ga-jang eo-ryeop-tta.
在所有科目中，數學最難。

과학 名 科學   漢

» **과학** 점수가 가장 낮다.
gwa-hak jeom-su-ga ga-jang nat-tta.
科學分數最低。

사회 名 社會   漢

» **사회**선생님은 젊다.
sa-hoe-seon-saeng-ni-meun jeom-da.
社會老師很年輕。

윤리 名 倫理 ⋯⋯⋯⋯ 漢

» **윤리**시간에 공자를 배웠다.
yul-li-si-ga-ne gong-ja-reul
ppae-wot-tta.
在**倫理**課學孔子。

음악 名 音樂 ⋯⋯⋯⋯ 漢

» **음악**시간에 노래를 한다.
eu-mak-ssi-ga-ne no-rae-
reul han-da.
在**音樂**課唱歌。

미술 名 美術 ⋯⋯⋯⋯ 漢

» **미술**시간에 그림을 그린다.
mi-sul-si-ga-ne geu-ri-meul
kkeu-rin-da.
美術課學畫畫。

체육 名 體育 ⋯⋯⋯⋯ 漢

» **체육**시간에 축구를 했다.
che-yuk-ssi-ga-ne chuk-kku-
reul haet-tta.
體育課踢足球。

필수과목
名 必修科目；必修課程
漢

» 영어는 **필수과목**이다.
yeong-eo-neun **pil-su-gwa-
mo**-gi-da.
英文是**必修課程**。

교양과목
名 選修科目；選修課程

» **교양과목**은 여러가지이다.
gyo-yang-gwa-mo-geun yeo-
reo-ga-ji-i-da.
選修科目有各式各樣的很
多種。

전공과목
名 專攻科目 ⋯⋯⋯⋯ 漢

» **전공과목**은 40학점을 초과
해야 한다.
jeon-gong-gwa-mo-geun sa-
sip-hak-jjeo-meul cho-gwa-
hae-ya han-da.
專攻科目要超過四十學
分。

수강신청 名 選課

» 이번주는 **수강신청** 기간이
다.
beon-ju-neun **su-gang-sin-
cheong** gi-ga-ni-da.
這個星期是**選課**期間。

휴강 名 停課 ⋯⋯⋯⋯ 漢

» 연말에 두번 **휴강**한다.
yeon-ma-re du-beon **hyu-
gang**-han-da.
年底停兩次課。

보강 名 補課 ⋯⋯⋯⋯ 漢

» 토요일에 **보강**한다.
to-yo-i-re **bo-gang**-han-da.
星期六有**補課**。

보충수업 名 補習 ⋯ 漢

» 매번 여름방학때마다 **보충수업**이 있다.
mae-beon yeo-reum-bang-hak-ttae-ma-da **bo-chung-su-eo**-bi it-tta.
每個暑假期間都有去補習。

학점 名 學分

» 이번 학기에 18학점을 수강했다.
i-beon hak-kki-e sip-pal-**hak-jjeo**-meul ssu-gang-haet-tta.
這個學期修了十八**學分**。

➡ 考試相關

시험 名 考試

» **시험**은 매번 긴장된다.
si-heo-meun mae-beon gin-jang-doen-da.
每次**考試**都很緊張。

중간고사 名 期中考

» **중간고사** 기간에 잠을 많이 못 잤다.
jung-gan-go-sa gi-ga-ne ja-meul ma-ni mot jat-tta.
因為**期中考**而睡不飽。

기말고사 名 期末考

» **기말고사**가 끝나면 방학이다.
gi-mal-kko-sa-ga kkeun-na-myeon bang-ha-gi-da.
期末考結束後就放假了。

수능시험 名 大學聯考

» 고3 학생들은 **수능시험**날 매우 긴장한다.
go-sam hak-ssaeng-deu-reun **su-neung-si-heom**-nal mae-u gin-jang-han-da.
大學聯考那天，高三學生都非常緊張。

시험지 名 考卷

» **시험지**를 받자마자 쓰기 시작했다.
si-heom-ji-reul ppat-jja-ma-ja sseu-gi si-ja-kaet-tta.
一拿到**考卷**就開始寫。

바르다 形 正確的

» **바른** 길로 가다.
ba-reun gil-lo ga-da.
走**正確的**路。

맞다 動 對

» 이 답은 **맞다**.
i da-beun **mat-tta**.
這個答案是**對**的。

틀리다 動 錯

» 이 문제는 **틀렸다**.
i mun-je-neun **teul-lyeot-tta**.
這一題**錯**了。

수정하다 動 修正

» 틀린 곳을 **수정하다**.
teul-lin go-seul **ssu-jeong-ha-da**.
把錯的地方**修正**。

바로잡다 動 訂正

» 잘못된 곳을 **바로잡다**.
jal-mot-ttoen go-seul **ppa-ro-jap-tta**.
把錯的地方訂正。

컨닝 名 作弊

» **컨닝**은 나쁜 짓이다.
keon-ning-eun na-ppeun ji-si-da.
作弊不好。

성적 名 成績 漢

» **성적**이 우수하다.
seong-jeo-gi u-su-ha-da.
成績優秀。

성적표 名 成績單 漢

» **성적표**를 받고 좌절했다.
seong-jeok-pyo-reul ppat-kko jwa-jeol-haet-tta.
收到成績單就感到挫折。

일등 名 第一名 漢

» 올해는 꼭 **일등**을 할 것이다.
ol-hae-neun kkok **il-deung**-eul hal kkeo-si-da.
今年一定要拿第一名。

꼴등 名 最後一名

» 작년에 나는 우리반 **꼴등**이었다.
jang-nyeo-ne na-neun u-ri-ban **kkol-deung**-i-eot-tta.
去年我是我們班的**最後一名**。

⟹ 校園生活

검사맡다 動 檢查

» 선생님께 숙제를 **검사맡다**.
seon-saeng-nim-kke suk-jje-reul **kkeom-sa-mat-tta**.
給老師**檢查**功課。

벌서다 動 罰站

» 수업시간에 떠들어서 **벌섰다**.
su-eop-ssi-ga-ne tteo-deu-reo-seo **beol-seot-tta**.
因為上課的時候聊天所以被罰站了。

교훈 名 校訓 漢

» 우리 학교 **교훈**은 '정직하자'이다.
u-ri hak-kkyo **gyo-hu**-neun jeong-ji-ka-ja i-da.
我們學校的**校訓**是一誠實。

체벌 名 體罰 漢

» **체벌**은 금지이다.
che-beo-reun geum-ji-i-da.
嚴禁**體罰**。

지각 名 遲到

» 요즘 매일 **지각**한다.
yo-jeum mae-il **ji-ga**-kan-da.
最近每天都**遲到**。

학교폭력 ^名校園暴力 漢

» **학교폭력**은 단절되어야 한
다.
hak-kkyo-pong-nyeo-geun
dan-jeol-doe-eo-ya han-da.
應該要完全阻絕**校園暴
力**。

통학
^名通校生（通勤生，非寄
宿在學校之學生） 漢

» 나는 집에서 **통학**한다.
na-neun ji-be-seo **tong-ha**-
kan-da.
我並未寄宿在學校而是每
日通勤到學校上課。

도시락 ^名便當

» 학교에서 **도시락**을 먹는다.
hak-kkyo-e-seo **do-si-ra**-geul
meong-neun-da.
在學校吃**便當**。

급식 ^名伙食

» 우리학교는 **급식**을 한다.
u-ri-hak-kkyo-neun **geup-ssi**-
geul han-da.
我們學校有提供**伙食**。

게시판 ^名公佈欄

» **게시판**에 행사에 대한 안내
가 붙어있다.
ge-si-pa-ne haeng-sa-e dae-
han an-nae-ga bu-teo-it-tta.
在**公佈欄**上貼活動內容。

프린터
^名列印機（印表機）
^外 printer

» 우리집에는 **프린터**가 없다.
u-ri-ji-be-neun **peu-rin-teo**-
ga eop-tta.
我家沒有**列印機**。

복사기 ^名影印機 漢

» **복사기**는 사용방법이 간단
하다.
bok-ssa-gi-neun sa-yong-
bang-beo-bi gan-dan-ha-da.
影印機的使用方法很簡
單。

사물함 ^名置物箱 漢

» **사물함**에 책을 넣었다.
sa-mul-la-me chae-geul neo-
eot-tta.
在**置物箱**放了書。

교복 ^名校服 漢

» 우리학교 **교복**은 남색이다.
u-ri-hak-kkyo **gyo-bo**-geun
nam-sae-gi-da.
我們學校的**校服**是藍色
的。

체육복 ^名運動服

» 체육시간에 **체육복**으로 갈
아입었다.
che-yuk-ssi-ga-ne **che-yuk-
ppo**-geu-ro ga-ra-i-beot-tta.
體育課時換**運動服**。

이름표

名 名牌（顯示姓名的牌子）

» **이름표**를 교복에 달았다.
i-reum-pyo-reul kkyo-bo-ge
da-rat-tta.
把名牌掛在校服上。

책가방 名 書包

» 새학기가 시작되어 **책가방**
을 샀다.
sae-hak-kki-ga si-jak-ttoe-eo
chaek-kka-bang-eul ssat-tta.
因為新學期開始，所以買
了書包。

학생회비 名 學生會費
漢

» **학생회비**는 오만원이다.
hak-ssaeng-hoe-bi-neun
o-ma-nwo-ni-da.
學生會費是五萬元。

졸업사진 名 畢業照片

» **졸업사진**은 평생 남는다.
jo-reop-ssa-ji-neun pyeong-
saeng nam-neun-da.
畢業照片會留一輩子。

자격증 名 證照

» 컴퓨터 **자격증**을 따고 싶
다.
keom-pyu-teo **ja-gyeok-**
jjeung-eul tta-go sip-tta.
想考電腦證照。

⇒ 文書用品

물감 名 顏料

» 12색 **물감**을 샀다.
sip-i-saek **mul-ga**-meul ssat-
tta.
買了十二個顏色的顏料。

붓 名 毛筆

» **붓**은 두께가 여러종류이다.
bu-seun du-kke-ga yeo-reo-
jong-nyu-i-da.
毛筆依厚度分成很多種。

연필 名 鉛筆 漢

» **연필**은 잘 부러진다.
yeon-pi-reun jal ppu-reo-jin-
da.
鉛筆很容易斷掉。

지우개 名 橡皮擦

» **지우개**로 깨끗이 지웠다.
ji-u-gae-ro kkae-kkeu-si ji-
wot-tta.
用橡皮擦擦乾淨。

볼펜 名 原子筆
外 ballpoint pen

» **볼펜**이 손에 묻었다.
bol-pe-ni so-ne mu-teot-tta.
原子筆畫到手了。

색연필 名 彩色鉛筆 漢

» 12색 **색연필**을 갖고 있다.
yeol-dul-saek **saeng-nyeon-**
pi-reul kkat-kko it-tta.
有十二種顏色的彩色鉛
筆。

필통 名 鉛筆盒

» 귀여운 **필통**을 갖고 싶다.
gwi-yeo-un **pil-tong**-eul kkat-kko sip-tta.
我想要可愛的鉛筆盒。

연필꽂이 名 筆筒

» **연필꽂이**에 펜을 많이 꽂았다.
yeon-pil-kko-ji-e pe-neul ma-ni kko-jat-tta.
在筆筒裡放很多筆。

샤프 名 自動鉛筆 外 sharp

» **샤프**는 편리하다.
sya-peu-neun pyeol-li-ha-da.
自動鉛筆很方便。

자 名 尺 漢

» **자**로 길이를 재다.
ja-ro gi-ri-reul jjae-da.
用尺量長度。

연필깎이 名 削鉛筆機（器）

» **연필깎이**로 연필을 깎다.
yeon-pil-kka-kki-ro yeon-pi-reul kkak-tta.
用削鉛筆機削鉛筆。

형광펜 名 螢光筆 漢＋外 pen

» **형광펜**으로 줄을 긋다.
hyeong-gwang-pe-neu-ro ju-reul kkeut-tta.
用螢光筆畫線。

스테이플러 名 釘書機 外 staple

» **스테이플러**로 찍다.
seu-te-i-peul-leo-ro jjik-tta.
用釘書機訂起來。

스테이플러심 名 釘書針 外 staple＋漢

» **스테이플러심**을 다 썼다.
seu-te-i-peul-leo-si-meul tta sseot-tta.
釘書針用完了。

샤프심 名 自動鉛筆芯 外 sharp＋漢

» **샤프심**이 부족하다.
sya-peu-si-mi bu-jo-ka-da.
自動鉛筆芯不夠。

포스트잇 名 便利貼 外 postit

» **포스트잇**은 여러가지 색깔이 있다.
po-seu-teu-i-seun yeo-reo-ga-ji saek-kka-ri it tta.
便利貼有很多顏色。

풀 名 膠水

» **풀**로 우표를 붙른다.
pul-lo u-pyo-reul ppu-chin-da.
用膠水貼郵票。

가위 名 剪刀

» **가위**로 종이를 자른다
ga-wi-ro jong-i-reul jja-reun-da.
用剪刀剪紙。

고무줄 ^名 橡皮筋

» **고무줄**로 머리를 묶는다.
go-mu-jul-lo meo-ri-reul
mung-neun-da.
用**橡皮筋**綁頭髮。

파일 ^名 文件夾　^外 file

» **파일**에 자료를 넣었다.
pa-i-re ja-ryo-reul neo-eot-
tta.
把資料放到**文件夾**。

스티커 ^名 貼紙
^外 sticker

» 공책에 **스티커**를 붙이다.
gong-chae-ge **seu-ti-keo**-reul
ppu-chi-da.
在本子上貼**貼紙**。

➡ 學校活動

입학 ^名 入學　^漢

» 3월에 **입학**한다.
sam-wo-re i-**pa-kan**-da.
三月**入學**。

입학식 ^名 開學典禮 ^漢

» **입학식**날 가족들이 모두 학
교에 왔다.
i-pak-ssing-nal kka-jok-tteu-
ri mo-du hak-kkyo-e wat-tta.
開學典禮的時候，家人都
會來學校。

운동회 ^名 運動會 ^漢

» 일년에 한번 **운동회**를 연
다.
il-lyeo-ne han-beon **un-dong-
hoe**-reul yeon-da.
一年舉辦一次**運動會**。

졸업 ^名 畢業　^漢

» 내년 2월에 **졸업**한다.
nae-nyeon i-wo-re **jo-reo-
pan-da.
明年二月**畢業**。

졸업식 ^名 畢業典禮 ^漢

» **졸업식**때 사진을 많이 찍었
다.
jo-reop-ssik-ttae sa-ji-neul
ma-ni jji-geot-tta.
畢業典禮的時候拍很多
照。

Chapter

13

方向／位置

Chapter 13 音檔雲端連結

因各家手機系統不同，若無法直接掃描，仍可以至以下電腦雲端連結下載收聽。（https://tinyurl.com/34df4kts）

➡ 定位

방향 名 方向 漢

» 가끔 **방향**을 헷갈린다.
ga-kkeum **bang-hyang**-eul het-kkal-lin-da.
有時候會搞混**方向**。

위치 名 位置 漢

» 이 곳의 **위치**가 정확히 어딘지 모르겠다.
i go-sui **wi-chi**-ga jeong-hwa-ki eo-din-ji mo-reu-get-tta.
我不太確定這裡的**位置**在哪裡。

길치 名 路痴

» 나는 심각한 **길치**이다.
na-neun sim-ga-kan **gil-chi**-i-da.
我是個很嚴重的**路痴**。

지도 名 地圖 漢

» 세계**지도**를 본다.
se-gye-**ji-do**-reul ppon-da.
看世界**地圖**。

나침반 名 羅盤 漢

» 나는 **나침반**을 사용할 줄 안다.
na-neun **na-chim-ba**-neul ssa-yong-hal jjul an-da.
我會用**羅盤**。

네비게이션 名 GPS 外 navigation

» 자동차에 **네비게이션**을 설치했다.
ja-dong-cha-e **ne-bi-ge-i-syeo**-neul sseol-chi-haet-tta.
車上安裝了**GPS**。

➡ 方向

아래 名 下

» 책상 **아래** 서랍에 열쇠가 있다.
chaek-ssang **a-rae** seo-ra-be yeol-soe-ga it-tta.
桌子**下**面的抽屜裡有鑰匙。

위 名 上

» 침대 **위**에서 책을 본다.
chim-dae **wi**-e-seo chae-geul ppon-da.
在床**上**看書。

오른쪽 名 右

» **오른쪽** 눈이 더 나쁘다.
o-reun-jjok nu-ni deo na-ppeu-da.
右眼的視力還更不好。

왼쪽 名 左

» **왼쪽**으로 가면 우체국이다.
oen-jjo-geu-ro ga-myeon u-che-gu-gi-da.
往**左**邊去就有郵局了。

동쪽 名 東 .... 漢

» 한국은 중국의 **동쪽**에 있다.

han-gu-geun jung-gu-gui **dong-jjo**-ge it-tta.

韓國位於中國的**東**方。

서쪽 名 西 .... 漢

» **서쪽**하늘로 해가 진다.

seo-jjo-ka-neul-lo hae-ga jin-da.

夕陽**西**下。

남쪽 名 南 .... 漢

» **남쪽**에서 새들이 날아온다.

nam-jjo-ge-seo sae-deu-ri na-ra-on-da.

鳥從**南**方飛過來。

북쪽 名 北 .... 漢

» **북쪽**지방은 매우 춥다.

buk-jjok-jji-bang-eun mae-u chup-tta.

北部很冷。

➡ 相對位置

중심 名 中心 .... 漢

» 시내 **중심**은 매우 번화하다.

si-nae **jung-si**-meun mae-u beon-hwa-ha-da.

市區**中心**非常熱鬧。

주변 名 周邊 .... 漢

» 대학교 **주변**에는 서점이 많다.

dae-hak-kkyo **ju-byeo**-ne-neun seo-jeo-mi man-ta.

大學**周邊**有很多書店。

주위 名 周圍 .... 漢

» 내 **주위**에는 좋은 사람들이 많다.

nae **ju-wi**-e-neun jo-eun sa-ram-deu-ri man-ta.

我**周圍**有許多好人。

옆쪽 名 旁邊

» 가방 **옆쪽**이 더러워졌다.

ga-bang **yeop-jjo**-gi deo-reo-wo-jeot-tta.

包包的**旁邊**弄髒了。

옆사람 名 旁邊的人

» 자료를 **옆사람**에게 건네주었다.

ja-ryo-reul **yeop-ssa-ra**-me-ge geon-ne-ju-eot-tta.

把資料傳給**旁邊的人**。

옆집 名 隔壁

» 우리 **옆집** 아줌마는 매우 친절하다.

u-ri **yeop-jjip** a-jum-ma-neun mae-u chin-jeol-ha-da.

我家**隔壁**的阿姨很親切。

반대편 名 對面

» 회의에 참석하여 **반대편** 사람과 인사를 나누었다.
hoe-ui-e cham-seo-ka-yeo **ban-dae-pyeon** sa-ram-gwa in-sa-reul na-nu-eot-tta.
參加了會議，跟**對面**的人打招呼。

맞은편 名 對面

» **맞은편**에 약국이 있다.
ma-jeun-pyeo-ne yak-kku-gi it-tta.
對面有藥局。

실내 名 室內 ………… 漢

» **실내**에 들어오니 덥다.
sil-lae-e deu-reo-o-ni deop-tta.
進到**室內**就很熱。

실외 名 室外 ………… 漢

» **실외** 수영장에서 수영을 한다.
si-roe su-yeong-jang-e-seo su-yeong-eul han-da.
在**室外**游泳池游泳。

Chapter 14

場所／地點

Chapter 14 音檔雲端連結

因各家手機系統不同，若無法直接掃描，仍可以至以下電腦雲端連結下載收聽。（**https://tinyurl.com/2h97pmkr**）

➡ 飲食

노천커피숍
名 露天咖啡廳
漢 ＋ 外 coffee shop

» **노천커피숍**에서 아이스커피를 마셨다.
no-cheon-keo-pi-syo-be-seo a-i-seu-keo-pi-reul ma-syeot-tta.
在**露天咖啡廳**喝了冰咖啡。

테이크아웃커피점
名 外帶飲料店
外 takeout coffee ＋ 漢

» **테이크아웃커피점**에서 커피 5잔을 샀다.
te-i-keu-a-ut-keo-pi-jeo-me-seo keo-pi da-seot-ja-neul ssat-tta.
在**外帶飲料店**買了五杯咖啡。

커피숍 名 咖啡廳
外 coffee shop

» **커피숍**에서 친구와 이야기를 했다.
keo-pi-syo-be-seo chin-gu-wa i-ya-gi-reul haet-tta.
在**咖啡廳**跟朋友聊天。

식당 名 餐廳（一般的）
漢

» 학생**식당**에서 점심을 먹는다.
hak-ssaeng-**sik-ttang**-e-seo jeom-si-meul meong-neun-da.
在學生**餐廳**吃午餐。

레스토랑
名 餐廳（高級的）
外 restaurant

» 남자친구와 프랑스 **레스토랑**에 갔다.
nam-ja-chin-gu-wa peu-rang-seu **re-seu-to-rang**-e gat-tta.
跟男朋友一起去法國**餐廳**。

술집 名 酒吧

» 친구와 **술집**에서 술을 마신다.
chin-gu-wa **sul-ji**-be-seo su-reul ma-sin-da.
在**酒吧**跟朋友一起喝酒。

➡ 生活消費

우체국 名 郵局

» **우체국**은 5시에 닫는다.
u-che-gu-geun da-seot-si-e dan-neun-da.
郵局五點打烊。

철물점 名 五金行

» **철물점**에서 전등을 샀다.
cheol-mul-jeo-me-seo jeon-deung-eul ssat-tta.
在五金行買了電燈泡。

주차장 名 停車場

» **주차장**에 차를 세웠다.
ju-cha-jang-e cha-reul sse-wot-tta.
在停車場停車。

세탁소 名 洗衣店

» **세탁소**에서 자켓 드라이를 했다.
se-tak-sso-e-seo ja-ket deu-ra-i-reul haet-tta.
把外套送到洗衣店乾洗。

대중목욕탕
名 公共澡堂 漢

» **대중목욕탕**은 매우 넓다.
dae-jung-mo-gyok-tang-eun mae-u neop-da.
公共澡堂很大。

찜질방
名 三溫暖（桑拿浴）

» **찜질방**에서 먹는 계란은 정말 맛있다.
jjim-jil-bang-e-seo meong-neun gye-ra-neun jeong-mal ma-sit-tta.
在三溫暖吃的雞蛋很好吃。

미용실 名 髮廊 漢

» **미용실**에서 파마를 했다.
mi-yong-si-re-seo pa-ma-reul haet-tta.
在髮廊燙頭髮。

이발소 名 理髮店

» 아빠는 **이발소**에 가서 머리를 자른다.
a-ppa-neun **i-bal-sso**-e ga-seo meo-ri-reul jja-reun-da.
爸爸去理髮店剪頭髮。

안경점 名 眼鏡行 漢

» **안경점**에서 안경을 맞췄다.
an-gyeong-jeo-me-seo an-gyeong-eul mat-chwot-tta.
在眼鏡行配眼鏡。

가구점 名 家具行 漢

» **가구점**에서 책상을 샀다.
ga-gu-jeo-me-seo chaek-ssang-eul ssat-tta.
在家具行買了桌子。

시장 名 市場 漢

» **시장**에서 야채를 산다.
si-jang-e-seo ya-chae-reul ssan-da.
在市場買蔬菜。

슈퍼마켓 名 （小型）超市
外 supermarket

» 집 근처에 **슈퍼마켓**이 두개 있다.
jip geun-cheo-e **syu-peo-ma-ke**-si du-gae it-tta.
我們家附近有兩個超市。

대형마트 名 大賣場
漢 + 外 market

» **대형마트**는 값이 싸다.
dae-hyeong-ma-teu-neun gap-ssi ssa-da.
大賣場的商品價格很便宜。

편의점 名 便利商店 漢

» 일층에 **편의점**이 있다.
il-cheung-e **pyeo-nui-jeo**-mi it-tta.
在一樓有便利商店。

전자상가 名 3C 商場

» **전자상가**에서 노트북을 샀다.
jeon-ja-sang-ga-e-seo no-teu-bu-geul ssat-tta.
在 3C 商場買了筆電。

백화점 名 百貨公司 漢

» **백화점**에서 옷을 산다.
bae-kwa-jeo-me-seo o-seul ssan-da.
在百貨公司買衣服。

쇼핑센터 名 購物中心
外 shopping center

» **쇼핑센터**에서 쇼핑을 하고 밥을 먹었다.
syo-ping-sen-teo-e-seo syo-ping-eul ha-go ba-beul meo-geot-tta.
在購物中心逛街吃飯。

마사지숍 名 按摩店
外 massage shop

» **마사지숍**에서 발안마를 받았다.
ma-sa-ji-syo-be-seo ba-ran-ma-reul ppa-dat-tta.
在按摩店做腳底按摩。

네일샵 名 美甲店
外 nail shop

» 나는 **네일샵**에 매우 자주 간다.
na-neun **ne-il-sya**-be mae-u ja-ju gan-da.
我很常去美甲店。

꽃집 名 花店

» 집 앞 **꽃집**에서 꽃을 산다.
jip ap **kkot-jji**-be-seo kko-cheul ssan-da.
在家門前的花店買花。

호텔 名 飯店 外 hotel

» **호텔**에서 이박을 했다.
ho-te-re-seo i-ba-geul haet-tta.
在飯店住了兩個晚上。

➡️ 娛樂休閒

공원 名 公園 ⋯⋯⋯ 漢

» 공원에서 산책을 한다.
gong-wo-ne-seo san-chae-
geul han-da.
到**公園**散散步。

운동장 名 運動場 漢

» 학교 운동장에서 농구를 한다.
hak-kkyo **un-dong-jang**-e-
seo nong-gu-reul han-da.
在學校**運動場**打籃球。

수영장 名 游泳池

» 집 앞 수영장에서 수영을 배웠다.
jip ap **su-yeong-jang**-e-seo
su-yeong-eul ppae-wot-tta.
在我家前面的**游泳池**學游泳。

스키장 名 滑雪場
外 ski + 漢

» 스키장에서 스노우보드를 탄다.
seu-ki-jang-e-seo seu-no-u-
bo-deu-reul tan-da.
在**滑雪場**單板滑雪。

축구경기장 名 足球（競技）場 漢

» 축구경기장에서 한국팀을 응원했다.
chuk-kku-gyeong-gi-jang-
e-seo han-guk-ti-meul eung-
won-haet-tta.
在**足球場**幫韓國隊加油。

야구장 名 棒球場 漢

» 야구장에서 대만팀을 응원했다.
ya-gu-jang-e-seo dae-man-
ti-meul eung-won-haet-tta.
在**棒球場**幫臺灣隊加油。

테니스장 名 網球場
外 tennis + 漢

» 학교에 테니스장이 있다.
hak-kkyo-e **te-ni-seu-jang**-i
it-tta.
學校有**網球場**。

화랑 名 畫廊 漢

» 내 꿈은 화랑에서 일하는 것이다.
nae kku-meun **hwa-rang**-e-
seo il-ha-neun geo-si-da.
我的夢想是在**畫廊**工作。

만화방 名 漫畫店 漢

» 만화방에서 만화를 본다.
man-hwa-bang-e-seo man-
hwa-reul ppon-da.
在**漫畫店**看漫畫書。

노래방 名 KTV

» **노래방**에서 3시간동안 노래를 불렀다.
no-rae-bang-e-seo sam-si-gan-dong-an no-rae-reul ppul-leot-tta.
在 **KTV** 唱歌三個小時。

서점 名 書店 ⋯⋯ 漢

» **서점**에서 친구를 기다린다.
seo-jeo-me-seo chin-gu-reul kki-da-rin-da.
在**書店**等朋友。

영화관 名 電影院 漢

» 어제 **영화관**에서 영화를 봤다.
eo-je **yeong-hwa-gwa**-ne-seo yeong-hwa-reul ppwat-tta.
昨天在**電影院**看了電影。

애견샵 名 寵物店

» **애견샵**에서 개집을 판다.
ae-gyeon-sya-be-seo gae-ji-beul pan-da.
寵物店有賣狗窩。

동물원 名 動物園 ⋯ 漢

» **동물원**에서 데이트를 한다.
dong-mu-rwo-ne-seo de-i-teu-reul han-da.
在**動物園**約會。

박물관 名 博物館 ⋯⋯ 漢

» **박물관**에서는 조용히해야 한다.
bang-mul-gwa-ne-seo-neun jo-yong-hi-hae-ya han-da.
在**博物館**要放低音量。

미술관 名 美術館 ⋯⋯ 漢

» **미술관**에서 그림을 감상했다.
mi-sul-gwa-ne-seo geu-ri-meul kkam-sang-haet-tta.
在**美術館**欣賞畫作。

바닷가 名 海邊

» **바닷가**에서 사진을 찍는다.
ba-dat-kka-e-seo sa-ji-neul jjing-neun-da.
在**海邊**拍照。

해수욕장 名 海水浴場 ⋯⋯ 漢

» 여름에는 **해수욕장**에 사람이 매우 많다.
yeo-reu-me-neun **hae-su-yok-jjang**-e sa-ra-mi mae-u man-ta.
夏天時在**海水浴場**有很多人。

놀이공원 名 遊樂園

» **놀이공원**에서 재밌게 놀았다.
no-ri-gong-wo-ne-seo jae-mit-kke no-rat-tta.
在**遊樂園**玩得很開心。

클럽 名 夜店 … 外 club

» 금요일 밤에 **클럽**에 갔다.
geu-myo-il ba-me **keul-leo-**
be gat-tta.
星期五晚上要去**夜店**。

공연장 名 表演廳（公演場）漢

» **공연장**에서 공연을 보았다.
gong-yeon-jang-e-seo gong-
yeo-neul ppo-at-tta.
在**表演廳**看表演。

전망대 名 觀望臺

» 101**전망대**에 올라갔다.
baek-il **jeon-mang-dae**-e ol-
la-gat-tta.
搭電梯上到 101 **觀望臺**。

무대 名 舞臺 … 漢

» **무대**가 매우 밝다.
mu-dae-ga mae-u bak-tta.
舞臺很亮。

전시장 名 展場 … 漢

» **전시장**에서 전시회를 구경
했다.
jeon-si-jang-e-seo jeon-si-
hoe-reul kku-gyeong-haet-
tta.
到**展場**參觀展覽。

⇒ **救助**

한의원 名 韓醫院（類似中醫）漢

» **한의원**에 가서 약을 받았
다.
ha-nui-wo-ne ga-seo ya-geul
ppa-dat-tta.
去**韓醫院**拿藥。

병원 名 醫院 漢

» 농촌에는 **병원**이 많지 않
다.
nong-cho-ne-neun **byeong-**
wo-ni man-chi an-ta.
鄉下的**醫院**不多。

종합병원 名 綜合醫院 漢

» **종합병원**에는 모든 과가 다
있다.
jong-hap-ppyeong-wo-ne-
neun mo-deun gwa-ga da it-
tta.
在**綜合醫院**裡什麼科別都
有。

정신병원 名 精神病院 漢

» **정신병원**에는 꼭 미친사람
들만 있는 것은 아니다.
jeong-sin-byeong-wo-ne-
neun kkok mi-chin-sa-ram-
deul-man in-neun geo-seun
a-ni-da.
在**精神病院**裡的不一定是
瘋子。

응급실 名 急診室 ⋯⋯ 漢

» 사고가 나서 **응급실**에 실려
갔다.
sa-go-ga na-seo **eung-geup-
ssi**-re sil-lyeo-gat-tta.
因為發生車禍而被送去**急
診室**。

병실 名 病房 漢

» **병실** 안에는 6명의 환자가
있다.
byeong-sil a-ne-neun yu-
myeong-ui hwan-ja-ga it-tta.
病房裡有六個患者。

동물병원 名 動物醫院
漢

» 강아지가 아파서 **동물병원**
에 갔다.
gang-a-ji-ga a-pa-seo **dong-
mul-byeong-wo**-ne gat-tta.
因為我的小狗生病了，所
以帶去**動物醫院**看病。

약국 名 藥局 漢

» **약국**은 일요일에 엽니까?
yak-kku-geun i-ryo-i-re
yeom-ni-kka?
星期天**藥局**會開嗎？

경찰서 名 警察局 漢

» **경찰서**는 어디입니까?
gyeong-chal-sseo-neun eo-
di-im-ni-kka?
警察局在哪裡？

교회 名 教會 漢

» 일요일에는 **교회**에 간다.
i-ryo-i-re-neun **gyo-hoe**-e
gan-da.
星期天去**教會**。

절 名 （寺）廟

» 불교신자들은 **절**에 간다.
bul-gyo-sin-ja-deu-reun **jeo**-
re gan-da.
佛教信徒會去**寺廟**。

➡ 其他場所

로펌 名 法律事務所 ⋯⋯
外 law firm

» 오빠는 **로펌**에서 일한다.
o-ppa-neun **ro-peo**-me-seo
il-han-da.
哥哥在**法律事務所**工作。

법원 名 法院 漢

» **법원**에 출석하다.
beo-bwo-ne chul-seo-ka-da.
出席**法院**。

대사관 名 大使館 漢

» 미국**대사관**이 옆에 있다.
mi-guk-**ttae-sa-gwa**-ni yeo-
pe it-tta.
美國**大使館**在旁邊。

회사 名 公司（會社）⋯⋯ 漢

» 우리 **회사**는 서울에 있다.
u-ri **hoe-sa**-neun seo-u-re it-tta.
我們**公司**在首爾。

건물 名 建築；大樓

» 우리 회사 **건물**은 15층 건물이다.
u-ri hoe-sa **geon-mu**-reun sip-o-cheung geon-mu-ri-da.
我們公司**大樓**有十五層樓。

로비 名 大廳 外 lobby

» 12시 **로비**에서 봅시다.
sip-i-si **ro-bi**-e-seo bop-ssi-da.
十二點在**大廳**見。

사무실 名 辦公室

» 우리 **사무실**은 23층에 있다.
u-ri **sa-mu-si**-reun i-sip-sam-cheung-e it-tta.
我們**辦公室**在23樓。

탕비실 名 茶水間

» **탕비실**에 뜨거운 물이 있다.
tang-bi-si-re tteu-geo-un mu-ri it-tta.
茶水間那邊有熱水。

회의실 名 會議室 ⋯⋯ 漢

» **회의실**에서 회의를 진행하였다.
hoe-ui-si-re-seo hoe-ui-reul jjin-haeng-ha-yeot-tta.
在**會議室**開會。

양조장 名 造酒廠

» **양조장**에서 직접 술을 산다.
yang-jo-jang-e-seo jik-jjeop su-reul ssan-da.
從**造酒廠**直接買酒。

공장 名 工廠 ⋯⋯ 漢

» **공장**에 기계가 많다.
gong-jang-e gi-gye-ga man-ta.
工廠裡有很多機械。

창고 名 倉庫 ⋯⋯ 漢

» 물건들을 **창고**에 보관한다.
mul-geon-deu-reul **chang-go**-e bo-gwan-han-da.
把東西保管在**倉庫**。

방송국 名 電視臺

» **방송국** 구경을 했다.
bang-song-guk gu-gyeong-eul haet-tta.
去參觀**電視臺**。

스튜디오 名 攝影棚
外 studio

» **스튜디오**에서 촬영을 한다.
seu-tyu-di-o-e-seo chwa-
ryeong-eul han-da.
在攝影棚拍戲。

➡ 韓國地點

동해안
名 東海岸（韓國） 漢

» **동해안**은 바다가 깊다.
dong-hae-a-neun ba-da-ga
gip-tta.
韓國東海岸的海很深。

서해안
名 西海岸（韓國） 漢

» **서해안**은 바다가 얕다.
seo-hae-a-neun ba-da-ga
yat-tta.
韓國西海岸的海很淺。

남해안
名 南海岸（韓國） 漢

» **남해안**은 아름답다.
nam-hae-a-neun a-reum-
dap-tta.
韓國南海岸很美麗。

전라도 名 全羅道 漢

» **전라도**는 한국의 남서쪽에
있다.
jeol-la-do-neun han-gu-gui
nam-seo-jjo-ge it-tta.
全羅道位於韓國的西南
部。

경상도 名 慶尙道 漢

» **경상도**는 한국의 남동쪽에
있다.
gyeong-sang-do-neun han-
gu-gui nam-dong-jjo-ge it-tta.
慶尙道位於韓國的東南
部。

충청도 名 忠淸道 漢

» **충청도**는 한국의 중간에 있
다.
chung-cheong-do-neun han-
gu-gui jung-ga-ne it-tta.
忠淸道位於韓國的中間。

경기도 名 京畿道 漢

» 서울 주변은 **경기도**이다.
seo-ul ju-byeon-neun **gyeong-
gi-do**-i-da.
首爾附近是京畿道。

강원도 名 江原道 漢

» **강원도**는 타이동과 비슷하
다.
gang-won-do-neun ta-i-
dong-gwa bi-seu-ta-da.
江原道跟臺東很像。

제주도 名 濟州島 漢

» **제주도**는 매우 아름답다.
je-ju-do-neun mae-u a-reum-
dap-tta.
濟州島非常美麗。

거제도 名 巨濟島 漢

» **거제도**는 부산과 다리로 연
결되어 있다.
geo-je-do-neun bu-san-gwa
da-ri-ro yeon-gyeol-doe-eo
it-tta.
巨濟島與釜山之間有橋連
接。

남이섬 名 南怡島

» **남이섬**에서 드라마를 찍었
다.
na-mi-seo-me-seo deu-ra-
ma-reul jji-geot-tta.
在南怡島拍戲。

여의도 名 汝矣島 漢

» **여의도**에는 방송국이 많다.
yeo-ui-do-e-neun bang-
song-gu-gi man-ta.
汝矣島有很多電視臺。

서울 名 首爾 漢

» **서울**은 한국의 수도이다.
seo-u-reun han-gu-gui su-do-
i-da.
首爾是韓國的首都。

부산 名 釜山 漢

» **부산**은 남부에 있다.
bu-sa-neun nam-bu-e it-tta.
釜山在韓國南部。

대구 名 大邱 漢

» **대구**는 분지 지형이다.
dae-gu-neun bun-ji ji-
hyeong-i-da.
大邱是盆地地形。

인천 名 仁川 漢

» **인천**에는 공항이 있다.
in-cheo-ne-neun gong-hang-i
it-tta.
仁川有機場。

광주 名 光州 漢

» **광주**는 전라도에 있다.
gwang-ju-neun jeol-la-do-e
it-tta.
光州位於全羅道。

대전 名 大田 漢

» **대전**은 서울에서 두시간 거
리이다.
dae-jeo-neun seo-u-re-seo
du-si-gan geo-ri-i-da.
大田距離首爾約有兩個小
時的車程。

춘천 名 春川 漢

» **춘천**에는 닭갈비가 유명하
다.
chun-cheo-ne-neun dak-
kkal-ppi-ga yu-myeong-ha-
da.
在春川，辣炒雞這道菜很
有名。

경주 （名）慶州 ⋯⋯⋯ （漢）

» **경주**는 한때 수도였다.
gyeong-ju-neun han-ttae su-do-yeot-tta.
慶州曾經是首都。

해남 （名）海南 （漢）

» **해남**은 한국의 가장 남쪽에 있다.
hae-na-meun han-gu-gui ga-jang nam-jjo-ge it-tta.
海南位於韓國的最南端。

신촌 （名）新村 ⋯⋯⋯ （漢）

» **신촌**에는 대학이 많다.
sin-cho-ne-neun dae-ha-gi man-ta.
新村有很多大學。

북촌 （名）北村 （漢）

» **북촌**에는 한옥이 많다.
buk-cho-ne-neun ha-no-gi man-ta.
北村那裡有很多韓屋。

인사동 （名）仁寺洞 ⋯ （漢）

» **인사동**에는 관광객이 많다.
in-sa-dong-e-neun gwan-gwang-gae-gi man-ta.
在仁寺洞那裡有很多觀光客。

명동 （名）明洞 （漢）

» **명동**은 쇼핑하기에 좋다.
myeong-dong-eun syo-ping-ha-gi-e jo-ta.
明洞很好逛街。

동대문 （名）東大門 ⋯ （漢）

» **동대문**에서는 예쁜 옷이 많다.
dong-dae-mu-ne-seo-neun ye-ppeun o-si man-ta.
東大門有很多好看的衣服。

시청 （名）市政廳 ⋯⋯⋯ （漢）

» **시청**은 교통이 편리하다.
si-cheong-eun gyo-tong-i pyeol-li-ha-da.
市政廳那邊的交通很方便。

청와대 （名）青瓦臺 （漢）

» 대통령은 **청와대**에 산다.
dae-tong-nyeong-eun **cheong-wa-dae**-e san-da.
總統住在青瓦臺。

남대문 （名）南大門 ⋯ （漢）

» **남대문** 시장에는 없는 것이 없다.
nam-dae-mun si-jang-e-neun eom-neun geo-si eop-tta.
南大門市場裡應有盡有。

남산 （名）南山 ⋯⋯⋯ （漢）

» **남산**은 서울 중심에 있다.
nam-sa-neun seo-ul jung-si-me it-tta.
南山位於首爾的中心。

남산타워 名 南山塔
漢 + 外 tower

» **남산타워**에 가고 싶다.
nam-san-ta-wo-e ga-go sip-tta.
想去南山塔。

한국민속촌 名 韓國民俗村 漢

» **한국민속촌**에서 많은 드라마를 촬영하였다.
han-gung-min-sok-cho-ne-seo ma-neun deu-ra-ma-reul chwa-ryeong-ha-yeot-tta.
很多戲劇在韓國民俗村拍攝。

롯데월드 名 樂天世界（主題樂園）
外 Lotte world

» **롯데월드**는 서울에 있다.
rot-tte-wol-deu-neun seo-u-re it-tta.
樂天世界在首爾。

63빌딩 名 63大樓
漢 + 外 building

» **63빌딩**은 전체 금색으로 되어 있다.
yu-sip-sam-bil-ding-eun jeon-che geum-sae-geu-ro doe-eo it-tta.
63大樓整棟都是金色的。

에버랜드 名 愛寶樂園（韓國最大遊樂園） 外 Everland

» **에버랜드**는 매우 크다.
e-beo-raen-deu-neun mae-u keu-da.
愛寶樂園非常大。

홍대입구 名 弘大入口 漢

» 젊은사람들은 **홍대입구**에 모인다.
jeol-meun-sa-ram-deu-reun **hong-dae-ip-kku**-e mo-in-da.
年輕人聚集在弘大入口那邊。

판문점 名 板門店 漢

» 외국인은 **판문점**에 갈 수 있다.
oe-gu-gi-neun **pan-mun-jeo**-me gal ssu it-tta.
外國人可以去板門店。

한강 名 漢江 漢

» 서울의 중심에는 **한강**이 흐른다.
seo-u-rui jung-si-me-neun **han-gang**-i heu-reun-da.
漢江從首爾中央流過。

한강시민공원
名 漢江市民公園 ········· 漢

» 한강을 따라 **한강시민공원**
이 있다.
han-gang-eul tta-ra **han-
gang-si-min-gong-wo**-ni it-
tta.
沿著漢江的是漢江市民公
園。

정동진 名 正東津 ··· 漢

» **정동진**에 일출을 보러 간
다.
jeong-dong-ji-ne il-chu-reul
ppo-reo gan-da.
去正東津看日出。

Chapter

15

交通／運輸

Chapter 15 音檔雲端連結

因各家手機系統不同，若無法直接掃描，仍可以至以下電腦雲端連結下載收聽。（**https://tinyurl. com/2p84kee8**）

交通工具

오토바이 名 摩托車

» 타이베이에서 **오토바이**는
매우 편리하다.
ta-i-be-i-e-seo **o-to-ba-i**-
neun mae-u pyeol-li-ha-da.
在臺北騎**摩托車**很方便。

자동차 名 汽車 漢

» 우리집은 **자동차**가 두 대
있다.
u-ri-ji-beun **ja-dong-cha**-ga
du dae it-tta.
我家有兩輛汽車。

택시 名 計程車 外 taxi

» **택시**는 편리하지만 비싸다.
taek-ssi-neun pyeol-li-ha-ji-
man bi-ssa-da.
搭**計程車**雖然很方便，但
是花費卻很高。

트럭 名 卡車 外 truck

» **트럭**은 대부분 파란색이다.
teu-reo-geun dae-bu-bun pa-
ran-sae-gi-da.
卡車大部分都是藍色。

화물차 名 貨車 漢

» **화물차**는 너무 빨리 달리면
안된다.
hwa-mul-cha-neun neo-mu
ppal-li dal-li-myeon an-doen-
da.
貨車不能開太快。

대중교통
名 大眾運輸工具 漢

» **대중교통**은 교통비가 저렴
하다.
dae-jung-gyo-tong-eun gyo-
tong-bi-ga jeo-ryeom-ha-da.
大眾運輸工具收費低廉。

버스 名 公車 外 bus

» 버스정류장에서 **버스**를 기
다린다.
beo-seu-jeong-nyu-jang-e-
seo **beo-seu**-reul kki-da-rin-
da.
在公車站等**公車**。

공항버스 名 機場巴士

» **공항버스**는 30분에 한 대
씩 있다.
gong-hang-beo-seu-neun
sam-sip-bu-ne han dae-ssik
it-tta.
機場巴士三十分鐘有一
輛。

마을버스 名 小型巴士

» **마을버스**는 노선이 짧다.
ma-eul-ppeo-seu-neun no-
seo-ni jjap-tta.
小型巴士的行經路線很
短。

고속버스 名 客運

» **고속버스**를 타고 대전까지 갔다.
go-sok-ppeo-seu-reul ta-go dae-jeon-kka-ji gat-tta.
搭乘**客運**前往大田。

지하철 名 地（下）鐵 漢

» 서울은 **지하철** 노선이 매우 많다.
seo-u-reun **ji-ha-cheol** no-seo-ni mae-u man-ta.
首爾有很多**地鐵**路線。

기차 名 火車

» **기차**여행은 낭만적이다.
gi-cha-yeo-haeng-eun nang-man-jeo-gi-da.
火車旅行很浪漫。

KTX 名 韓國高鐵 外 Korea trail expresses

» 서울에서 부산까지 **KTX**로 세시간 걸린다.
seo-u-re-seo bu-san-kka-ji **KTX** ro se-si-gan geol-lin-da.
從首爾到釜山，搭乘**韓國高鐵**要三個小時。

비행기 名 飛機

» **비행기**는 매우 높이 난다.
bi-haeng-gi-neun mae-u no-pi nan-da.
飛機飛得很高。

헬리콥터 名 直升機 外 helicopter

» **헬리콥터** 소리는 매우 크다.
hel-li-kop-teo so-ri-neun mae-u keu-da.
直升機的聲音很大。

배 名 船

» **배**를 타다.
bae-reul ta-da.
搭船了。

요트 名 遊艇 外 yacht

» 한강에서 **요트**를 탄다.
han-gang-e-seo **yo-teu**-reul tan-da.
在漢江乘坐遊艇。

여객선 名 客船 漢

» **여객선**을 타고 제주도로 갔다.
yeo-gaek-sseo-neul ta-go je-ju-do-ro gat-tta.
搭乘郵輪去濟州島。

크루즈 名 郵輪 外 cruise

» **크루즈**는 비용이 매우 높다.
keu-ru-jeu-neun bi-yong-i mae-u nop-tta.
搭乘郵輪的費用很高。

유람선 名 觀光郵輪 漢

» **유람선**을 타고 한강을 돌았
다.
yu-ram-seo-neul ta-go han-gang-eul tto-rat-tta.
坐**觀光郵輪**遊覽漢江。

잠수함 名 潛艇

» 제주도에서 **잠수함**을 탈 수
있다.
je-ju-do-e-seo **jam-su-ha**-meul tal ssu it-tta.
在濟州島可以乘坐**潛艇**。

화물선 名 貨輪 ⋯⋯ 漢

» 항구에는 **화물선**이 많다.
hang-gu-e-neun **hwa-mul-seo**-ni man-ta.
港口有很多**貨輪**。

➡ 交通設施

고속도로 名 高速公路

» **고속도로**는 빠르다.
go-sok-tto-ro-neun ppa-reu-da.
開**高速公路**的話就會很
快。

톨게이트 名 收費站⋯
外 tollgate

» **톨게이트**를 지나자 차가 막
히지 않았다.

tol-ge-i-teu-reul jji-na-ja cha-ga ma-ki-ji a-nat-tta.
過**收費站**之後就沒塞車
了。

터미널
名 轉運站；終點站 ⋯⋯⋯⋯
外 terminal

» **터미널**에서 고속버스를 탔
다.
teo-mi-neo-re-seo go-sok-ppeo-seu-reul tat-tta.
在**轉運站**乘坐客運。

버스정류장
名 公車站

» **버스정류장**에서 친구를 기
다린다.
beo-seu-jeong-nyu-jang-e-seo chin-gu-reul kki-da-rin-da.
在**公車站**等朋友。

버스전용차로
名 公車專用道

» 한국에는 **버스전용차로**가
있다.
han-gu-ge-neun **beo-seu-jeo-nyong-cha-ro**-ga it-tta.
在**韓國**，公車有**公車專用
道**。

철도 名 鐵路；鐵軌

» **철도**에서 놀면 위험하다.
cheol-do-e-seo nol-myeon wi-heom-ha-da.
在**鐵軌**上玩很危險。

공항철도 名 機場鐵路

» **공항철도**를 타면 인천공항
까지 빠르게 갈 수 있다.
gong-hang-cheol-do-reul ta-
myeon in-cheon-gong-hang-
kka-ji ppa-reu-ge gal ssu it-
tta.
乘坐**機場鐵路**的話，很快
就可以到仁川機場。

지하철역 名 地鐵站

» **지하철역**에서 표를 살 수
있다.
ji-ha-cheo-ryeo-ge-seo pyo-
reul ssal ssu it-tta.
在**地鐵站**可以買票。

기차역 名 火車站

» **기차역**에서 기차표를 예매
했다.
gi-cha-yeo-ge-seo gi-cha-
pyo-reul ye-mae-haet-tta.
火車站有預售火車票。

공항 名 機場

» 인천**공항**은 무선인터넷이
무료이다.
in-cheon-**gong-hang**-eun
mu-seo-nin-teo-ne-si mu-
ryo-i-da.
仁川**機場**的無線網路可免
費使用。

대교 名 大橋 漢

» 한강**대교**를 건넜다.
han-gang-**dae-gyo**-reul
kkeon-neot-tta.
過漢江**大橋**了。

항구 名 港口 漢

» **항구** 근처에 컨테이너들이
많다.
hang-gu geun-cheo-e keon-
te-i-neo-deu-ri man-ta.
港口附近有很多貨櫃。

➡ 道路設施

거리 名 街

» **거리**에 사람들이 많다.
geo-ri-e sa-ram-deu-ri man-
ta.
滿**街**都是人。

도로 名 道路 漢

» **도로**에 차가 별로 없다.
do-ro-e cha-ga byeol-lo eop-
tta.
路上車子很少。

지름길 名 捷徑

» 택시는 **지름길**로 갔다.
taek-ssi-neun **ji-reum-gil**-lo
gat-tta.
計程車繞小路走**捷徑**。

육교 名 天橋

» 육교는 계단이 너무 많다.
yuk-kkyo-neun gye-da-ni
neo-mu man-ta.
天橋有太多階樓梯。

사거리 名 十字路口

» 사거리에서 계속 길이 막혔
다.
sa-geo-ri-e-seo gye-sok gi-ri
ma-kyeot-tta.
在十字路口會一直塞車。

횡단보도 名 斑馬線

» 횡단보도에서 파란불을 기
다린다.
hoeng-dan-bo-do-e-seo pa-
ran-bu-reul kki-da-rin-da.
在斑馬線等綠燈。

신호등 名 紅綠燈 漢

» 저 **신호등**은 고장났다.
jeo **sin-ho-deung**-eun go-
jang-nat-tta.
那個紅綠燈壞掉了。

빨간불 名 紅燈

» **빨간불**일 때는 멈춰야 한
다.
ppal-kkan-bu-ril ttae-neun
meom-chwo-ya han-da.
遇到紅燈時要停下來。

파란불 名 綠燈

» **파란불**일 때 길을 건넌다.
pa-ran-bu-ril ttae gi-reul
kkeon-neon-da.
綠燈時通過馬路。

교통표지판
名 交通標誌 ⋯⋯⋯⋯⋯ 漢

» **교통표지판**에 영어도 써있
다.
gyo-tong-pyo-ji-pa-ne
yeong-eo-do sseo-it-tta.
交通標誌上也有標注英
文。

CCTV
名 閉路電視監視器 ⋯⋯⋯⋯
外 closed circuit television

» 고속도로 곳곳에 **CCTV**가
설치되어 있다.
go-sok-tto-ro got-kko-se
CCTV ga seol-chi-doe-eo it-
tta.
高速公路上到處都有安裝
閉路電視監視器。

주유소 名 加油站 漢

» **주유소**에서 주유를 했다.
ju-yu-so-e-seo ju-yu-reul
haet-tta.
在加油站加油。

셀프주유
名 自助式加油
外 self＋漢

» 셀프주유를 하면 조금 저렴
하다.
sel-peu-ju-yu-reul ha-myeon
jo-geum jeo-ryeom-ha-da.
用**自助式加油**價格會便宜
一點。

등유 名 煤油 漢

» 등유는 경유보다 싸다.
deung-yu-neun gyeong-yu-
bo-da ssa-da.
煤油比柴油便宜。

경유 名 柴油

» 경유값이 많이 올랐다.
gyeong-yu-gap-ssi ma-ni ol-
lat-tta.
柴油價格漲了很多。

LPG가스
名 液化天然氣（桶裝瓦斯）
外 gas

» LPG 가스 차량이 많다.
LPG ga-seu cha-ryang-i man-
ta.
有很多瓦斯車。

기름값 名 油價

» 기름값이 계속 오른다.
gi-reum-gap-ssi gye-sok
o-reun-da.
油價一直攀升。

세차장 名 洗車廠 漢

» 세차장에서 차를 세차한다.
se-cha-jang-e-seo cha-reul
sse-cha-han-da.
到**洗車廠**洗車。

자동차 수리점
名 汽車維修店 漢

» 자동차 수리점에서 핸들을
고쳤다.
ja-dong-cha su-ri-jeo-me-
seo haen-deu-reul kko-cheot-
tta.
在**汽車維修店**修理方向
盤。

⏩ 搭乘運輸工具

노선도 名 路線圖 漢

» 지하철 노선도를 보고있다.
ji-ha-cheol **no-seon-do**-reul
ppo-go-it-tta.
查看地鐵**路線圖**。

환승 名 轉乘 漢

» 지하철에서 버스로 환승하
면 교통비가 무료이다.
ji-ha-cheo-re-seo beo-seu-ro
hwan-seung-ha-myeon gyo-
tong-bi-ga mu-ryo-i-da.
從地鐵**轉乘**公車是免費
的。

매표소 名 售票處 漢

» 매표소에서 티켓을 두 장 샀다.
mae-pyo-so-e-seo ti-ke-seul ttu jang sat-tta.
在**售票處**買了兩張票。

티켓 名 票 外 ticket

» 전자**티켓**을 가지고 있다.
jeon-ja-**ti-ke**-seul kka-ji-go it-tta.
持有電子票卡。

입석표 名 站票

» 표가 다 팔려 **입석표**를 살 수밖에 없었다.
pyo-ga da pal-lyeo **ip-sseok-pyo**-reul ssal ssu-ba-kke eop-sseot-tta.
票賣光了，只能買**站票**。

교통카드 名 交通卡 漢+外 card

» **교통카드**를 충전했다.
gyo-tong-ka-deu-reul chung-jeon-haet-tta.
把**交通卡**儲值。

충전 名 儲值

» **충전**은 천원부터 가능하다.
chung-jeo-neun cheo-nwon-bu-teo ga-neung-ha-da.
單次儲值至少要一千元。

예매 名 預售

» 기차표를 **예매**했다.
yeong-hwa-pyo-reul **ye-mae**-haet-tta.
預售火車票。

학생할인 名 學生優惠

» **학생**은 20% **할인**이 된다.
hak-ssaeng-eun i-sip-pelo **ha-ri**-ni doen-da.
學生優惠打八折。

창가석 名 靠窗的座位

» 비행기 **창가석** 자리에 앉았다.
bi-haeng-gi **chang-ga-seok** ja-ri-e an-jat-tta.
搭飛機時，坐在**靠窗的座位**。

복도석 名 靠走道的座位

» **복도석**이 돌아다니기 편하다.
bok-tto-seo-gi do-ra-da-ni-gi pyeon-ha-da.
靠走道的座位比較方便進出。

할증 名 加價

» 밤에 택시를 타면 **할증**요금이 붙는다.
ba-me taek-ssi-reul ta-myeon **hal-jjeung**-yo-geu-mi bun-neun-da.
晚上坐計程車會**加價**。

환불 名 退錢

» 표값를 **환불**해드릴 수 있습니다.
pyo-gap-reul **hwan-bul**-hae-deu-ril su it-sseum-ni-da.
可以**退票錢**。

주차요금 名 停車費

» **주차요금**은 시간당 천원이다.
ju-cha-yo-geu-meun si-gan-dang cheo-nwo-ni-da.
停車費每小時一千元。

➡ 車體

백미러 名 後照鏡
外 back mirror

» **백미러**로 뒷차의 위치를 확인한다.
baeng-mi-reo-ro dwit-cha-ui wi-chi-reul hwa-gin-han-da.
用後照鏡確認後方來車的位置。

와이퍼 名 雨刷
外 wiper

» 비가 많이 와서 **와이퍼**를 켰다.
bi-ga ma-ni wa-seo **wa-i-peo**-reul kyeot-tta.
雨下很大，啟動雨刷。

자동차 클랙슨
名 汽車喇叭
漢＋外 klaxon

» 앞 차가 너무 느려 **클랙슨**을 눌렀다.
ap cha-ga neo-mu neu-ryeo **keul-laek-sseu**-neul nul-leot-tta.
因為前方的車子太慢，按了喇叭。

에어컨 名 冷氣
外 air conditioner

» 여름에는 자동차 안에 **에어컨**을 꼭 틀어야 한다.
yeo-reu-me-neun ja-dong-cha-ne **e-eo-keo**-neul kkok teu-reo-ya han-da.
夏天時，車子裡一定要開冷氣。

난방 名 暖氣

» 겨울에는 차안에 **난방**을 틀어야 한다.
gyeo-u-re-neun cha-a-ne **nan-bang**-eul teu-reo-ya han-da.
冬天一定要開暖氣。

핸들 名 方向盤
外 handle

» 두 손으로 **핸들**을 잡는다.
du so-neu-ro **haen-deu**-reul jjam-neun-da.
用兩隻手抓方向盤。

운전석 名 駕駛座

» **운전석**은 넓다.
un-jeon-seo-geun neop-da.
車子的駕駛座很寬敞。

앞좌석 名 前座

» **앞좌석**은 시원하다.
ap-jjwa-seo-geun si-won-ha-da.
車子的前座很涼快。

뒷자석 名 後座

» 뒷자석에 세명이 앉았다.
dwit-jja-seo-ge se-myeong-i
an-jat-tta.
車子的後座坐了三個人。

안전벨트 名 安全帶
漢＋外 belt

» 택시를 타면 **안전벨트**를 꼭
해야한다.
taek-ssi-reul ta-myeon **an-
jeon-bel-teu**-reul kkok mae-
ya-han-da.
搭乘計程車一定要繫安全
帶。

엔진 名 引擎
外 engine

» 자동차는 **엔진**이 중요하다.
ja-dong-cha-neun **en-ji**-ni
jung-yo-ha-da.
汽車的引擎很重要。

엑셀
名 加速器、（汽車）油門
外 excel

» 속도를 내기 위해 **엑셀**을
밟았다.
sok-tto-reul nae-gi wi-hae **ek-
sse**-reul ppap-at-tta.
為了加快速度，踩汽車油
門。

브레이크 名 剎車
外 break

» **브레이크**를 밟았다.
beu-re-i-keu-reul ppap-at-tta.
踩了剎車。

타이어 名 輪胎 外 tire

» 비상 **타이어**를 늘 준비해야
한다.
bi-sang **ta-i-eo**-reul neul jjun-
bi-hae-ya han-da.
車上應該準備備用的輪胎。

미터기
名 跳表（計費器）
外 meter＋漢

» 택시 **미터기**에 요금이 표시
된다.
taek-ssi **mi-teo-gi**-e yo-geu-
mi pyo-si-doen-da.
計程車跳表會顯示車資。

손잡이 名 把手

» 버스 **손잡이**를 꽉 잡았다.
beo-seu **son-ja-bi**-reul kkwak
ja-bat-tta.
用力抓住公車上的把手。

트렁크
名 汽車的後車箱 外 trunk

» **트렁크**에 물건을 싣다.
teu-reong-keu-e mul-geo-
neul ssit-tta.
車子的後車箱裡放了東
西。

🔊 交通狀況

보행자 名 行人 …… 漢

» **보행자**를 보면 반드시 정지해야 한다.
bo-haeng-ja-reul ppo-myeon ban-deu-si jeong-ji-hae-ya han-da.
看到**行人**時，務必要停車。

좌회전 名 左轉

» 여기서 **좌회전**하면 된다.
yeo-gi-seo **jwa-hoe-jeon**-ha-myeon doen-da.
在這裡**左轉**就可以了。

우회전 名 右轉

» **우회전**하면 학교가 보인다.
u-hoe-jeon-ha-myeon hak-kkyo-ga bo-in-da.
右轉就會看到學校。

직진 名 直走

» **직진**해서 10분정도 가면 된다.
jik-jjin-hae-seo sip-bun-jeong-do ga-myeon doen-da.
直走十分鐘即可。

정지 名 停止

» 빨간불이면 **정지**해야 한다.
ppal-kkan-bu-ri-myeon **jeong-ji**-hae-ya han-da.
看到紅燈就要**停止**。

주차 名 停車

» 이 곳은 **주차**하기가 불편하다.
i go-seun **ju-cha**-ha-gi-ga bul-pyeon-ha-da.
這裡很難**停車**。

추월 名 超車

» 뒷차에 **추월**당했다.
dwit-cha-e **chu-wol**-dang-haet-tta.
被後面的車**超車**了。

교통정체 名 交通堵塞

» 이 길은 **교통정체**가 너무 심하다.
i gi-reun **gyo-tong-jeong-che**-ga neo-mu sim-ha-da.
這條路**交通堵塞**的問題很嚴重。

막히다 動 塞車

» 퇴근시간에는 길이 **막힌다**.
toe-geun-si-ga-ne-neun gi-ri **ma-kin-da**.
下班時間會**塞車**。

막히지 않다 動 沒塞車

» 주말인데 길이 **막히지 않았다**.
ju-ma-rin-de gi-ri **ma-ki-ji a-nat-tta**.
週末路上**沒有塞車**。

교통사고

名 車禍;交通事故　　漢

» **교통사고**가 자주 나는 지역이다.
gyo-tong-sa-go-ga ja-ju na-neun ji-yeo-gi-da.
經常發生交通事故的地點。

연착되다　動 延遲　漢

» 기차가 십분 **연착되었다.**
gi-cha-ga sip-ppun yeon-**chak-ttoe-eot-tta.**
火車延遲了十分鐘。

취소되다　動 被取消　漢

» 태풍으로 비행기가 **취소되었다.**
tae-pung-eu-ro bi-haeng-gi-ga **chwi-so-doe-eot-tta.**
因颱風的關係，飛機航班被取消了。

➡ 交通法規

운전면허증　名 駕照

» 드디어 **운전면허증**을 받았다.
deu-di-eo **un-jeon-myeon-heo-jeung**-eul ppa-dat-tta.
終於拿到駕照了。

불법주차　名 違規停車

» **불법주차**는 벌금을 낸다.
bul-beop-jju-cha-neun beol-geu-meul naen-da.
違規停車要罰錢。

속도위반　名 超速

» **속도위반**은 매우 위험하다.
sok-tto-wi-ba-neun mae-u wi-heom-ha-da.
開車超速非常危險。

양보　名 禮讓

» 운전할 때 **양보**가 중요하다.
un-jeon-hal ttae **yang-bo**-ga jung-yo-ha-da.
開車時禮讓很重要。

음주운전　名 酒後開車　漢

» **음주운전**을 하면 면허가 취소될 수도 있다.
eum-ju-un-jeo-neul ha-myeon myeon-heo-ga chwi-so-doel su-do it-tta.
酒後開車的話，駕照會被吊銷。

벌금　名 罰錢　漢

» 안전벨트를 매지 않으면 **벌금**을 낸다.
an-jeon-bel-teu-reul mae-ji a-neu-myeon **beol-geu**-meul naen-da.
如果沒有繫安全帶，會被罰錢。

Chapter

16

運動／休閒

Chapter 16 音檔雲端連結

因各家手機系統不同，若無法直接掃描，仍可以至以下電腦雲端連結下載收聽。（**https://tinyurl.com/cyhcwujs**）

➡️ 運動

헬스 名 健康；健身
外 health

» 근육운동을 하기 위해 **헬스**를 한다.
geu-nyu-gun-dong-eul ha-gi wi-hae **hel-seu**-reul han-da.
為了要鍛鍊肌肉而去健身。

운동 名 運動 漢

» **운동**을 하면 건강해진다.
un-dong-eul ha-myeon geon-gang-hae-jin-da.
運動會讓身體健康。

스트레칭 名 伸展運動
外 stretching

» 아침에 일어나면 **스트레칭**을 한다.
a-chi-me i-reo-na-myeon **seu-teu-re-ching**-eul han-da.
早上起床就做伸展運動。

워밍업 名 暖身
外 warming up

» 운동하기 전 **워밍업**을 해야 한다.
un-dong-ha-gi jeon **wo-ming-eo**-beul hae-ya han-da.
運動前要先做暖身。

숨이 차다
動 喘氣、上氣不接下氣

» 오래 달렸더니 **숨이 차다**.
o-rae dal-lyeot-tteo-ni **su-mi cha-da**.
跑步跑很久就會開始喘氣。

땀이 나다 動 流汗

» 운동을 삼십분 하니까 **땀이 났다**.
un-dong-eul ssam-sip-ppun ha-ni-kka **tta-mi nat-tta**.
運動三十分鐘之後，開始流汗了。

목이 마르다 動 口渴

» 등산을 했더니 **목이 마르다**.
deung-sa-neul haet-tteo-ni **mo-gi ma-reu-da**.
因為爬山，而感到口渴。

살이 빠지다
動 變瘦；體重減輕

» 운동을 자주 하니 **살이 빠진다**.
un-dong-eul jja-ju ha-ni **sa-ri ppa-jin-da**.
經常運動會變瘦。

個人鍛鍊

헬스클럽 名 健身房
外 health club

» 헬스클럽에 꾸준히 다닌다.
hel-seu-keul-leo-be kku-jun-hi da-nin-da.
一直努力不懈地上健身房。

요가 名 瑜伽　外 yoga

» 요가는 자세교정에 좋다.
yo-ga-neun ja-se-gyo-jeong-e jo-ta.
瑜伽對調整姿勢有幫助。

아령 名 啞鈴　漢

» 매일 아령으로 근육 운동을 한다.
mae-il **a-ryeong**-eu-ro geu-nyuk un-dong-eul han-da.
每天用啞鈴鍛鍊肌肉。

줄넘기 名 跳繩

» 하루에 천개씩 줄넘기를 한다.
ha-ru-e cheon-gae-ssik **jul-leom-gi**-reul han-da.
一天跳跳繩一千下。

점프 名 跳躍；彈跳
外 jump

» 농구선수들은 점프를 잘 한다.
nong-gu-seon-su-deu-reun **jeom-peu**-reul jjal han-da.
籃球選手很擅長跳躍。

공 名 球

» 우리집 강아지는 공을 가지고 논다.
u-ri-jip gang-a-ji-neun **gong**-eul kka-ji-go non-da.
我家的小狗在玩球。

훌라후프 名 呼啦圈
外 hula hoop

» 우리 딸은 훌라후프를 잘 한다.
u-ri tta-reun **hul-la-hu-peu**-reul jjal han-da.
我女兒很會搖呼啦圈。

유산소운동 名 有氧運動

» 매일 30분씩 유산소운동을 한다.
mae-il sam-sip-bun-ssik **yu-san-so-un-dong**-eul han-da.
每天做三十分鐘的有氧運動。

걷기 名 走路

» **걷기**는 간단하지만 가장 좋은 운동이다.
geot-kki-neun gan-dan-ha-ji-man ga-jang jo-eun un-dong-i-da.
走路很簡單，卻是一個很好的運動。

경보 名 競走 漢

» 내 친구는 **경보**하듯 빨리 걷는다.
nae chin-gu-neun **gyeong-bo**-ha-deut ppal-li geon-neun-da.
我朋友像在競走似的，走得很快。

달리기 名 跑步

» 아침마다 **달리기**를 한다.
a-chim-ma-da **dal-li-gi**-reul han-da.
每天早上去跑步。

마라톤 名 馬拉松比賽
外 marathon

» 최근 10Km **마라톤** 대회에 참가하였다.
choe-geun sip-kilo **ma-ra-ton** dae-hoe-e cham-ga-ha-yeot-tta.
最近參加了全長十公里的**馬拉松比賽**。

사이클 名 自行車
外 cycle

» 나는 내일 **사이클** 경기에 참가한다.
na-neun nae-il **sa-i-keul** kkyeong-gi-e cham-ga-han-da.
明天我要參加**自行車**比賽。

➡ 球類

야구 名 棒球 漢

» **야구**는 각 팀 적어도 9명씩이다.
ya-gu-neun gak tim a-hop-myeong-ssi-gi-da.
每一支**棒球**隊至少都要有九個人。

축구 名 足球 漢

» 브라질 **축구**는 강하다.
beu-ra-jil **chuk-kku**-neun gang-ha-da.
巴西**足球**很強。

농구 名 籃球 漢

» 미국에서는 **농구**가 매우 인기이다.
mi-gu-ge-seo-neun **nong-gu**-ga mae-u in-gi-i-da.
籃球在美國非常盛行。

배구 名 排球 漢

» 체육시간에 **배구**를 했다.
che-yuk-ssi-ga-ne **bae-gu**-reul haet-tta.
上體育課時打**排球**。

피구 名 躲避球 漢

» 초등학교 때 **피구**를 자주 했다.
cho-deung-hak-kkyo ttae **pi-gu**-reul jja-ju haet-tta.
國小的時候經常玩**躲避球**。

미식축구 名 橄欖球（美式足球）漢

» **미식축구**를 본 적이 없다.
mi-sik-chuk-kku-reul ppon jeo-gi eop-tta.
從來沒看過**橄欖球**長怎樣。

테니스 名 網球 外 tennis

» 매주 일요일 **테니스** 연습을 한다.
mae-ju i-ryo-il **te-ni-seu** yeon-seu-beul han-da.
每週日練習打**網球**。

탁구 名 桌球

» 중국은 **탁구**가 강하다.
jung-gu-geun **tak-kku**-ga gang-ha-da.
中國的**桌球**很強。

당구 名 撞球 漢

» 기숙사에 **당구**대가 있다.
gi-suk-ssa-e **dang-gu**-dae-ga it-tta.
宿舍有**撞球**臺。

하키 名 曲棍球 外 hockey

» **하키**는 막대를 이용한다.
ha-ki-neun mak-ttae-reul i-yong-han-da.
玩**曲棍球**需使用球棍。

배드민턴 名 羽毛球 外 badminton

» 학교에서 **배드민턴**을 배운다.
hak-kkyo-e-seo **bae-deu-min-teo**-neul ppae-un-da.
在學校學習打**羽毛球**。

골프 名 高爾夫球 外 golf

» 유명한 여자 **골프**선수가 많다.
yu-myeong-han yeo-ja **gol-peu**-seon-su-ga man-ta.
有名氣的女子**高爾夫球**選手有很多。

핸드볼 名 手球 外 handball

» **핸드볼**은 잘 모른다.
haen-deu-bo-reun jal mo-reun-da.
不太瞭解**手球**。

➡️ 水中運動

수영 名 游泳

» 매일 아침 **수영**을 한다.
mae-il a-chim **su-yeong**-eul han-da.
每天早上去游泳。

스쿠버 다이빙
名 戴水肺潛水
外 scuba diving

» **스쿠버 다이빙**을 하면 바다 속을 볼 수 있다.
seu-ku-beo da-i-bing-eul ha-myeon ba-da so-geul ppol su it-tta.
戴水肺潛水的時候，可以看到海裡的景象。

다이빙 名 跳水；潛水
外 diving

» **다이빙**을 하기 전은 매우 공포스럽다.
da-i-bing-eul ha-gi jeo-neun mae-u gong-po-seu-reop-tta.
要跳水之前，我感到十分恐懼。

수구 名 水球 漢

» **수구**는 운동량이 많다.
su-gu-neun un-dong-nyang-i man-ta.
打水球的運動量很大。

수상스키 名 水上滑水
漢 + 外 ski

» 여름에는 **수상스키**를 타러 간다.
yeo-reu-me-neun **su-sang-seu-ki**-reul ta-reo gan-da.
夏天去玩水上滑水。

➡️ 冰上運動

스케이트 名 溜冰
外 skate

» **스케이트** 속도는 빠르다.
seu-ke-i-teu sok-tto-neun ppa-reu-da.
溜冰的速度很快。

아이스하키
名 冰上曲棍球
外 ice hockey

» 캐나다 사람들은 **아이스하키**를 사랑한다.
kae-na-da sa-ram-deu-reun **a-i-seu-ha-ki**-reul ssa-rang-han-da.
加拿大人喜愛冰上曲棍球。

스키 名 滑雪 外 ski

» **스키**는 높은 곳에 올라가야 한다.
seu-ki-neun no-peun go-se ol-la-ga-ya han-da.
滑雪要去很高的地方。

스노우보드
名 單板滑雪
外 snowboard

» 젊은 사람들은 **스노우보드**를 좋아한다.
jeol-meun sa-ram-deu-reun **seu-no-u-bo-deu**-reul jjo-a-han-da.
年輕人喜歡玩滑雪板。

컬링
名 冰上滾石運動（又稱冰壺）‧‧‧‧‧‧‧‧ 外 curling

» 캐나다에서는 **컬링**을 한다.
kae-na-da-e-seo-neun **keol-ling**-eul han-da.
在加拿大玩冰上滾石運動。

➡ 格鬥類運動

도복
名 道服（練劍道、跆拳道‧‧‧‧‧‧所穿的衣服）漢

» **도복**을 입으면 달라 보인다.
do-bo-geul i-beu-myeon dal-la bo-in-da.
身穿道服，看起來不太一樣。

펜싱
名 西洋劍
外 fencing

» **펜싱**은 검을 가지고 하는 운동이다.
pen-sing-eun geo-meul kka-ji-go ha-neun un-dong-i-da.
西洋劍是一種以劍施行的運動。

합기도
名 合氣道 漢

» 합기도는 일본 무술이다.
hap-kki-do-neun il-bon mu-su-ri-da.
合氣道是日本的武術。

스모
名 相撲 ‧‧ 外 sumo

» **스모**경기를 본 적이 있다.
seu-mo-gyeong-gi-reul ppon jeo-gi it-tta.
有看過相撲比賽。

씨름
名 角力（韓國傳統摔角）

» 그는 한 때 **씨름**선수였다.
geu-neun han ttae **ssi-reum**-seon-su-yeot-tta.
他曾經是角力選手。

팔씨름
名 比腕力

» 나는 **팔씨름**에서 져본 적이 없다.
na-neun **pal-ssi-reu**-me-seo jeo-bon jeo-gi eop-tta.
比腕力我從未輸過。

권투 （名）拳擊

» 권투는 격렬한 운동이다.
gwon-tu-neun gyeong-nyeol-
han un-dong-i-da.
拳擊是種激烈的運動。

무술 （名）武術 ……… （漢）

» 중국 **무술**은 대단하다.
jung-guk **mu-su**-reun dae-
dan-ha-da.
中國的武術很厲害。

레슬링 （名）摔角 ………
……………………………… （外）wrestling

» 레슬링은 기술이 필요하다.
re-seul-ling-eun gi-su-ri pi-
ryo-ha-da.
摔角需要技術。

검도 （名）劍道 ……… （漢）

» 검도는 일본에서 유래됐다.
geom-do-neun il-bo-ne-seo
yu-rae-dwaet-tta.
劍道起源於日本。

유도 （名）柔道 ……… （漢）

» 어릴때부터 **유도**를 배우고
싶었다.
eo-ril-ttae-bu-teo **yu-do**-reul
ppae-u-go si-peot-tta.
從小就想學習柔道。

태권도 （名）跆拳道 … （漢）

» 태권도는 한국의 전통 스포
츠이다.
tae-gwon-do-neun han-gu-
gui jeon-tong seu-po-cheu-i-
da.
跆拳道是韓國的傳統運
動。

영춘권 （名）詠春拳 … （漢）

» 엽문의 **영춘권**은 대단하다.
yeom-mu-nui **yeong-chun-
gwo**-neun dae-dan-ha-da.
葉問的詠春拳很厲害。

당랑권 （名）螳螂拳 … （漢）

» 당랑권은 사마귀를 본 뜬
것이다.
dang-nang-gwo-neun sa-
ma-gwi-reul ppon teun geo-
si-da.
螳螂拳是仿照螳螂的動
作。

검술 （名）劍術；劍法 （漢）

» 검술은 보기에 위험해 보인
다.
geom-su-reun bo-gi-e wi-
heom-hae bo-in-da.
劍術看起來似乎很危險。

취권 （名）醉拳 ……… （漢）

» 성룡은 **취권**을 한다.
seong-nyong-eun **chwi-gwo**-
neul han-da.
成龍會打醉拳。

➡ 舞蹈類

에어로빅
名 有氧舞蹈；韻律舞
外 aerobic

» 에어로빅은 활기차다.
e-eo-ro-bi-geun hwal-gi-cha-da.
韻律舞感覺很有活力。

댄스스포츠
名 國標舞（總稱）
外 dance sport

» 댄스스포츠를 배운 적이 있다.
daen-seu-seu-po-cheu-reul ppae-un jeo-gi it-tta.
我學過國標舞。

볼룸댄스
名 （國標舞中的）摩登舞；交誼舞
外 ballroom dance

» 볼룸댄스는 우아하다.
bol-lum-daen-seu-neun u-a-ha-da.
摩登舞很優雅。

발레 名 芭蕾舞
外 ballet

» 발레는 아름답다.
bal-le-neun a-reum-dap-tta.
芭蕾舞很優美。

현대무용 名 現代舞
漢

» 우리 엄마는 **현대무용**가이다.
u-ri eom-ma-neun **hyeon-dae-mu-yong**-ga-i-da.
我媽媽是一名現代舞舞者。

살사 名 騷莎 外 salsa

» 살사는 섹시하다.
sal-ssa-neun sek-ssi-ha-da.
騷莎舞很性感。

왈츠 名 華爾滋
外 waltz

» 왈츠는 배우기 쉽다.
wal-cheu-neun bae-u-gi swip-tta.
華爾滋舞很好學。

차차차 名 恰恰
外 cha cha

» 차차차는 리듬이 재밌다.
cha-cha-cha-neun ri-deu-mi jae-mit-tta.
恰恰舞的節奏很有趣。

탱고 名 探戈 外 tango

» 탱고 음악을 좋아한다.
taeng-go eu-ma-geul jjo-a-han-da.
喜歡探戈音樂。

⮕ 特殊運動

승마 名 騎馬

» **승마**는 배우기 어렵다.
seung-ma-neun bae-u-gi eo-ryeop-tta.
騎馬很難學。

높이뛰기 名 跳高

» 내 **높이뛰기** 기록을 깼다.
nae **no-pi-ttwi-gi** gi-ro-geul kkaet-tta.
我打破了跳高記錄。

멀리뛰기 名 跳遠

» 나는 우리 학교 **멀리뛰기** 대표 선수이다.
na-neun u-ri hak-kkyo **meol-li-ttwi-gi** dae-pyo seon-su-i-da.
我是我們學校的跳遠代表選手。

체조 名 體操 漢

» **체조**선수들은 매우 유연하다.
che-jo-seon-su-deu-reun mae-u yu-yeon-ha-da.
體操選手看起來非常柔軟。

사냥 名 打獵

» **사냥**해서 토끼를 잡았다.
sa-nyang-hae-seo to-kki-reul jja-bat-tta.
去打獵，獵補兔子。

사격 名 射擊 漢

» **사격**은 자세가 중요하다.
sa-gyeo-geun ja-se-ga jung-yo-ha-da.
射擊的姿勢十分重要。

양궁 名 射箭

» **양궁**은 집중력이 필요하다.
yang-gung-eun jip-jjung-nyeo-gi pi-ryo-ha-da.
射箭需要集中力。

역도 名 舉重

» **역도**는 부상당하기 쉽다.
yeok-tto-neun bu-sang-dang-ha-gi swip-tta.
舉重很容易受傷。

⮕ 極限運動

번지점프 名 高空彈跳
外 bungee jump

» 겁쟁이들은 **번지점프**를 하지 못한다.
geop-jjaeng-i-deu-reun **beon-ji-jeom-peu**-reul ha-ji mo-tan-da.
膽小鬼不玩高空彈跳。

패러글라이딩
名 滑翔傘運動（又稱飛行
傘） 外 paragliding

» 꼭 **패러글라이딩**을 해보고
싶다.
kkok **pae-reo-geul-la-i-ding**-
eul hae-bo-go sip-tta.
很想嘗試滑翔傘運動。

암벽등반 名 攀岩

» **암벽등반**은 상당히 위험한
스포츠이다.
am-byeok-tteung-ba-neun
sang-dang-hi wi-heom-han
seu-po-cheu-i-da.
攀岩是相當危險的運動。

➡ 運動競賽

올림픽 名 奧運
外 Olympic

» 매번 **올림픽** 때마다 전세계
가 열광한다.
mae-beon **ol-lim-pik** ttae-
ma-da jeon-se-gye-ga yeol-
gwang-han-da.
每次奧運舉辦時，全世界
都為之瘋狂。

아시안게임
名 亞洲運動會
外 Asian game

» **아시안게임**은 아시아 국가
들의 축제이다.
a-si-an-ge-i-meun a-si-a
guk-kka-deu-rui chuk-jje-i-
da.
亞運是亞洲國家的盛事。

월드컵 名 世界盃
外 World Cup

» **월드컵**은 4년에 한번 열린
다.
wol-deu-keo-beun sa-nyeo-
ne han-beon yeol-lin-da.
世界盃是四年舉辦一次。

국가대표
名 國手；國家代表 漢

» **국가대표**는 올림픽에 참가
한다.
guk-kka-dae-pyo-neun ol-
lim-pi-ge cham-ga-han-da.
國手將參加奧運會。

금메달 名 金牌
漢 + 外 medal

» **금메달**을 한 개 획득했다.
geum-me-da-reul han gae
hoek-tteu-kaet-tta.
贏得一面金牌。

은메달 名 銀牌
漢 + 外 medal

» 은메달 역시 훌륭하다.
eun-me-dal yeok-ssi hul-
lyung-ha-da.
銀牌也很厲害。

동메달 名 銅牌
漢 + 外 medal

» 동메달도 못 딸뻔 했다.
dong-me-dal-tto mot ttal-
ppeon haet-tta.
差一點連銅牌都拿不到。

탈락 名 淘汰 漢

» 탈락은 상상도 하기 싫다.
tal-la-geun sang-sang-do ha-
gi sil-ta.
不想被淘汰。

우승 名 冠軍

» 우승까지 하게 될 줄은 몰
랐다.
u-seung-kka-ji ha-ge doel ju-
reun mol-lat-tta.
完全不知道能贏得冠軍。

준우승 名 亞軍

» 준우승이어서 아쉽다.
ju-nu-seung-i-eo-seo
a-swip-tta.
只拿亞軍實在太可惜了。

Chapter 17

節慶／節日

Chapter 17 音檔雲端連結

因各家手機系統不同，若無法直接掃描，仍可以至以下電腦雲端連結下載收聽。（**https://tinyurl.com/3mdbbf62**）

➡ 國定假日

명절 名 節日

» **명절** 때마다 가족들이 모두 모인다.
myeong-jeol ttae-ma-da ga-jok-tteu-ri mo-du mo-in-da.
每逢佳節，所有的家人都會聚在一起。

빨간날
名 紅色日（月曆上標示紅色的日＝放假日）

» 내년 달력에서 **빨간날**을 세었다.
nae-nyeon dal-lyeo-ge-seo **ppal-kkan-na**-reul sse-eot-tta.
細數明年共有幾天放假。

설날 名 過年 漢

» 올해 **설날**은 한국에서 보낼 예정이다.
ol-hae **seol-la**-reun han-gu-ge-seo bo-nael ye-jeong-i-da.
今年過年打算去韓國。

추석 名 中秋節 漢

» 작년 **추석**에는 송편을 직접 만들었다.
jang-nyeon **chu-seo**-ge-neun song-pyeo-neul jjik-jjeop man-deu-reot-tta.
去年中秋節時，自己做松糕。

어린이날 名 兒童節

» 이제 아무도 **어린이날**에 선물을 주지 않는다.
i-je a-mu-do **eo-ri-ni-na**-re seon-mu-reul jju-ji an-neun-da.
沒有人送我兒童節禮物。

한글날
名 韓文節（世宗大王創造韓國語的紀念日）

» **한글날** 세종대왕을 기념한다.
han-geul-lal sse-jong-dae-wang-eul kki-nyeom-han-da.
韓文節是為了紀念世宗大王。

삼일절
名 韓國三一節（獨立宣言日） 漢

» **삼일절**은 독립운동을 기념하는 날이다.
sa-mil-jeo-reun dong-ni-bun-dong-eul kki-nyeom-ha-neun na-ri-da.
韓國三一節是紀念獨立運動的日子。

Chapter 17 節慶／節日 漢 漢語延伸單字／外 外來語延伸單字

201

개천절
名 開天節（韓國國慶日） 漢

» 10월 3일은 한국의 국경일인 **개천절**이다.
sip-wol sam-i-reun han-gu-gui guk-kkyeong-i-rin **gae-cheon-jeo**-ri-da.
十月三號是韓國的開天節，也就是國慶日。

광복절 名 韓國光復節 漢

» 8월 15일은 일본으로부터 독립한 **광복절**이다.
pal-wol sip-o-i-reun il-bo-neu-ro-bu-teo dong-ni-pan **gwang-bok-jjeo**-ri-da.
八月十五號是韓國從日本獨立的光復節。

성탄절 名 聖誕節 漢

» 매년 **성탄절**에는 교회에 가서 예배를 본다.
mae-nyeon **seong-tan-jeo**-re-neun gyo-hoe-e ga-seo ye-bae-reul ppon-da.
每年聖誕節都會去教會做禮拜。

석가탄신일
名 佛誕節（又稱浴佛節）

» **석가탄신일**은 부처님이 태어난 날이다.
seok-kka-tan-si-ni-reun bu-cheo-ni-mi tae-eo-nan na-ri-da.
佛誕節是佛祖誕生的日子。

제헌절 名 韓國制憲節 漢

» **제헌절**은 헌법을 만든 날이다.
je-heon-jeo-reun heon-beo-beul man-deun na-ri-da.
韓國制憲節是慶祝頒布憲法的日子。

➡️ 假期

여름방학 名 暑假

» 올해 **여름방학** 때 유럽여행을 떠났다.
ol-hae **yeo-reum-bang-hak** ttae yu-reo-byeo-haeng-eul tteo-nat-tta.
今年暑假時去歐洲旅行。

겨울방학 名 寒假

» **겨울방학** 때 외할머니댁에 갈 예정이다.
gyeo-ul-bang-hak ttae oe-hal-meo-ni-dae-ge gal ye-jeong-i-da.
寒假時打算要去外婆家。

휴가 名 假期

» 올해 **휴가**는 총 15일이다.
ol-hae **hyu-ga**-neun chong
sip-o-i-ri-da.
今年假期一共有十五天。

여행 名 旅行 漢

» **여행**은 마음을 편하게 해준
다.
yeo-haeng-eun ma-eu-meul
pyeon-ha-ge hae-jun-da.
旅行能放鬆心情。

節慶活動

세뱃돈 名 紅包

» 설날 때 어른들에게 **세뱃돈**
을 받는다.
seol-lal ttae eo-reun-deu-re-
ge **se-baet-tto**-neul ppan-
neun-da.
過年的時候長輩會給紅
包。

떡국 名 年糕湯

» 설날에는 **떡국**을 먹는다.
seol-la-re-neun **tteok-kku**-
geul meong-neun-da.
過年時要吃年糕湯。

윷놀이
名 翻板子遊戲（韓國春節
玩的傳統遊戲）

» 한국에서는 설날에 **윷놀이**
를 한다.
han-gu-ge-seo-neun seol-la-
re **yun-no-ri**-reul han-da.
在韓國過年時會玩翻板子
遊戲。

송편
名 松糕（半月亮型）

» **송편**의 모양은 달 모양이
다.
song-pyeo-nui mo-yang-eun
dal mo-yang-i-da.
松糕的形狀是月亮的樣
子。

한복 名 韓服 漢

» 중요한 행사에 **한복**을 입었
다.
jung-yo-han haeng-sa-e **han-
bo**-geul i-beot-tta.
有重要的場合時，就要穿
韓服。

Chapter 18

工作／職業

Chapter 18 音檔雲端連結

因各家手機系統不同，若無法直接掃描，仍可以至以下電腦雲端連結下載收聽。（**https://tinyurl.com/yym4365y**）

➡ 上班時間

오전반 名 早班

» 이번주는 **오전반** 근무이다.
i-beon-ju-neun **o-jeon-ban** geun-mu-i-da.
這個星期上早班。

오후반 名 晚班

» **오후반** 근무는 힘들다.
o-hu-ban geun-mu-neun him-deul-tta.
晚班工作很累。

출근 名 上班（出勤）漢

» **출근**시간에는 지하철에 사람이 많다.
chul-geun-si-ga-ne-neun ji-ha-cheo-re sa-ra-mi man-ta.
上班尖峰時間地鐵上人很多。

퇴근 名 下班（退勤）漢

» **퇴근**할 때가 되자 비가 내리기 시작했다.
toe-geun-hal ttae-ga doe-ja bi-ga nae-ri-gi si-ja-kaet-tta.
快下班的時候開始下雨。

아르바이트 名 打工 外 part-time job

» 커피숍에서 **아르바이트**를 시작했다.
keo-pi-syo-be-seo **a-reu-ba-i-teu**-reul ssi-ja-kaet-tta.
開始在咖啡廳打工。

➡ 人事

월급 名 薪水（月金）漢

» 매달 25일이 **월급**날이다.
mae-dal i-sip-o-i-ri **wol-geum**-na-ri-da.
每個月二十五號發薪水。

시급 名 時薪（時金）漢

» 아르바이트 **시급**은 6000원이다.
a-reu-ba-i-teu **si-geu**-beun yu-cheon-wo-ni-da.
打工時薪是六千韓元。

연봉 名 年薪

» 작년에 비해 **연봉**이 두 배로 올랐다.
jang-nyeo-ne bi-hae **yeon-bong**-i du bae-ro ol-lat-tta.
年薪比去年增加了一倍。

연말상여금 名 年終獎金

» 12월 말에 **연말상여금**이 지급된다.
sip-i-wol ma-re **yeon-mal-ssang-yeo-geu**-mi ji-geup-ttoen-da.
十二月底會發年終獎金。

복지 名 福利

» 우리 회사의 **복지**는 매우 좋다.
u-ri hoe-sa-ui **bok-jji**-neun mae-u jo-ta.
我們公司的福利很好。

상사 名 上司 漢

» 회사 **상사**와 동료들이 모두 잘 대해준다.
hoe-sa **sang-sa**-wa dong-nyo-deu-ri mo-du jal ttae-hae-jun-da.
公司的上司和同事都對我很好。

회사동료 名 同事 漢

» **회사동료**와 함께 저녁을 먹었다.
hoe-sa-dong-nyo-wa ham-kke jeo-nyeo-geul meo-geot-tta.
跟同事一起共進晚餐。

퇴사 名 離職 漢

» 내년 2월에 **퇴사**할 예정이다.
nae-nyeon i-wo-re **toe-sa**-hal ye-jeong-i-da.
打算明年二月離職。

해고 名 解僱 漢

» **해고**당했다.
hae-go-dang-haet-tta.
被解僱了。

사직 名 辭職 漢

» 아이를 낳아서 **사직**했다.
a-i-reul na-a-seo **sa-ji**-kaet-tta.
因為生孩子而辭職了。

취업준비중 名 待業中

» 내 동생은 **취업준비중**이다.
nae dong-saeng-eun **chwi-eop-jjun-bi-saeng**-i-da.
我妹妹在待業中。

퇴직금 名 退休金；遣散費 漢

» **퇴직금**을 이미 수령하였다.
toe-jik-kkeu-meul i-mi su-ryeong-ha-yeot-tta.
已經領了退休金。

은퇴 名 退休 漢

» 우리 아버지는 내년에 **은퇴**하신다.
u-ri a-beo-ji-neun nae-nyeo-ne **eun-toe**-ha-sin-da.
我父親明年要退休。

➡ 求職

면접 名 面試

» 오늘 처음으로 **면접**을 보았다.
o-neul cheo-eu-meu-ro **myeon-jeo**-beul ppo-at-tta.

今天第一次去面試。

이력서 名 履歷表

» 영문 **이력서**도 함께 제출해
야 한다.
yeong-mun **i-ryeok-sseo**-do
ham-kke je-chul-hae-ya han-
da.
英文履歷表必須一起繳
交。

서류심사 名 書面審核

» **서류심사**에서 합격하였다.
seo-ryu-sim-sa-e-seo hap-
kkyeo-ka-yeot-tta.
已經通過書面審核。

헤드헌팅
名 獵人頭（企業挖角）
外 head hunting

» **헤드헌팅**회사에서 연락이
왔다.
he-deu-heon-ting-hoe-sa-e-
seo yeol-la-gi wat-tta.
獵人頭公司打電話來了。

구직 名 求職 漢

» 요즘 **구직** 중이다.
yo-jeum **gu-jik** jung-i-da.
最近正在求職當中。

구인공고 名 徵才廣告

» **구인공고**를 보고 이력서를
냈다.
gu-in-gong-go-reul ppo-go
i-ryeok-sseo-reul naet-tta.
看徵才廣告投履歷。

일자리
名 就業機會；工作機會

» 요즘 **일자리**가 많지 않다.
yo-jeum **il-ja-ri**-ga man-chi
an-ta.
最近就業機會不多。

취업률 名 就業率 漢

» 최근 **취업률**이 하락하고 있
다.
choe-geun **chwi-eom-nyu**-ri
ha-ra-ka-go it-tta.
最近就業率持續下滑中。

 職業

직급 名 職位

» 실례지만 **직급**이 어떻게 되
십니까?
sil-lye-ji-man **jik-kkeu**-bi eo-
tteo-ke doe-sim-ni-kka?
不好意思，請問你的職位
是什麼？

회장님 名 董事長 漢

» 우리 **회장님**은 세계 5대 갑
부이다.
u-ri **hoe-jang-ni**-meun se-gye
o-dae gap-ppu-i-da.
我們董事長是全球五大首
富之一。

사장님 名 老闆 漢

» **사장님**은 일찍 출근한다.
sa-jang-ni-meun il-jjik chul-
geun-han-da.
老闆很早上班。

대리 名 副理 漢

» 입사 3년 후 **대리**가 되었다.
ip-ssa sam-nyeon hu **dae-ri**-
ga doe-eot-tta.
進公司三年後當上副理。

과장 名 課長 漢

» **과장**님은 매일 야근한다.
gwa-jang-ni-meun mae-il ya-
geun-han-da.
課長天天加班。

차장 名 次長 漢

» 우리 **차장**님은 송씨이다.
u-ri **cha-jang**-ni-meun song-
ssi-i-da.
我們次長姓宋。

부장 名 部長 漢

» **부장**님은 이번주에 그만 두
신다.
bu-jang-ni-meun i-beon-ju-e
geu-man du-sin-da.
部長這個星期就要離職。

행정 名 行政 漢

» 회사에서 **행정**업무를 한다.
hoe-sa-e-seo **haeng-jeong**-
eom-mu-reul han-da.
在公司從事行政工作。

인사 名 人事 漢

» **인사**팀에서 전화가 왔다.
in-sa-ti-me-seo jeon-hwa-ga
wat-tta.
人事部門來電。

비서 名 祕書 漢

» 회장님 **비서**에게 선물을 전
달하였다.
hoe-jang-nim **bi-seo**-e-ge
seon-mu-reul jjeon-dal-ha-
yeot-tta.
董事長送禮物給祕書。

직원 名 職員 漢

» 우리 회사는 **직원**이 적다.
u-ri hoe-sa-neun **ji-gwo**-ni
jeok-tta.
我們公司的職員很少。

정치인 名 政治人物 漢

» **정치인**들은 말을 잘 한다.
jeong-chi-in-deu-reun ma-
reul jjal han-da.
政治人物辯才無礙。

대통령 名 總統 漢

» **대통령**은 나라를 위해 헌신
해야 한다.
dae-tong-nyeong-eun na-ra-
reul wi-hae heon-sin-hae-ya
han-da.
總統應該為國家犧牲奉
獻。

장관 _名 國家機關之部長；長官 _漢

» 그는 경제부 **장관**이다.
geu-neun gyeong-je-bu **jang-gwa**-ni-da.
他是經濟部**部長**。

국회의원 _名 國會議員

» **국회의원**들은 이기적이면 안된다.
gu-koe-ui-won-deu-reun i-gi-jeo-gi-myeon an-doen-da.
國會議員可不能自私。

외교관 _名 外交官 _漢

» **외교관**은 해외로 파견나간다.
oe-gyo-gwa-neun hae-oe-ro pa-gyeon-na-gan-da.
外交官會被外派到國外去。

공무원 _名 公務員 _漢

» **공무원**은 나라와 국민을 위해 일한다.
gong-mu-wo-neun na-ra-wa gung-mi-neul wi-hae il-han-da.
公務員為國家和人民工作。

회사원 _名 上班族 _漢

» **회사원**은 월급을 받는다.
hoe-sa-wo-neun wol-geu-beul ppan-neun-da.
上班族是領人薪水的。

영업 _名 業務員 _漢

» **영업**을 하면 주로 외부에 있다.
yeong-eo-beul ha-myeon ju-ro oe-bu-e it-tta.
當**業務**的話，大部分時間都在外面。

판사 _名 法官 _漢

» **판사**의 판결이 부당하다고 생각한다.
pan-sa-ui pan-gyeo-ri bu-dang-ha-da-go saeng-ga-kan-da.
法官的判決並不公平。

검사 _名 檢察官 _漢

» 우리 사촌오빠는 **검사**이다.
u-ri sa-cho-no-ppa-neun **geom-sa**-i-da.
我表哥是**檢察官**。

변호사 _名 律師 _漢

» 소송을 위해 **변호사**를 찾다.
so-song-eul wi-hae **byeon-ho-sa**-reul chat-tta.
為了訴訟案而找**律師**。

군인 _名 軍人 _漢

» 그는 직업**군인**이다.
geu-neun ji-geop-**kku-ni**-ni-da.
他是職業**軍人**。

장군 名 將軍 漢

» 장군은 권력을 가지고 있다.
jang-gu-neun gwol-lyeo-geul kka-ji-go it-tta.
將軍握有權勢。

경찰 名 警察 漢

» 경찰은 제복을 입는다.
gyeong-cha-reun je-bo-geul im-neun-da.
警察身穿制服。

교통경찰 名 交通警察 漢

» 교통경찰들은 매우 수고한다.
gyo-tong-gyeong-chal-tteu-reun mae-u su-go-han-da.
交通警察非常辛苦。

보안 名 保全 漢

» 은행은 **보안**이 철저하다.
eun-haeng-eun **bo-a**-ni cheol-jeo-ha-da.
銀行的保全很完善。

경비원 名 警衛；保全人員 漢

» 아파트에는 **경비원**이 많다.
a-pa-teu-e-neun **gyeong-bi-wo**-ni man-ta.
公寓有很多警衛。

회계사 名 會計師 漢

» 회계사는 계산을 잘 한다.
hoe-gye-sa-neun gye-sa-neul jjal han-da.
會計師精於計算。

은행직원 名 銀行行員 漢

» 은행직원은 매우 친절하다.
eun-haeng-ji-gwo-neun mae-u chin-jeol-ha-da.
銀行行員非常親切。

교수님 名 教授 漢

» 우리 **교수님**께서는 매번 과제를 많이 내주신다.
u-ri **gyo-su-nim**-kke-seo-neun mae-beon gwa-je-reul ma-ni nae-ju-sin-da.
我們教授每次都出很多作業。

선생님 名 老師

» 우리 **선생님**은 미국사람이다.
u-ri **seon-saeng-ni**-meun mi-guk-ssa-ra-mi-da.
我們老師是美國人。

과외 名 家教

» 대학교때 영어**과외**를 했다.
dae-hak-kkyo-ttae yeong-eo-**gwa-oe**-reul haet-tta.
大學時期有當過英文家教。

210

소방관 名 消防員 漢

» **소방관**은 화재현장에서 일한다.
so-bang-gwa-neun hwa-jae-hyeon-jang-e-seo il-han-da.
消防員在火災現場工作。

우체부 名 郵差 漢

» **우체부**는 우편을 배달한다.
u-che-bu-neun u-pyeo-neul ppae-dal-han-tta.
郵差投遞郵件。

운전기사 名 司機 漢

» **운전기사**는 회장님을 태우고 공항에 갔다.
un-jeon-gi-sa-neun hoe-jang-ni-meul tae-u-go gong-hang-e gat-tta.
司機載董事長去了機場。

택배기사
名 宅配員；快遞人員

» **택배기사**들은 매일 많은 양의 택배를 배달한다.
taek-ppae-gi-sa-deu-reun mae-il ma-neun yang-ui taek-ppae-reul ppae-dal-han-tta.
快遞人員每天派送很多貨物。

의사 名 醫生 漢

» **의사**는 3일치 약을 처방해주었다.
ui-sa-neun 3il-chi ya-geul cheo-bang-hae-ju-eot-tta.
醫生開三天份的處方箋。

간호사 名 護士 漢

» **병원에 입원했을 때 간호사**언니가 잘 돌봐주었다.
byeong-wo-ne i-bwon-hae-sseul ttae **gan-ho-sa** eon-ni-ga jal ttol-bwa-ju-eot-tta.
住院期間護士很照顧我。

약사 名 藥劑師 漢

» **약사**가 비타민을 추천해주었다.
yak-ssa-ga bi-ta-mi-neul chu-cheon-hae-ju-eot-tta.
藥劑師推薦維他命給我。

환경미화원
名 清潔人員 漢

» **환경미화원**들께 감사해야한다.
hwan-gyeong-mi-hwa-won-deul-kke gam-sa-hae-ya han-da.
應該對清潔人員抱持感激之心。

백화점 점원
名 百貨公司店員 漢

» **백화점 점원**들은 참 친절하다.
bae-kwa-jeom jeo-mwon-deu-reun cham chin-jeol-ha-da.
百貨公司的店員真親切。

요리사 名 廚師 漢

» 요리사는 요리를 잘 한다.
yo-ri-sa-neun yo-ri-reul jjal
han-da.
廚師很擅長料理食物。

바리스타
名 專業咖啡師傅
外 **barista**

» **바리스타**들은 커피에 대해
잘 안다.
ba-ri-seu-ta-deu-reun keo-
pi-e dae-hae jal an-da.
專業咖啡師傅很瞭解咖
啡。

가정주부 名 家庭主婦 漢

» **가정주부**는 할 일이 많다.
ga-jeong-ju-bu-neun hal i-ri
man-ta.
家庭主婦有很多事情要
做。

출판사 名 出版社 漢

» 나는 **출판사**에서 일한다.
na-neun **chul-pan-sa**-e-seo
il-han-da.
我在出版社工作。

편집 名 編輯 漢

» 책을 **편집**한다.
chae-geul **pyeon-ji**-pan-da.
編輯一本書。

가이드 名 導遊
外 guide

» 그는 한국 전문 **가이드** 입
니다.
geu-neun han-guk jeon-mun
ga-i-deu im-ni-da.
他是專業的韓國導遊。

인솔자 名 領隊

» 단체여행에는 **인솔자**가 함
께 간다.
dan-che-yeo-haeng-e-neun
in-sol-ja-ga ham-kke gan-da.
團體旅遊的話，領隊會一
同隨行。

게임개발자
名 遊戲開發者
外 game＋漢

» **게임개발자**들은 야근을 많
이 한다.
ge-im-gae-bal-jja-deu-reun
ya-geu-neul ma-ni han-da.
遊戲開發者很常加班。

예술가 名 藝術家 漢

» **예술가**는 일반 사람과는 다
른 생각을 가지고 있다.
ye-sul-ga-neun il-ban sa-
ram-gwa-neun da-reun
saeng-ga-geul kka-ji-go it-tta.
藝術家的想法與一般人不
同。

작곡가 名 作曲家 漢

» 바흐는 매우 유명한 **작곡가**이다.

ba-heu-neun mae-u yu-myeong-han **jak-kkok-kka**-i-da

巴哈是非常知名的**作曲家**。

작사가 名 作詞家 漢

» **작사가**는 책을 많이 읽는다.

jak-ssa-ga-neun chae-geul ma-ni ing-neun-da.

作詞家閱讀大量書籍。

무용가 名 舞蹈家 漢

» **무용가**는 춤으로 예술을 표현한다.

mu-yong-ga-neun chu-meu-ro ye-su-reul pyo-hyeon-han-da.

舞蹈家用舞蹈表現藝術。

화가 名 畫家 漢

» **화가** 중에 고흐를 가장 좋아한다.

hwa-ga jung-e go-heu-reul kka-jang jo-a-han-da.

畫家當中，我最喜歡梵谷。

작가 名 作家 漢

» 그는 내가 가장 좋아하는 **작가**이다.

geu-neun nae-ga ga-jang jo-a-ha-neun **jak-kka**-i-da.

他是我最喜歡的**作家**。

음악가 名 音樂家 漢

» 나는 **음악가** 집안에서 태어났다.

na-neun **eu-mak-kka** ji-ba-ne-seo tae-eo-nat-tta.

我出生於一個**音樂**世家。

피아니스트
名 鋼琴家 外 pianist

» 우리 언니는 **피아니스트**이다.

u-ri eon-ni-neun **pi-a-ni-seu-teu**-i-da.

我姐姐是一位鋼琴家。

바이올리니스트
名 小提琴家 外 violinist

» **바이올리니스트**는 연습을 많이 한다.

ba-i-ol-li-ni-seu-teu-neun yeon-seu-beul ma-ni han-da.

小提琴家需要大量練習。

디자이너 名 設計師
外 designer

» **디자이너**는 창의력이 있어야 한다.

di-ja-i-neo-neun chang-ui-ryeo-gi i-sseo-ya han-da.

設計師應富有創意。

의류 디자이너
名 服裝設計師

» 내 꿈은 **의류 디자이너**이다.
nae kku-meun **ui-ryu di-ja-i-neo**-i-da.
我的夢想是成為**服裝設計師**。

과학자 名 科學家 漢

» 어렸을 때의 꿈은 **과학자**가 되는 것이었다.
eo-ryeo-sseul ttae-ui kku-meun **gwa-hak-jja**-ga doe-neun geo-si-eot-tta.
小時候的夢想是當一名**科學家**。

프리랜서 名 自由業 外 freelancer

» **프리랜서**는 시간 관리를 잘 해야 한다.
peu-ri-raen-seo-neun si-gan gwal-li-reul jjal hae-ya han-da.
從事**自由業**的人應做好時間管理。

운동선수 名 運動員 漢

» 올림픽에서는 훌륭한 **운동선수**를 많이 볼 수 있다.
ol-lim-pi-ge-seo-neun hul-lyung-han **un-dong-seon-su**-reul ma-ni bol su it-tta.
在奧運會上能看到很多厲害的**運動員**。

사진작가 名 攝影師

» **사진작가**들은 좋은 렌즈를 쓴다.
sa-jin-jak-kka-deu-reun jo-eun ren-jeu-reul sseun-da.
攝影師使用很好的相機鏡頭。

연예인 名 藝人 漢

» **연예인**은 TV에 출연한다.
yeo-nye-i-neun TV e chu-ryeon-han-da.
藝人上電視。

매니저 名 經紀人 外 manager

» **매니저**는 연예인을 관리한다.
mae-ni-jeo-neun yeo-nye-i-neul kkwal-li-han-da.
經紀人管理旗下藝人。

가수 名 歌手 漢

» **가수**들은 노래도 잘 부르지만 춤도 잘 춘다.
ga-su-deu-reun no-rae-do jal ppu-reu-ji-man chum-do jal chun-da.
歌手不但歌唱得好，還很會跳舞。

배우 名 演員

» **배우**들은 연기를 매우 잘 한다.
bae-u-deu-reun yeon-gi-reul mae-u jal han-da.
演員很擅長演戲。

사회자 名 主持人

» **사회자**들은 말을 잘 한다.
sa-hoe-ja-deu-reun ma-reul jjal han-da.
主持人善於言談。

개그맨 名 喜劇演員
外 gagman

» 사실 **개그맨**들은 매우 똑똑하다.
sa-sil **gae-geu-maen**-deu-reun mae-u ttok-tto-ka-da.
其實，喜劇演員也是很聰明的。

모델 名 模特兒
外 model

» **모델**은 다 키가 크다.
mo-de-reun da ki-ga keu-da.
模特兒都很高。

감독 名 導演 漢

» 그는 전세계적으로 유명한 **감독**이다.
geu-neun jeon-se-gye-jeo-geu-ro yu-myeong-han **gam-do**-gi-da.
他是全球聞名的導演。

심사위원 名 評審 漢

» 이번 노래경연대회에는 3명의 **심사위원**이 있다.
i-beon no-rae-gyeong-yeon-dae-hoe-e-neun sam-myeong-ui **sim-sa-wi-wo**-ni it-tta.
這次歌唱比賽有三位評審。

심판 名 裁判 漢

» **심판**의 오판한다.
sim-pa-nui o-pan.
裁判誤判。

목사님 名 牧師 漢

» **목사님**의 말씀은 감동적이다.
mok-ssa-ni-mui mal-sseu-meun gam-dong-jeo-gi-da.
牧師的講道令我很感動。

신부님 名 神父 漢

» **신부님**은 선하시다.
sin-bu-ni-meun seon-ha-si-da.
神父很善良。

수녀님 名 修女 漢

» **수녀님**은 항상 인자하시다.
su-nyeo-ni-meun hang-sang in-ja-ha-si-da.
修女總是很慈愛。

스님 名 和尚

» **스님**은 금욕을 중시한다.
seu-ni-meun geu-myo-geul jjung-si-han-da.
和尚重視禁欲。

파일럿
名 飛行員；機師 外 pilot

» **파일럿**을 비행기를 운전한다.
pa-il-leo-seul ppi-haeng-gi-reul un-jeon-han-da.
飛行員駕駛飛機。

스튜어디스

名 空姐；女空服員

外 stewardess

» **스튜어디스**들은 비행기 안에서 서비스를 제공한다.
seu-tyu-eo-di-seu-deu-reun bi-haeng-gi a-ne-seo seo-bi-seu-reul jje-gong-han-da.
空姐在飛機上提供服務。

승무원 名 空服員

» **승무원**들은 단정하다.
seung-mu-won-deu-reun dan-jeong-ha-da.
空服員很端莊。

자원봉사 名 義工

» 여름방학때 고아원에서 **자원봉사**를 한다.
yeo-reum-bang-hak-ttae go-a-wo-ne-seo **ja-won-bong-sa**-reul han-da.
暑假時在育幼院擔任義工。

➡ 在學學生

유치원생 名 幼稚園生 漢

» 내 조카는 **유치원생**이다.
nae jo-ka-neun **yu-chi-won-saeng**-i-da.
我的侄子是幼稚園生。

초등학생 名 小學生 漢

» 요즘 **초등학생**들은 대체적으로 키가 크다.
yo-jeum **cho-deung-hak-ssaeng**-deu-reun dae-che-jeo-geu-ro ki-ga keu-da.
最近的小學生普遍個子都很高。

중학생 名 國中生 漢

» 사촌동생이 벌써 **중학생**이되어 교복을 입고 다닌다.
sa-chon-dong-saeng-i beol-sseo **jung-hak-ssaeng**-i doe-eo gyo-bo-geul ip-kko da-nin-da.
表弟已經變成國中生，穿著校服了。

고등학생 名 高中生 漢

» 종종 **고등학생**때가 그립다.
jong-jong **go-deung-hak-ssaeng**-ttae-ga geu-rip-tta.
常常都很懷念高中生時期。

대학생 名 大學生 漢

» 인생에 있어 **대학생** 시기는가장 황금 같은 시기이다.
in-saeng-e i-sseo **dae-hak-ssaeng** si-gi-neun ga-jang hwang-geum ga-teun si-gi-i-da.
人生當中，大學生時代是最珍貴的。

대학원생 名 研究生 漢

» 올해로 **대학원생**이 되었다.
ol-hae-ro **dae-ha-gwon-saeng**-i doe-eot-tta.
今年當**研究生**了。

Chapter

19

大自然／氣候

Chapter 19 音檔雲端連結

因各家手機系統不同，若無法直接掃描，仍可以至以下電腦雲端連結下載收聽。（https://tinyurl.com/yhzp9rm8）

📢 自然現象

날씨 名 天氣

» 오늘은 **날씨**가 매우 좋다.
o-neu-reun **nal-ssi**-kka
mae-u jo-ta.
今天**天氣**很好。

안개 名 霧

» 오늘은 **안개**가 짙다.
o-neu-reun **an-gae**-ga jit-tta.
今天**霧**很濃。

스모그 名 煙霧
外 smog

» 환경오염으로 **스모그**가 발생한다.
hwan-gyeong-o-yeo-meu-ro
seu-mo-geu-ga bal-ssaeng-han-da.
因環境污染的關係，產生了**煙霧**。

풍랑 名 風浪 漢

» **풍랑**이 세다.
pung-nang-i se-da.
風浪十分猛烈。

비 名 雨

» 하루종일 **비**가 내린다.
ha-ru-jong-il **bi**-ga nae-rin-da.
雨下了一整天。

장마 名 梅雨

» **장마**가 드디어 시작되었다.
jang-ma-ga deu-di-eo si-jak-ttoe-eot-tta.
梅雨季節總算開始了。

폭우 名 暴雨；豪大雨
漢

» 갑자기 **폭우**가 쏟아졌다.
gap-jja-gi **po-gu**-ga sso-da-jeot-tta.
突然下起**豪大雨**。

바람 名 風

» **바람**이 세게 분다.
ba-ra-mi se-ge bun-da.
風很強勁地吹拂。

번개 名 閃電

» 이 지역은 **번개**가 자주 친다.
i ji-yeo-geun **beon-gae**-ga ja-ju chin-da.
這個地區經常出現**閃電**。

천둥 名 打雷；雷聲

» **천둥**이 치자 아이가 울기 시작했다.
cheon-dung-i chi-ja a-i-ga ul-gi si-ja-kaet-tta.
聽到**雷聲**，孩子開始哭了起來。

구름 名 雲

» 하늘에 **구름**이 많은 것을 보니 비가 올 것 같다.
ha-neu-re **gu-reu**-mi ma-neun geo-seul ppo-ni bi-ga ol geot gat-tta.
天空上有很多雲，看似快要下雨了。

하늘 名 天空

» 비행기가 **하늘**을 난다.
bi-haeng-gi-ga **ha-neu**-reul nan-da.
飛機在天空中飛行。

별 名 星星

» 하늘에 **별**이 가득하다.
ha-neu-re **byeo**-ri ga-deu-ka-da.
滿天繁星。

별똥별 名 流星

» **별똥별**을 보고 소원을 빌었다.
byeol-ttong-byeo-reul ppo-go so-wo-neul ppi-reot-tta.
看到流星許願。

눈 名 雪

» 한국에는 **눈**이 많이 온다.
han-gu-ge-neun **nu**-ni ma-ni on-da.
韓國經常下雪。

폭설 名 暴雪；大雪 漢

» **폭설**로 인해 비행기가 취소되었다.
pok-sseol-lo in-hae bi-haeng-gi-ga chwi-so-doe-eot-tta.
因為下**大雪**，飛機航班被取消。

강설량 名 降雪量 漢

» **강설량**이 사상 최고치를 기록했다.
gang-seol-lyang-i sa-sang choe-go-chi-reul kki-ro-kaet-tta.
降雪量創歷史新高。

우박 名 冰雹

» **우박**이 떨어졌다.
u-ba-gi tteo-reo-jeot-tta.
下冰雹了。

일출 名 日出 漢

» **일출**을 보러 산에 올라간다.
il-chu-reul ppo-reo sa-ne ol-la-gan-da.
上山看日出。

일몰 名 日落 漢

» **일몰** 시간은 저녁 7시 이다.
il-mol si-ga-neun jeo-nyeok chil-si i-da.
日落的時間是晚上七點。

석양 名 夕陽 漢

» **석양**이 아름답다.
seo-gyang-i a-reum-dap-tta.
夕陽很美。

➡ 氣象報導

기상예보 名 天氣預報 漢

» 아침마다 **기상예보**를 듣는다.
a-chim-ma-da **gi-sang-ye-bo**-reul tteun-neun-da.
每天早上聽天氣預報。

강우량 名 降雨量 漢

» 올해는 작년보다 **강우량**이 증가하였다.
ol-hae-neun jang-nyeon-bo-da **gang-u-ryang**-i jeung-ga-ha-yeot-tta.
今年的降雨量比起去年增加了。

습도 名 濕度 漢

» 여름에 **습도**가 높으면 끈적끈적하다.
yeo-reu-me **seup-tto**-ga no-peu-myeon kkeun-jeok-kkeun-jeo-ka-da.
夏天時濕度很高的話，會覺得黏黏的。

온도 名 溫度 漢

» **온도**가 30도를 넘었다.
on-do-ga sam-sip-do-reul neo-meot-tta.
溫度超過三十度。

기상청 名 氣象局

» **기상청**에서는 날씨예보를 한다.
gi-sang-cheong-e-seo-neun nal-ssi-ye-bo-reul han-da.
氣象局發布天氣預報。

무더위 名 炎熱

» 올해는 **무더위**가 더욱 기승이다.
ol-hae-neun **mu-deo-wi**-ga deo-uk gi-seung-i-da.
今年特別炎熱。

고기압 名 高氣壓 漢

» **고기압**의 영향을 받아 비가 내린다.
go-gi-a-bui yeong-hyang-eul ppa-da bi-ga nae-rin-da.
受到高氣壓影響，就會下雨。

저기압 名 低氣壓 漢

» **저기압**으로 날씨가 흐리다.
jeo-gi-a-beu-ro nal-ssi-kka heu-ri-da.
因為低氣壓的關係，天氣很陰陰的。

고도 名 高度 ⋯⋯⋯ 漢

» **고도**는 높고 낮음의 정도를 나타낸다.
go-do-neun nop-kko na-jeu-mui jeong-do-reul na-ta-naen-da.
高度是用來表示高低海拔差異的程度。

해발 名 海拔 ⋯⋯⋯ 漢

» 이 산은 **해발** 3000미터이다.
i sa-neun **hae-bal** sam-cheong-mi-teo-mi-da.
這座山海拔 3000 公尺。

풍향 名 風向 ⋯⋯⋯ 漢

» **풍향**은 바람이 부는 방향이다.
pung-hyang-eun ba-ra-mi bu-neun bang-hyang-i-da.
風向是指風吹的方向。

풍속 名 風速 ⋯⋯⋯ 漢

» **풍속**은 바람이 부는 속도이다.
pung-so-geun ba-ra-mi bu-neun sok-tto-i-da.
風速是指風移動的快慢。

한파 名 寒流

» 다음주부터 **한파**가 시작된다.
da-eum-ju-bu-teo **han-pa**-ga si-jak-ttoen-da.
下星期開始有寒流。

기온이 내리다 名 氣溫下降

» 오늘 갑자기 **기온이 내려갔다.**
o-neul kkap-jja-gi **gi-o-ni nae-ryeo-gat-tta**.
今天突然氣溫驟降。

기온이 오르다 名 氣溫上升

» 봄이 되어 **기온이 오르다.**
bo-mi doe-eo **gi-o-ni o-reu-da**.
春天到了，氣溫回暖。

최고기온 名 最高氣溫 漢

» 어제 **최고기온**은 38도였다.
eo-je **choe-go-gi-o**-neun sam-sip-pal-do-yeot-tta.
昨天的最高氣溫是 38 度。

최저기온 名 最低氣溫 漢

» 오늘 **최저기온**은 영하10도이다.
o-neul **choe-jeo-gi-o**-neun yeong-ha-sip-do-i-da.
今天的最低氣溫是零下 10 度。

영상 名 零上溫度 … 漢

» 오늘은 **영상** 10도이다.
o-neu-reun **yeong-sang** sib-
do-i-da.
今天是零上 10 度。

영하 名 零下溫度 漢

» 겨울에는 **영하** 20도까지
내려간다.
gyeo-u-re-neun **yeong-ha** i-
sib-do-kka-ji nae-ryeo-gan-
da.
冬天會降到零下 20 度。

🔜 地理位置

열대 名 熱帶 … 漢

» 동남아는 **열대**에 속한다.
dong-na-ma-neun **yeol-dae**-e
so-kan-da.
東南亞地區屬於**熱帶**。

온대 名 溫帶 … 漢

» 한국은 **온대**에 속한다.
han-gu-geun **on-dae**-e so-
kan-da.
韓國屬於**溫帶**。

냉대 名 寒帶 … 漢

» 이것은 **냉대**지역 나무이다.
i-geo-seun **naeng-dae**-ji-
yeok na-mu-i-da.
這是**寒帶**地區的樹木。

섬 名 島嶼；海島

» 대만은 **섬**이다.
dae-ma-neun **seom**-na-ra-i-
da.
臺灣是一個**島**。

반도 名 半島 漢

» 한국은 **반도** 국가이다.
han-gu-geun **ban-do** guk-
kka-i-da.
韓國是一個**半島**國家。

내륙 名 內地；內陸 漢

» 티벳은 중국 **내륙**에 있다.
ti-be-seun jung-guk **nae-ryu**-
ge it-tta.
西藏位於中國**內地**。

북반구 名 北半球 … 漢

» 미국은 **북반구**에 있다.
mi-gu-geun **buk-ppan-gu**-e
it-tta.
美國位於**北半球**。

남반구 名 南半球 … 漢

» 호주는 **남반구**에 있다.
ho-ju-neun **nam-ban-gu**-e it-
tta.
澳洲位於**南半球**。

적도 名 赤道 漢

» **적도**는 지구의 가운데이다.
jeok-tto-neun ji-gu-ui ga-un-
de-i-da.
赤道在地球的正中央。

북극 名 北極 漢

» 북극은 빙하가 있다.
buk-kkeu-geun bing-ha-ga it-tta.
北極有冰河、冰川。

남극 名 南極 漢

» 남극은 매우 춥다.
nam-geu-geun mae-u chup-tta.
南極非常冷。

지구 名 地球 漢

» 지구는 둥글다.
ji-gu-neun dung-geul-tta.
地球是圓的。

고산병 名 高山症 漢

» 해발이 높은 곳에서는 **고산병**에 걸리기 쉽다.
hae-ba-ri no-peun go-se-seo-neun **go-san-byeong**-e geol-li-gi swip-tta.
在海拔高的地方很容易得高山症。

➡ 自然景象

자연 名 自然 漢

» 자연은 위대하다.
ja-yeo-neun wi-dae-ha-da.
大自然是很偉大的。

경치 名 風景

» 바닷가 **경치**가 매우 아름답다.
ba-dat-kka **gyeong-chi**-ga mae-u a-reum-dap-tta.
海邊的風景很美。

사막 名 沙漠 漢

» **사막**에서는 물이 귀하다.
sa-ma-ge-seo-neun mu-ri gwi-ha-da.
水在沙漠中很珍貴。

고원 名 高原 漢

» **고원**지역은 온도가 낮다.
go-won-ji-yeo-geun on-do-ga nat-tta.
高原地區的溫度很低。

오아시스 名 綠洲 外 oasis

» 사막에는 **오아시스**가 있다.
sa-ma-ge-neun **o-a-si-seu**-ga it-tta.
沙漠中有綠洲。

초원 名 草原 漢

» **초원**에서 소들이 풀을 뜯고 있다.
cho-wo-ne-seo so-deu-ri pu-reul tteut-kko it-tta.
牛在草原上吃草。

빙하 名 冰河；冰川

» 빙하는 거대하다.
bing-ha-neun geo-dae-ha-da.
冰川很浩大。

붕괴되다
動 崩毀；崩潰 ⋯⋯⋯ 漢

» 날씨가 따뜻해져 빙하가 붕괴되고 있다.
nal-ssi-kka tta-tteu-tae-jeo bing-ha-ga bung-goe-doe-go it-tta.
天氣回暖，冰川就溶解了。

황사 名 黃沙；沙塵 漢

» 황사날에는 마스크를 꼭 착용해야 한다.
hwang-sa-na-re-neun ma-seu-keu-reul kkok cha-gyong-hae-ya han-da.
有沙塵來的話，一定要戴口罩。

산 名 山 ⋯⋯⋯ 漢

» 매주 등산을 한다.
mae-ju deung-sa-neul han-da.
每週去爬山。

바다 名 海

» 바다에 가면 마음이 편안해진다.
ba-da-e ga-myeon ma-eu-mi pyeo-nan-hae-jin-da.
去海邊的話，心靈能平靜下來。

화산 名 火山 漢

» 화산이 폭발하다.
hwa-sa-ni pok-ppal-ha-tta.
火山爆發。

유황 名 硫磺 ⋯⋯⋯ 漢

» 유황은 냄새가 심하다.
yu-hwang-eun naem-sae-ga sim-ha-da.
硫磺的味道很重。

온천 名 溫泉 漢

» 온천을 하며 피로를 풀다.
on-cheo-neul ha-myeo pi-ro-reul pul-da.
泡溫泉放鬆。

폭포 名 瀑布 ⋯⋯⋯ 漢

» 근처에 유명한 폭포가 있다.
geun-cheo-e yu-myeong-han pok-po-ga it-tta.
附近有有名的瀑布。

➠ 災害

지구온난화
名 全球暖化 ⋯⋯⋯ 漢

» 지구온난화로 인해 10년 전보다 날씨가 더워졌다.
ji-gu-on-nan-hwa-ro in-hae sip-nyeon jeon-bo-da nal-ssi-kka deo-wo-jeot-tta.
由於全球暖化的關係，氣溫比十年前更熱。

기상이변
名 天氣異常　　　漢

» **기상이변**으로 날씨가 유달리 따뜻하다.
gi-sang-i-byeo-neu-ro nal-ssi-kka yu-dal-li tta-tteu-ta-da.
由於**天氣異常**，顯得格外暖和。

지진 名 地震　　漢

» **지진**이 발생했다.
ji-ji-ni bal-ssaeng-haet-tta.
有**地震**發生。

해일 名 海嘯

» **해일**은 공포스럽다.
hae-i-reun gong-po-seu-reop-tta.
海嘯很恐怖。

태풍 名 颱風　　　漢

» 대만에는 **태풍**이 자주 온다.
dae-ma-ne-neun **tae-pung**-i ja-ju on-da.
臺灣經常有**颱風**來襲。

가뭄 名 旱災

» 올해 여름에는 **가뭄**이 심각했다.
ol-hae yeo-reu-me-neun **ga-mu**-mi sim-ga-kaet-tta.
今年夏天旱災很嚴重。

홍수 名 水災；淹水　漢

» **홍수**가 나서 정전이 되었다.
hong-su-ga na-seo jeong-jeo-ni doe-eot-tta.
因為**水災**而停電了。

산사태 名 土石流

» **산사태**로 도로가 무너졌다.
san-sa-tae-ro do-ro-ga mu-neo-jeot-tta.
因為**土石流**的關係，道路坍塌。

화재 名 火災　　　漢

» **화재**가 나서 소방차가 출동했다.
hwa-jae-ga na-seo so-bang-cha-ga chul-dong-haet-tta.
發生**火災**，消防車出動了。

산불 名 火燒山　　　漢

» **산불**이 확산되고 있다.
san-bu-ri hwak-ssan-doe-go it-tta.
火燒山正在蔓延。

정전 名 停電　　　漢

» **정전**이 되자 촛불을 켰다.
jeong-jeo-ni doe-ja chot-ppu-reul kyeot-tta.
因為**停電**的關係，所以點亮蠟燭。

재난 名 災難 漢

» 이 곳은 **재난**지역이다.
i go-seun **jae-nan**-ji-yeo-gi-
da.
這裡是災區。

수재민 名 災民 漢

» **수재민**을 위한 음식이 공급
되었다.
su-jae-mi-neul wi-han eum-
si-gi gong-geup-ttoe-eot-tta.
為災民提供食物。

➡ 災難應對

구조대 名 救難隊

» 위급상황에서 **구조대**원들
이 도움을 준다.
wi-geup-ssang-hwang-e-seo
gu-jo-dae-won-deu-ri do-u-
meul jjun-da.
當緊急情況發生時，救難
隊會幫助人。

앰뷸런스 名 救護車
外 ambulance

» **앰뷸런스** 가 빠르게 지나간
다.
aem-byul-leon-seu ga ppa-
reu-ge ji-na-gan-da.
救護車很快地開過去。

소방차 名 消防車 漢

» **소방차**는 빨간색이다.
so-bang-cha-neun ppal-
kkan-sae-gi-da.
消防車是紅色的。

기부 名 捐款

» 수재민들을 위해 많은 사람
들이 돈을 **기부**하였다.
su-jae-min-deu-reul wi-hae
ma-neun sa-ram-deu-ri do-
neul **kki-bu**-ha-yeot-tta.
很多人為了災民**捐款**。

사다리 名 梯子

» **사다리**에서 떨어졌다.
sa-da-ri-e-seo tteo-reo-jeot-
tta.
從**梯子**上跌落下來。

우산 名 雨傘 漢

» 장마때는 **우산**을 항상 가지
고 다녀야 한다.
jang-ma-ttae-neun **u-sa**-neul
hang-sang ga-ji-go da-nyeo-
ya han-da.
梅雨季時要隨身攜帶雨
傘。

우비 名 雨衣

» 오토바이 탈 때는 **우비**를
입는 것이 편하다.
o-to-ba-i tal ttae-neun **u-bi**-
reul im-neun geo-si pyeon-
ha-da.
騎摩托車時，穿雨衣很方
便。

대피 名 躲避 漢

» 재난이 발생하면 **대피**해야
한다.
jae-na-ni bal-ssaeng-ha-
myeon **dae-pi**-hae-ya han-da.
發生災難時要**躲避**。

방공호 名 防空洞 漢

» **방공호**로 대피하였다.
bang-gong-ho-ro dae-pi-ha-yeot-tta.
躲到**防空洞**裡。

비상경보
名 緊急警告；警報 漢

» **비상경보**가 울렸다.
bi-sang-gyeong-bo-ga ul-lyeot-tta.
緊急警報響了。

예방 名 預防 漢

» 산불을 **예방**해야 한다.
san-bu-reul **ye-bang**-hae-ya han-da.
要**預防**火燒山的情況發生。

보험 名 保險 漢

» **보험**에 가입하였다.
bo-heo-me ga-i-pa-yeot-tta.
投保了**保險**。

자원 名 資源 漢

» 한국은 **자원**이 부족한 나라이다.
han-gu-geun **ja-wo**-ni bu-jo-kan na-ra-i-da.
韓國是缺乏**資源**的國家。

보존 名 保存 漢

» 환경을 **보존**해야 한다.
hwan-gyeong-eul **ppo-jon**-hae-ya han-da.
要永續**保存**環境。

피해 名 受害；損失

» 이번 재해로 **피해**가 크다.
i-beon jae-hae-ro **pi-hae**-ga keu-da.
這次災害的**損失**很大。

복구 名 復原；恢復

» 피해 **복구**를 위해 모두가 열심이다.
pi-hae **bok-kku**-reul wi-hae mo-du-ga yeol-si-mi-da.
大家都很努力的**復原**損害。

Chapter

20

動物／昆蟲

Chapter 20 音檔雲端連結

因各家手機系統不同，若無法直接掃描，仍可以至以下電腦雲端連結下載收聽。（**https://tinyurl.com/5epwkaea**）

動物

가축 名 家畜 ……… 漢

» 농가에는 **가축**을 기른다.
nong-ga-e-neun **ga-chu**-geul
kki-reun-da.
在農舍養家畜。

애완동물 名 寵物

» **애완동물**은 집에서 기른다.
ae-wan-dong-mu-reun ji-be-
seo gi-reun-da.
在家養寵物。

쥐 名 老鼠

» 더러운 곳에는 **쥐**가 있다.
deo-reo-un go-se-neun **jwi**-
ga it-tta.
骯髒的地方會有老鼠。

다람쥐 名 松鼠

» **다람쥐**는 견과를 좋아한다.
da-ram-jwi-neun gyeon-gwa-
reul jjo-a-han-da.
松鼠喜歡吃堅果。

토끼 名 兔子

» **토끼**의 귀는 길다.
to-kki-ui gwi-neun gil-da.
兔子的耳朵很長。

강아지 名 小狗

» 친구가 **강아지**를 주었다.
chin-gu-ga **gang-a-ji**-reul jju-
eot-tta.
朋友給了一隻小狗。

개 名 狗

» **개**는 사람의 좋은 친구이
다.
gae-neun sa-ra-mui jo-eun
chin-gu-i-da.
狗是人類的好朋友。

고양이 名 貓

» **고양이** 울음소리는 매우 날
카롭다.
go-yang-i u-reum-so-ri-neun
mae-u nal-ka-rop-tta.
貓的哀嚎聲很尖銳。

고슴도치 名 刺蝟

» **고슴도치**의 가시는 단단하
다.
go-seum-do-chi-ui ga-si-
neun dan-dan-ha-da.
刺蝟的刺很堅硬。

돼지 名 豬

» **돼지**는 사실 깨끗하다.
dwae-ji-neun sa-sil kkae-
kkeu-ta-da.
其實豬很乾淨。

늑대 名 狼

» 남자는 다 **늑대**다.
nam-ja-neun da **neuk-ttae**-da.
男生都是狼。

여우 名 狐狸

» **여우**는 꼬리가 길다.
yeo-u-neun kko-ri-ga gil-da.
狐狸的尾巴很長。

치타 名 獵豹

外 cheetah

» **치타**는 빠르다.
chi-ta-neun ppa-reu-da.
獵豹跑得很快。

사자 名 獅子 漢

» **사자**는 매우 빠르다.
a-ja-neun mae-u ppa-reu-da.
獅子移動非常快。

호랑이 名 老虎

» **호랑이**는 위험하다.
ho-rang-i-neun wi-heom-ha-da.
老虎很危險。

백호 名 白虎 漢

» **백호**는 희귀하다.
bae-ko-neun hi-gwi-ha-da.
白虎很稀有。

원숭이 名 猴子

» **원숭이**는 영리하다.
won-sung-i-neun yeong-ni-ha-da.
猴子很聰明。

킹콩 名 猩猩

外 kingkong

» **킹콩**은 강하다.
king-kong-eun gang-ha-da.
猩猩很強。

곰 名 熊

» **곰**을 만나면 죽은 척해야
한다.
go-meul man-na-myeon ju-geun cheo-kae-ya han-da.
如果遇到熊，要裝死。

팬더 名 熊貓 外 panda

» 동물원에서 가장 인기있는
동물은 **팬더**이다.
dong-mu-rwo-ne-seo ga-jang in-gi-in-neun dong-mu-reun **paen-deo**-i-da.
動物園最受歡迎的動物是
熊貓。

북극곰 名 北極熊

» **북극곰**은 멸종 위기에 처해
있다.
buk-kkeuk-kko-meun myeol-jong wi-gi-e cheo-hae it-tta.
北極熊是瀕臨絕種的動
物。

송아지 名 小牛

» **송아지**여도 매우 크다.
song-a-ji-yeo-do mae-u keu-da.
雖然是小牛，但還是很大
隻。

소 名 牛

» **소**는 농사에 도움을 준다.
so-neun nong-sa-e do-u-meul jjun-da.
牛幫助種田。

물소 名 水牛

» 물소는 힘이 세다.
mul-so-neun hi-mi se-da.
水牛的力氣很大。

망아지 名 小馬

» 어린아이들은 **망아지**를 탄다.
eo-ri-na-i-deu-reun **mang-a-ji**-reul tan-da.
小朋友騎小馬。

말 名 馬 .... 漢

» 제주도에는 **말**이 많다.
je-ju-do-e-neun **ma**-ri man-ta.
濟州島有很多馬。

얼룩말 名 斑馬

» **얼룩말**은 검은색과 흰색 줄이 있다.
eol-lung-ma-reun geo-meun-saek-kkwa hin-saek ju-ri it-tta.
斑馬有黑白交錯的斑紋。

사슴 名 鹿

» **사슴**은 뿔이 크다.
sa-seu-meun ppu-ri keu-da.
鹿的鹿角很大。

당나귀 名 驢

» **당나귀**는 귀가 길다.
dang-na-gwi-neun gwi-ga gil-da.
驢的耳朵很長。

양 名 羊 .... 漢

» **양**은 순하다.
yang-eun sun-ha-da.
羊很溫順。

염소 名 山羊

» **염소**는 수염이 길다.
yeom-so-neun su-yeo-mi gil-da.
山羊的鬍子很長。

코끼리 名 大象

» 태국에서는 **코끼리**가 중요하다.
tae-gu-ge-seo-neun **ko-kki-ri**-ga jung-yo-ha-da.
大象在泰國是很重要的動物。

낙타 名 駱駝 .... 漢

» **낙타**는 사막에서 잘 살 수 있다.
nak-ta-neun sa-ma-ge-seo jal ssal ssu it-tta.
駱駝在沙漠生存得很好。

기린 名 長頸鹿

» **기린**의 목은 매우 길다.
gi-ri-nui mo-geun mae-u gil-da.
長頸鹿的脖子很長。

하마 名 河馬 .... 漢

» **하마**는 몸집이 매우 크다.
ha-ma-neun mom-ji-bi mae-u keu-da.
河馬的身體很大。

코뿔소 名 犀牛

» **코뿔소**는 머리에 뿔이 있다.
ko-ppul-so-neun meo-ri-e ppu-ri it-tta.
犀牛頭上有角。

코알라 名 無尾熊
外 koala

» **코알라**는 나무 위에서 잔다.
ko-al-la-neun na-mu wi-e-seo jan-da.
無尾熊在樹上睡覺。

캥거루 名 袋鼠
外 kangaroo

» 호주에는 **캥거루**가 있다.
ho-ju-e-neun **kaeng-geo-ru**-ga it-tta.
澳洲有袋鼠。

용 名 龍 漢

» **용**꿈은 길하다.
yong-kku-meun gil-ha-da.
夢到龍的話，是好事。

도마뱀 名 蜥蜴

» 어떤 사람들은 **도마뱀**을 애완동물로 삼는다.
eo-tteon sa-ram-deu-reun **do-ma-bae**-meul ae-wan-dong-mul-lo sam-neun-da.
有些人把蜥蜴當成寵物。

개구리 名 青蛙

» **개구리**는 매우 멀리 뛸 수 있다.
gae-gu-ri-neun mae-u meol-li ttwil su it-tta.
青蛙能跳得很遠。

두꺼비 名 癩蛤蟆

» **두꺼비**는 개구리보다 훨씬 크다.
du-kkeo-bi-neun gae-gu-ri-bo-da hwol-ssin eu-da.
癩蛤蟆比青蛙更大隻。

뱀 名 蛇

» 산에서는 **뱀**을 조심해야 한다.
sa-ne-seo-neun **bae**-meul jjo-sim-hae-ya han-da.
在山間要小心蛇。

코브라 名 眼鏡蛇
外 cobra

» **코브라**는 독이 있다.
ko-beu-ra-neun do-gi it-tta.
眼鏡蛇有毒。

➡ 鳥禽類

펭귄 名 企鵝
外 penguin

» **펭귄**은 수영을 잘 한다.
peng-gwi-neun su-yeong-eul jjal han-da.
企鵝很會游泳。

병아리 名 小雞

» **병아리**는 노란색이다.
byeong-a-ri-neun no-ran-sae-gi-da.
小雞是黃色的。

닭 名 雞

» **닭**은 날지 못한다.
dal-geun nal-jji mo-tan-da.
雞不會飛。

칠면조 名 火雞

» 추수감사절에 **칠면조**를 먹는다.
chu-su-gam-sa-jeo-re **chil-myeon-jo**-reul meong-neun-da.
感恩節時會吃火雞。

새 名 鳥

» **새**종류는 셀 수 없이 많다.
sae-jong-nyu-neun sel su eop-ssi man-ta.
鳥的種類多到數不完。

오리 名 鴨子

» 홍콩에는 **오리**요리가 많다.
hong-kong-e-neun **o-ri**-yo-ri-ga man-ta.
香港有很多鴨子料理。

거위 名 鵝

» **거위**는 오리와 비슷하게 생겼다.
geo-wi-neun o-ri-wa bi-seu-ta-ge saeng-gyeot-tta.
鵝跟鴨子長得很像。

비둘기 名 鴿子

» 학교 안에 있는 **비둘기**들은 매우 뚱뚱하다.
hak-kkyo a-ne in-neun **bi-dul-gi**-deu-reun mae-u ttung-ttung-ha-da.
學校裡的鴿子都很胖。

참새 名 麻雀

» **참새**는 작지만 동작이 빠르다.
cham-sae-neun jak-jji-man dong-ja-gi ppa-reu-da.
麻雀雖然很小，但是動作很快。

독수리 名 老鷹

» **독수리**의 날개는 매우 크다.
dok-ssu-ri-ui nal-kkae-neun mae-u keu-da.
老鷹的翅膀非常大。

까치 名 喜鵲

» 한국에서 **까치**는 길조이다.
han-gu-ge-seo **kka-chi**-neun gil-jo-i-da.
在韓國，喜鵲是代表吉兆的鳥。

올빼미 名 貓頭鷹

» **올빼미**의 눈은 밤에 빛난다.
ol-ppae-mi-ui nu-neun ba-me bin-nan-da.
貓頭鷹的眼睛在晚上會發亮。

펠리컨

名 鵜鶘（俗稱送子鳥）……

外 pelican

» **펠리컨**은 특이하게 생겼다.
pel-li-keo-neun teu-gi-ha-ge saeng-gyeot-tta.
鵜鶘長得很特別。

앵무새 名 鸚鵡

» **앵무새**는 사람 말을 따라한다.
aeng-mu-sae-neun sa-ram ma-reul tta-ra-han-da.
鸚鵡會學人講話

홍학 名 紅鶴 …………… 漢

» **홍학**은 다리가 길다.
hong-ha-geun da-ri-ga gil-da.
紅鶴的腿很長。

타조 名 鴕鳥 ………………… 漢

» **타조**는 달리기가 매우 빠르다.
ta-jo-neun dal-li-gi-ga mae-u ppa-reu-da.
鴕鳥跑得很快。

➡ 水中生物

물고기 名 魚

» 어항에 **물고기**가 많다.
eo-hang-e **mul-go-gi**-ga man-ta.
魚缸裡有很多魚。

금붕어 名 金魚

» 나는 **금붕어**를 키운다.
na-neun **geum-bung-eo**-reul ki-un-da.
我有養金魚。

잉어 名 鯉魚

» **잉어**는 길이가 길다.
ing-eo-neun gi-ri-ga gil-da.
鯉魚很長。

가오리 名 魟魚

» **가오리**는 꼬리가 있다.
ga-o-ri-neun kko-ri-ga it-tta.
魟魚有尾巴。

열대어 名 熱帶魚 漢

» **열대어**는 색깔이 화려하다.
yeol-dae-eo-neun saek-kka-ri hwa-ryeo-ha-da.
熱帶魚的顏色很鮮豔。

산호 名 珊瑚 ………… 漢

» **산호**는 아름답다.
san-ho-neun a-reum-dap-tta.
珊瑚很美。

해파리 名 水母

» **해파리**는 독이 있다.
hae-pa-ri-neun do-gi it-tta.
水母有毒。

불가사리 名 海星

» **불가사리**는 별 모양이다.
bul-ga-sa-ri-neun byeol mo-yang-i-da.
海星是星星的樣子。

가재 名 龍蝦

» **가재**를 구워 먹었다.
ga-jae-reul kku-wo meo-geot-tta.
吃烤龍蝦了！

게 名 螃蟹

» 나는 **게**를 가장 좋아한다.
na-neun **ge**-reul kka-jang jo-a-han-da.
我最喜歡吃螃蟹了。

소라 名 海螺

» **소라**는 맛있다.
so-ra-neun ma-sit-tta.
海螺很好吃。

거북이 名 烏龜

» **거북이**는 오래 산다.
geo-bu-gi-neun o-rae san-da.
烏龜的壽命很長。

악어 名 鱷魚 漢

» **악어**는 사람도 먹는다.
a-geo-neun sa-ram-do meong-neun-da.
鱷魚會吃人。

고래 名 鯨魚

» 일본에서는 **고래**고기를 먹는다.
il-bo-ne-seo-neun **go-rae**-go-gi-reul meong-neun-da.
在日本會吃鯨魚。

상어 名 鯊魚

» 바닷가에 **상어**가 나타났다.
ba-dat-kka-e **sang-eo**-ga na-ta-nat-tta.
海邊出現了鯊魚。

돌고래 名 海豚

» **돌고래**는 똑똑하다.
dol-go-rae-neun ttok-tto-ka-da.
海豚很聰明。

물개 名 海狗

» **물개** 인형을 샀다.
mul-gae in-hyeong-eul ssat-tta.
買了海狗娃娃。

바다표범 名 海豹

» **바다표범**은 평균 3미터정도 된다.
ba-da-pyo-beo-meun pyeong-gyun sam-mi-teo-mjeong-do doen-da.
海豹的長度平均有三公尺左右。

➡️ 昆蟲

곤충 名 昆蟲 漢

» 어렸을 때 **곤충**채집을 했다.
eo-ryeo-sseul ttae **gon-chung**-chae-ji-beul haet-tta.
小時候有在蒐集昆蟲。

잠자리 ^名 蜻蜓

» 가을에는 **잠자리**가 많다.
ga-eu-re-neun **jam-ja-ri**-ga
man-ta.
秋天就會有特別多的蜻
蜓。

파리 ^名 蒼蠅

» **파리**때문에 짜증이 난다.
pa-ri-ttae-mu-ne jja-jeung-i
nan-da.
有蒼蠅很煩。

모기 ^名 蚊子

» **모기**에 물렸다.
mo-gi-e mul-lyeot-tta.
被蚊子叮了。

메뚜기 ^名 蚱蜢

» **메뚜기**를 구워 먹었다.
me-ttu-gi-reul kku-wo meo-
geot-tta.
吃了烤蚱蜢。

사마귀 ^名 螳螂

» **사마귀**는 공격적이다.
sa-ma-gwi-neun gong-
gyeok-jjeo-gi-da.
螳螂攻擊性很強。

개미 ^名 螞蟻

» 집에 **개미**가 생겼다.
ji-be **gae-mi**-ga saeng-gyeot-
tta.
家裡長螞蟻了。

바퀴벌레 ^名 蟑螂

» 어떤 **바퀴벌레**들은 날아다
닌다.
eo-tteon **ba-kwi-beol-le**-
deu-reun na-ra-da-nin-da.
有些蟑螂會飛。

애벌레 ^名 毛毛蟲

» **애벌레**를 밟을 뻔 했다.
ae-beol-le-reul ppap-eul
ppeon haet-tta.
差一點踩到毛毛蟲。

나비 ^名 蝴蝶

» 봄이 되자 **나비**가 많이 보
인다.
bo-mi doe-ja **na-bi**-ga ma-ni
bo-in-da.
春天到了，看到了許多蝴
蝶。

벌 ^名 蜜蜂

» **벌**은 부지런하다.
beo-reun bu-ji-reon-ha-da.
蜜蜂很勤勞。

여왕벌 ^名 蜂王

» **여왕벌**의 크기는 매우 크
다.
yeo-wang-beo-rui keu-gi-
neun mae-u keu-da.
蜂王的大小非常大。

귀뚜라미 名 蟋蟀

» 가을 밤 **귀뚜라미** 소리가
듣기 좋다.
ga-eul ppam **gwi-ttu-ra-mi**
so-ri-ga deut-kki jo-ta.
秋天晚上的蟋蟀聲很好
聽。

거미 名 蜘蛛

» 오래된 집 여기저기에 **거미**
줄이 있었다.
o-rae-doen jip yeo-gi-jeo-gi-e
geo-mi-ju-ri i-sseot-tta.
舊房子裡到處都是蜘蛛
網。

무당벌레 名 瓢蟲

» **무당벌레**는 날아다닌다.
mu-dang-beol-le-neun na-
ra-da-nin-da.
瓢蟲會飛來飛去。

매미 名 蟬

» **매미**는 시끄럽다.
mae-mi-neun si-kkeu-reop-
tta.
蟬很吵。

지네 名 蜈蚣

» **지네**는 다리가 매우 많다.
ji-ne-neun da-ri-ga mae-u
man-ta.
蜈蚣有很多腳。

나방 名 飛蛾

» **나방**은 밤에 활동한다.
na-bang-eun ba-me hwal-
dong-han-da.
飛蛾是在晚上活動的。

달팽이 名 蝸牛

» **달팽이**는 느리다.
dal-paeng-i-neun neu-ri-da.
蝸牛移動很慢。

지렁이 名 蚯蚓

» **지렁이**를 밟았다.
ji-reong-i-reul ppap-at-tta.
踩到蚯蚓。

쥐며느리 名 蟲子

» 집에 **쥐며느리**가 나온다.
ji-be **jwi-myeo-neu-ri**-ga na-
on-da.
家裡出現了蟲子。

語研力 **K007**

實用韓語單字隨行背

作　　者	金敏勳
顧　　問	曾文旭
出版總監	陳逸祺、耿文國
主　　編	陳蕙芳
文字校對	翁芯琍
美術編輯	李依靜
法律顧問	北辰著作權事務所

印　　製	世和印製企業有限公司
初　　版	2024年07月
出　　版	凱信企業集團-凱信企業管理顧問有限公司
電　　話	（02）2773-6566
傳　　真	（02）2778-1033
地　　址	106 台北市大安區忠孝東路四段218之4號12樓
信　　箱	kaihsinbooks@gmail.com

定　　價	新台幣320元／港幣107元
產品內容	1書

總 經 銷	采舍國際有限公司
地　　址	235 新北市中和區中山路二段366巷10號3樓
電　　話	（02）8245-8786
傳　　真	（02）8245-8718

國家圖書館出版品預行編目資料

實用韓語單字隨行背／金敏勳著. -- 初版. -- 臺
北市：凱信企業集團凱信企業管理顧問有限公
司, 2024.07
　面；　公分
ISBN 978-626-7354-52-0(平裝)

1.CST: 韓語 2.CST: 詞彙

803.22　　　　　　　　　　113007313